KB212041

미스터리
책   장

재버워크의 밤

NIGHT OF THE JABBERWOCK

DRINK ME

프레드릭 브라운 지음 — 최세민 옮김

나는 살인자가 바라는 대로 알아서 행동해준 셈이다.

일러두기

• 주석은 모두 옮긴이주다.

• 작중 언급되는 『이상한 나라의 앨리스』는 『이상한 나라의 앨리스』(루이스 캐럴 지음, 존 테니얼 그림, 김희진 옮김, 문학동네 펴냄, 2023)의 한국어 번역을 인용했다. 『거울 나라의 앨리스』는 『ALICE IN WONDERLAND: 『앨리스』 출간 150주년 기념 디럭스 에디션』(루이스 캐럴 지음, 마틴 가드너 주석, 승영조 옮김, 꽃피는책 펴냄, 2023)의 한국어 번역을 인용했다.

차례

등장인물

닥 스토거
지역 주간지 《캐멀 시티 클라리온》의 편집인, 루이스 캐럴의 팬

피트 코리
지역 주간지 《캐멀 시티 클라리온》의 인쇄공

스마일리 휠러
술집 주인

칼 트렌홀름
변호사

앨 그레인저
루이스 캐럴의 팬

랜스 케이츠
캐멀 시티의 보안관

마일스 해리슨
캐멀 시티의 부보안관

에번스
주립 경찰 지구대장

랠프 보니
폭죽 공장 사장

클라이드 앤드루스
캐멀 시티의 은행장

배트 매스터스
지명수배된 은행 강도

예후디 스미스
정체불명의 손님

『재버워크의 밤』은 주인공이 앨리스 이야기의 열렬한 팬인데다, 『주석 달린 앨리스The Annotated Alice』에서 '앨리스' 팬이라면 놓치지 말아야 할 소설이라고 격찬한 만큼[1] 루이스 캐럴과 앨리스에 대해 배경지식이 있다면 더욱 알차게 즐길 수 있다. 그러나 본 작품은 1950년에 출간되었기에 당시의 상황을 모른다면 칠십 년이 지난 지금 읽기에는 어려울 수도 있다. 독자 여러분이 소설의 재미를 충분히 즐길 수 있도록 도움이 될 정보를 미리 제공하고자 한다.

라이노타이프

1884년 특허를 받은 자동식자기의 상표명이다. 그전까지는 인쇄를 하려면 식자공들이 조그만 활자를 하나씩 일일이 골라 조판을 하는 수동식자, 즉 구텐베르크가 발명한 인쇄술과 큰 차이가 없는 방식을 쓸

---

[1] 『ALICE IN WONDERLAND: 『앨리스』 출간 150주년 기념 디럭스 에디션』 루이스 캐럴 지음, 마틴 가드너 주석, 승영조 옮김, 꽃피는 책 펴냄, 2023, 471쪽.

수밖에 없었으나 라이노타이프의 등장으로 자동식자의 시대가 열렸다.

라이노타이프는 오늘날 컴퓨터처럼 자판이 있어서, 원고 내용에 맞추어 자판의 키를 두드리면 기계 속 활자 단지에 들어 있는 활자의 주형이 나와 늘어서고, 한 줄이 다 채워지면 녹은 합금이 들어가 한 행을 주조하게 된다. 합금이 어느 정도 식어 굳으면 활자 한 행은 아래로 떨어지고 주형은 자동으로 원래 위치로 돌아가 처음 과정을 반복한다. 애초에 '라이노타이프'라는 이름 자체가 'Line of Type', 즉 '활자 한 행'이라는 뜻이다.

토머스 에디슨이 "세계 여덟번째 불가사의"라고 칭하기까지 했던 라이노타이프는 발명 당시 조판 시간을 획기적으로 줄이는 기계였고 발전을 거듭하면서 수동조판방식을 완전히 밀어냈다. 하지만 이후 등장한, 훨씬 더 빠른 속도와 편리성을 지닌 사진식자와 디지털 인쇄술에 밀려 서서히 자취를 감추었고 오늘날 가동되는 라이노타이프는 전 세계에 단 몇 대뿐이라고 한다. 하지만 라이노타이프는 지금의 디지털 인쇄술이 사회를 변화시킨 것과 비슷한 수준의 사회적 충격과 의사소통방식의 변화를 가져온 기계였다.

인쇄술의 역사와 라이노타이프가 현대에 끼친 영향을 자세히 알아보고 싶다면 국내에도 번역 출간된 『한 줄의 활자』[1]

를 추천한다. 2012년 개봉한 〈라이노타이프: 더 필름^{Linotype:} ^{The Film}〉이라는 다큐멘터리도 라이노타이프의 흥망성쇠를 기록하고 있으며, 공식 트레일러에서 라이노타이프가 작동하는 모습을 볼 수 있다.

『재버워크의 밤』을 쓴 프레드릭 브라운은 전업 작가가 되기 전 라이노타이프 인쇄공으로 몇 년간 일한 경력이 있어서, 그 경험을 살려 「에티오인 셔들루^{Etaoin Shrdlu}」(1942)와 「천사 지렁이^{The Angelic Angelworm}」(1943)라는 수작 단편을 쓰기도 했다.

루이스 캐럴

1832년 1월 27일에 태어나 1898년 1월 14일에 사망했다. 본명은 찰스 럿위지 도지슨으로 영국의 작가이자 수학자이자 사진사였으며, 정식으로 안수를 받은 영국국교회 부사제였고, 옥스퍼드에서 수학을 가르쳤다. 루이스 캐럴이라는 필명으로 쓴 난센스 문학의 걸작 『이상한 나라의 앨리스』와 『거울 나라의 앨리스』는 원래 앨리스 리델이라는 어린 소녀에게 주려고 쓴 이야기였으나, 복잡한 말장난과 수수께끼 때문에 오히려 성인들이 더욱 열광하는 고전으로 남게 되었다. 전공이

ㅣ 알레시오 레오나르디, 얀 미덴도르프 지음, 윤선일 옮김, 안그라픽스 펴냄, 2010.

작품을 읽기 전에

수학이기는 하나 수학자로서의 업적은 거의 없고, 그가 쓴 수학 논문도 오늘날에는 읽히지 않는다.

『이상한 나라의 앨리스』

루이스 캐럴이 1865년에 발표한 소설이다. 『재버워크의 밤』과 연관된 장면은 앨리스가 토끼굴로 떨어진 직후의 일이다. 앨리스는 토끼를 쫓아가다가 어떤 복도에 다다르고, 그곳에서 전체가 유리로 만들어진 테이블과 그 위에 놓인 황금 열쇠를 발견한다. 열쇠는 높이가 30센티미터 정도밖에 안 되는 작은 문에 들어맞는데, 그 너머로는 아름다운 정원이 보인다. 앨리스는 그 문을 통해 나갈 방법이 없나 고심하다가 다시 테이블 위에서 "나를 마셔요"라고 적힌 꼬리표가 달린 유리병을 발견한다. 독약이 아닌가 걱정하지만 살짝 맛을 보니 "체리 타르트와 커스터드, 파인애플, 구운 칠면조, 토피, 버터 바른 따끈한 토스트가 섞인 맛이 났"기에 다 마셔버렸고, 몸이 줄어들어 문을 통과할 수 있게 된다.

『거울 나라의 앨리스』

루이스 캐럴이 1871년에 발표한 소설이다. 『이상한 나라의 앨리스』의 속편 격이기는 하나 앨리스가 주인공인 것 외에는 내용상 거의 관련이 없다. 원제는 『거울 너머, 그리고 앨리스가 거기서 발견한 것"Through the Looking-Glass, and What Alice Found There』이다. 거울에 비치는 모습이나 시간 등 '반대'라는 개념을 주제로 한 말장난과 수수께끼 같은 상황이 자주 등장하며 『이상한 나라의 앨리스』보다 더욱 심오한 상징이 많아 다른 텍스트에 자주 인용되기도 한다.

『재버워크의 밤』에도 잠깐 등장하지만 붉은 여왕이 앨리스에게 말하는 "여기서 제자리를 지키려면 넌 있는 힘껏 달려야 해"라는 문장은 급변하는 정치적, 사회적 상황에 대한 비유로 언론에서 종종 인용하며, 시카고 대학의 진화학자 밴 베일른이 생태계의 평형 관계를 '붉은 여왕 효과Red Queen Effect'라고 이름 붙인 것도 유명하다.

『거울 나라의 앨리스』에도 난센스 시가 여러 편 나오며 『재버워크의 밤』에 직접 인용되는 시도 몇 편 있다. 그중 「재버워키」는 누군가의 아들이 칼로 '재버워크'라는 괴물을 무찌른다는 내용으로 영문학의 난센스 시 중에서도 최고의 걸작으로 꼽힌다.

하지만 『재버워크의 밤』을 이해하는 데 가장 중요한 것은 『거울 나라의 앨리스』의 줄거리 자체다. 『이상한 나라의 앨리스』에서는 트럼프 카드 중 하트의 왕과 여왕이 등장하지만, 『거울 나라의 앨리스』는 체스 게임의 왕과 여왕이 등장하며 줄거리도 체스 게임의 규칙에 따라 진행된다. 비영어권에다

작품을 읽기 전에

체스에도 익숙하지 않은 독자가 『거울 나라의 앨리스』를 이해하기 힘든 이유는 바로 이 때문일 수도 있겠다. 그러나 『재버워크의 밤』의 줄거리를 따라잡는 데 필요한 체스 규칙은 딱 두 가지다. 체스에서는 폰(졸)이 처음 시작하는 위치에서 반대 진영 끝까지 진출하면 퀸(여왕)이 될 수 있다. 실제로는 킹(왕)을 제외한 어느 말로든 바뀔 수 있는데 보통은 가장 강력한 말인 퀸으로 승격하기 때문이다. 『거울 나라의 앨리스』 초반부에서 앨리스는 자신이 체스의 폰이 되었다는 사실을 깨닫고는 결국 반대편 끝까지 가서 여왕이 된다. 책 속에서는 체스의 칸을 뛰어넘는 것을 여섯 개의 시냇물(또는 도랑)을 넘는 모습으로 묘사했다. 또한 폰은 한 번에 한 칸만 움직일 수 있는 말이지만 맨 처음 움직일 때만 딱 한 번, 두 칸을 움직일 수 있다. 이 규칙은 앨리스가 세번째 칸으로 건너뛴 다음 기차에 실려 네번째 칸으로 가는 모습으로 묘사된다.

1

브릴릭의 시간, 나끌나끌한 토브들
웨이브에서 빙글팽글 후빌빌거리니,
보로고브들 너무나 가냘련하고
몸 라스들은 휘칫꿀거렸더라.[1]

꿈속에서 나는 오크 스트리트 복판에 서
있었다. 시간은 밤이었다. 가로등은 죄 꺼져
있었다. 창백한 달빛만 내가 머리 위로 붕
붕 돌리고 있는 거대한 검에 반사되어 반짝
거리는 동안, 재버워크가 점점 가까이 다가
오고 있었다. 재버워크는 보도를 따라 기어
오더니 날개를 굽히고 근육을 움츠리며 마
지막 도약을 준비했다. 놈의 발톱이 보도블
록에 닿으면서 따닥따닥 소리가 나는 것이
라이노타이프의 홈에 매트가 닿으며 나는
소리 같았다. 그때 놀랍게도 재버워크가 말
을 했다.

"닥Doc.[2]" 놈이 말했다. "일어나세요, 닥."

[1] 『거울 나라의 앨리스』 1장 '거울 속의 집'에 나오는 시 「재버워키」
의 1연.
[2] 영어에서 박사학위가 있는 사람이나 의사를 부르는 호칭인 '닥
터(Doctor)'를 줄여 부르는 말.

손 하나가—재버워크의 손이 아니었다—내 어깨를 흔들었다.

주위도 어두컴컴한 밤이 아니라 이른 해질녘이었다. 나는 내 낡아빠진 책상 앞 회전의자에 앉아 어깨 너머로 피트를 쳐다보았다. 피트는 씩 웃어 보였다.

"다 끝나가요, 닥. 요 마지막 원고에서 두 줄을 잘라내시면 돼요. 오늘은 좀 일찍 끝나겠어요."

피트는 그다지 많지 않은 교정쇄를 내 앞에 내려놓았다. 나는 파란 연필을 집어들고 두 줄을 지웠다. 우연히도 그 두 줄이 동일한 길이라 피트가 활자를 재배열할 필요는 없었다.

피트는 라이노타이프로 가서 전원을 껐다. 주변이 갑자기 조용해지자 사무실 저 구석에 있는 수도꼭지에서 물방울이 떨어지는 소리까지 들렸다.

나는 일어서서 기지개를 켰다. 잠깐 졸았던 탓에 약간 나른하기는 했지만 기분은 좋았다. 그동안 피트는 마지막 원고를 정리했다. 이번만은, 그러니까 이번 목요일만은 《캐멀 시티 클라리온》의 조판이 일찍 끝났다. 물론 대단한 기사 같은 건 실려 있지 않지만, 그건 늘 그랬으니까.

겨우 6시 반을 넘긴 시각이라 바깥은 아직 밝았다. 평소보다 몇 시간이나 일찍 끝난 것이다. 나는 바로 지금 여기서 술을 한잔해야겠다고 결심했다.

책상 서랍에 넣어놓은 위스키병을 꺼내보니 한 잔 분량은 너끈했다. 작은 잔에 따르면 두 잔도 될 듯했다. 나는 피트에게 한잔하겠느냐고 물었지만 피트는 사양했다. 스마일리네 술집에 가서 마시겠다는 것이었다. 그래서 나는 원했던 대로 한 잔을 가득 채워 마실 수 있었다. 피트에게 한잔하겠느냐고 물었던 것도 떠본 것뿐이었다. 피트는 그날 일이 끝나기 전에 술을 마시는 법이 거의 없었다. 내가 할 일은 끝났지만, 기계를 만져야 하는 피트는 아직 한 시간 정도 더 일해야 했다.

라이노타이프 옆 창가로 걸어가 조용히 깔리는 어스름을 바라보는 동안 술이 들어간 뱃속이 따뜻해졌다. 그렇게 서 있는데 오크 스트리트의 가로등이 켜졌다. 그러고 보니 꿈을 꾸고 있었지…… 무슨 꿈이었더라?

건너편 보도에서 마일스 해리슨이 스마일리네 술집 앞에서 주저주저하고 있었다. 차가운 맥주 한 잔이 간절한 듯했다. 마일스의 마음이 빤히 들여다보였다. '안 돼. 난 캐멀 시티의 부보안관이고 오늘 야간근무를 해야 해. 지금은 근무중이야. 맥주는 나중에 하자.'

그렇게 마일스의 양심이 승리를 거둔 것이 분명했다. 그가 술집에 들어가지 않고 계속 걸어갔으니까.

그때는 궁금하지 않았지만 지금은 알고 싶은 것이 있다. 만약 자신이 그날 자정 전에 죽을 것을 알았다면 마일스는 그때 맥주를 마셨을까? 아마 마셨을 것 같다. 나라면 당연히 마셨을 테지만, 나야 그런 이유가 아니더라도 마시는 사람이라 의미 없는 가정이다. 나는 마일스 해리슨 같은 양심을 가져본 적이 없다.

뒤쪽에서 피트가 마지막 활자판을 1면용 활자틀 안에 채워넣고 있었다. "다 됐어요, 닥. 준비 완료예요."

"그럼 인쇄기들을 돌려보자고." 나는 그에게 말했다.

말이 그렇다는 거다. 우리에게는 인쇄기가 한 대뿐이었고, 세로형 미일레 인쇄기라 돌아가는 게 아니라 아래위로 움직였다. 게다가 내일 아침이 되어서나 작동할 것이다. 《클라리온》은 주간신문이고 금요일에 나온다. 우리는 목요일 아침에 조판을 완성해서 인쇄기에 걸어놓고, 피트가 금요일 아침에 인쇄기를 작동시킨다. 오래 걸리지도 않는다.

피트가 물었다. "스마일리네 가시나요?"

실없는 질문이었다. 나는 목요일 저녁이면 언제나 스마일리네 술집에 갔고, 피트도 인쇄 준비를 마치면 보통 술집에 잠깐 들러서 나와 어울렸다.

"물론이지." 내가 대답했다.

"그럼 교정쇄를 가져갈게요."

그것도 피트가 늘 하는 일이었다. 나는 대체로 교정쇄를 볼 때 슥 훑어보는 것 이상은 하지 않았지만, 피트는 내게 너무나 과분한 인쇄공이다. 그는 중요한 오류뿐 아니라 캐멀 시티 시민들이 신경쓰지도 않는 사소한 오타도 잡아냈다.

할일도 마땅히 없고, 스마일리네 술집이 기다리고 있었지만 나는 뚜렷한 이유도 없이 서둘러 사무실을 뜨지 않았다. 목요일의 힘든 일정을 끝내고—아까 깜박 졸았던 것 때문에 오해하지 않았으면 좋겠다. 그전까지는 열심히 일했으니까—창가에 서서 고요한 황혼이 깃드는 평온한 거리를 바라보며 느긋한 밤을 몇 잔의 술과 함께 보내는 계획을 세우는 것이 즐거웠다.

스마일리네 술집을 지나 열 몇 걸음 가던 마일스 해리슨이 멈춰 서더니 몸을 돌려 왔던 길을 되짚어 걸었다. 나는 생각했다. 좋았어, 같이 술 마실 사람이 생기겠군. 나는 창가에서 돌아서서 상의를 걸치고 모자를 썼다.

나는 "좀 이따 봐, 피트"라고 말하고 계단을 내려가 따스한 여름 저녁 공기 속으로 나섰다.

하지만 마일스 해리슨에 대한 내 판단은 틀렸다. 그는 벌써 스마일리네 술집을 나서고 있었다. 한잔 들이켜고 나오는 것치고는 너무 빨랐다. 그는 담뱃갑을 뜯는 중이었다. 나를 보더니 손을 흔들었고, 내가 길을 건너는 동안 술집 문 앞에 서서 담배에 불을 붙였다.

"내가 한잔 살까, 마일스?" 내가 제안했다.

마일스는 아쉽다는 듯 고개를 저었다. "닥, 그러면 좋겠지만 이따가 할일이 있어서요. 랠프 보니하고 닐스빌에 가서 주급을 가져와야 하거든요."

그렇지. 나는 그것도 알고 있었다. 이렇게 조그만 동네에서는 다들 남의 사정에 훤한 법이다.

랠프 보니는 캐멀 시티 외곽에 있는 '보니 폭죽사'의 사장이다. 폭죽을 만드는 회사로, 주로 축제나 지방자치단체의 행사에서 사용하는 대형 폭죽을 만들어 미국 전역에 팔았다. 그리고 매년 7월 1일이 되기 전 몇 달 동안은 7월 4일 독립기념일에 쓰일 폭죽 수요를 맞추기 위해 주야로 교대작업을 했다.

랠프 보니는 캐멀 시티의 은행장 클라이드 앤드루스와 사이가 좋지 않았기 때문에 은행 거래는 닐스빌에서 했다. 매주 목요일 밤이면 차를 몰고 닐스빌로 갔고, 그쪽 은행에서 야간근무 주급을 지불할 현금을 받아 왔다. 마일스 해리스는 부보안관으로서 항상 동행하며 경비원 노릇을 했다.

내 눈에는 늘 쓸데없는 절차로만 보였다. 야간근무 주급은 끽해야 몇 천 달러 정도였고, 주간근무 주급과 같이 찾아와서 사무실에 보관해두면 되는 일 아닌가. 하지만 보니는 그 방식을 고집했다.

나는 말했다. "그렇지, 마일스. 하지만 아직 몇 시간 남았잖

아. 게다가 한 잔 정도는 별 영향도 없을 거고."

마일스는 씩 웃었다. "그건 알죠. 하지만 한 잔 들어가면 분명 더 마시게 될걸요. 첫 잔은 별 영향이 없으니까요. 그러니 근무가 끝나기 전까지는 한 잔도 안 한다는 원칙을 지키려고요. 안 그랬다간 금세 취해버릴 거예요. 아무튼 고마워요, 닥. 사주신다는 소리 기억해놨으니 다음에 한잔하시죠."

그 말은 일리가 있었지만, 마일스가 원칙을 지키지 않았으면 좋았을 거라는 생각이 든다. 내가 그에게 맥주 한 잔, 아니 여러 잔을 사줄 수 있었으면 좋았을 텐데. 왜냐하면 그날 자정이 되기 전에 살해당할 남자에게 '나중에'라는 말은 아무 소용이 없으니 말이다.

하지만 당시 그 사실을 알 리 없었던 나는 강요하지 않았다. "그러지, 마일스." 그러고는 아이들에 대해 물었다.

"둘 다 잘 크고 있어요. 언제 한번 놀러오세요."

"알았어." 나는 그렇게 말하고 스마일리네 술집으로 들어갔다.

덩치 큰 대머리인 스마일리 휠러는 가게 안에 혼자 있었다. 내가 들어서자 그는 미소를 지었다. "어이, 닥. 편집 일은 어떻게 됐어?" 그러더니 마치 미치도록 재미있는 말을 하기라도 한 듯 웃어댔다. 스마일리는 유머 감각이라고는 눈곱만큼도 없었지만 자기가 말하는 거의 모든 것, 그리고 상대가 말한 거의 모든 것에 웃음을 터뜨려서 그 사실을 숨길 수 있다는 잘못된 믿음을 갖고 있었다.

"스마일리, 짜증나게 하지 마." 스마일리에게 사실대로 말할 때는 이렇게 하는 것이 안전하다. 아무리 심각하고 진지하게 말해도 그는 농담으로 여겨버리니까. 그래서 그가 웃어버리면 나는 왜 그 말이 짜증난다는 건지 말해주려 했다. 하지만 이번에는 그가 웃지 않았다.

"일찍 와줘서 다행이야, 닥. 오늘 저녁은 정말 따분해."

"캐멀 시티야 매일 저녁이 따분하잖아." 내가 말했다. "난 그런 게 마음에 들어. 하지만 젠장, 목요일 저녁에 딱 한 번만이라도 좋으니 무슨 일이 일어났으면 좋겠어. 신문 찍어내는 일을 수십 년이나 했는데, 정말 사람들이 열광할 만한 화끈한 기사를 딱 한 번이라도 써보고 싶단 말이야."

"닥, 지역 주간지에서 화끈한 기사를 기대하는 사람은 없어."

"알아. 그래서 딱 한 번만 사람들을 놀라게 하고 싶은 거야. 《클라리온》을 발행한 지 이십삼 년이나 되었어. 화끈한 기사를 둘도 아니고 딱 하나 원하는데, 그래도 욕심이 많은 거야?"

스마일리는 얼굴을 찌푸렸다. "절도 사건이 두 번 있었지. 그리고 몇 년 전에 살인 사건도 한 번 있었고."

"그래. 하지만 그래서? 보니네 공장에서 일하던 어떤 녀석이 술에 취해서 다른 직원과 언쟁을 벌이다가 몸싸움으로 이어졌고, 너무 세게 때리는 바람에 상대가 죽었지. 그건 살인이 아니라 과실치사야. 게다가 그 일은 토요일에 일어났으니 《클라리온》이 발행되는 그다음주 금요일에는 이미 지나간 사건이었어. 마을 사람들 모두가 이미 다 아는 이야기가 되어버렸다고."

"그래도 주민들은 《클라리온》을 사잖아. 일요일 교회에 나가서 대화에 끼려면 사건에 얽힌 사람들 이름을 알아야 하니까. 그리고 누가 세탁기를 중고시장에 내놨는지도 알아야…… 한잔할래?"

"슬슬 그 말이 나올 때가 됐지." 내가 말했다.

스마일리는 나에게 한 잔 따라주고는, 나 혼자서만 마시게 할 이유는 없으니 자기 잔에도 한 잔 따랐다. 술을 마신 후 내가 물었다. "칼이 오늘밤에 들를까?"

변호사인 칼 트렌홀름은 캐멀 시티에서 나와 가장 친한 친구라 할 수 있었다. 또한 체스를 둘 줄 알고, 농작물과 정치 외의 다른 주제로 지적인 토론을 할 수 있는 서너 사람 중 하나였다. 칼은 목요일 저녁에 종종 스마일리네 술집에 오곤 했다. 내가 신문 조판을 마치고 나면 항상 여기 와서 술 몇 잔을 하는 것을 알기 때문이다.

스마일리가 대답했다. "안 올걸. 오늘 오후 내내 여기 있었어. 축하주 마시느라 꽤 취했지. 오전에 재판이 있었는데 이겼거든. 아까 집에 돌아갔으니까 지금쯤 곯아떨어졌겠지."

"젠장, 왜 저녁까지 기다리지 않은 거야? 내가 도와준 것도 있는데…… 그런데 스마일리, 방금 칼이 재판에 이겨서 축하주를 마셨다고 했어? 내가 알기로는 재판에서 졌는데. 네가 말한 재판이 보니 이혼 사건 아냐?"

"맞아."

"그럼 칼이 랠프 보니를 변호했을 텐데. 보니 마누라가 이겨서 이혼이 성사됐다고."

"신문에 그렇게 쓴 거야, 닥?"

"그럼. 그게 이번주 기사 중 가장 괜찮다고 할 만한 거란 말이야."

스마일리는 고개를 저었다. "칼이 나한테 말했는데, 네가 그걸 기사로 쓰지 않기를 바라더라고. 아니면 작은 꼭지 정도로만 처리하든가. 그 여자가 이혼을 하게 되었다는 사실만 간단히 내는 거지."

"왜? 이해가 안 되는데, 스마일리. 그리고 칼이 재판에서 지지 않은 건 또 뭐야?"

스마일리는 비밀을 털어놓겠다는 듯 카운터 위로 몸을 내밀었다. 술집에는 우리 둘밖에 없는데도.

"그러니까, 딱, 보니는 이혼을 원했어. 보니 마누라는 몹쓸 년이니까. 하지만 보니는 소송을 걸 만한 꼬투리가 없었지. 적어도 법정에 가져가 폭로해도 괜찮을 만한 건 없었다고. 그래서 보니는…… 말하자면 돈으로 자유를 산 거야. 마누라가 이혼소송을 걸면 합의를 해주고, 마누라가 제시한 이혼 사유를 인정하는 걸로 말이야. 넌 보니의 이혼 얘기를 어디서 들은 거야?"

"판사한테서."

"판사는 겉으로 드러난 부분밖에 보지 못한 거지. 칼이 그러는데 보니는 괜찮은 놈이고 잔혹하다느니 하는 평은 다 헛소리래. 보니는 마누라한테 손끝 하나 댄 적 없어. 하지만 그 여자는 보니가 자기에게서 벗어나기 위해서 뭐든지 인정할 거라고 확신했지. 그리고 이혼하면 족히 십만 달러를 줄 것도 말이야. 칼이 재판에 대해서 걱정했던 건, 그가 잔혹하게 군다는 보니 마누라의 주장이 남들이 보기에 너무 터무니없다는 거였어."

"젠장, 그러면 《클라리온》에 실린 기사와는 영 다른 방향의 이야기가 되는데."

"칼 얘기로는 네가 이 이야기의 진상을 쓸 수는 없겠지만 크게 다루지는 말아줬으면 하더라고. 그냥 B부인이 이혼을 할 만했고 부부 사이에 합의가 이뤄졌다, 이 정도로 썼으면 좋겠다고 했어. 자세한 사유 같은 건 넣지 말고."

나는 이번주 유일한 기삿거리라고 할 만했던 그 기사에 대해 생각해보았다. 보니의 아내가 이혼소송을 걸면서 내세웠던 사유를 내가 얼마나 신중하게 하나하나 열거했는지도. 그런데 이제 와서 그 기사를 다시 쓰거나 아예 빼야 한다고 생각하니 신음이 절로 나왔다. 하지만 사실을 알아버렸으니 빼는 것이 옳았다.

"칼, 이 나쁜 자식. 왜 나한테 말을 안 한 거야? 기사를 써서 인쇄기에 걸어놓기 전에 말하지."

"그럴까 하고 생각했었대, 닥. 하지만 우정을 이용해서 네가 기사를 쓰는 방향을 좌우하고 싶지 않아서 그러지 않기로 했다더군."

"바보 자식." 내가 말했다. "그냥 길만 건너오면 될 걸 가지고."

"칼 말로는, 보니가 괜찮은 사람이기 때문에 네가 기사에 이혼 사유를 열거하면 그에게 안 좋은 일이 될 거랬어. 왜냐하면 그 사유들 중에 진짜는 하나도 없는데다……"

"됐어." 나는 스마일리의 말을 가로막았다. "다시 써야지, 뭐. 칼이 그렇게 말했다면 믿어야지. 이혼 사유가 거짓이라고는 쓸 수 없겠지만, 아예 빼버릴 수는 있어."

"그러는 게 좋을 것 같아, 닥."

"그렇겠지. 좋아, 한 잔만 더 줘, 스마일리. 그것만 마시고 돌아가서 피트가 퇴근하기 전에 기사를 고쳐야겠어."

나는 한 잔을 더 마시면서 유일한 기삿거리를 못 쓰게 만든 한심한 나 자신을 욕했다. 하지만 고치지 않을 수는 없었다. 보니와는 길에서 마주치면 가볍게 인사를 할 정도일 뿐 개인적인 친분은 없었지만, 빌어먹게도 칼 트렌홀름과는 잘 알았다. 그가 보니는 괜찮은 사람이라고 했다면 내가 기사를 쓴 방식은 공정하지 않다. 그리고 스마일리 역시 내가 잘 아는 사람으로, 칼이 말한 것을 내게 잘못 전달할 리 없었다.

나는 툴툴거리면서 다시 길을 건너 《클라리온》 사무실로 올라갔다. 피트는 막 1면의 체이스를 조이던 참이었다.

나는 우리가 해야 할 일을 말했다. 피트는 판면을 조이는 쐐기를 풀었고, 나는 조판된 기사를 다시 읽었다. 물론 활자를 읽는 것이니 뒤집힌 상태로 읽었다.

첫번째 단락은 고치지 않아도 괜찮았다. 나머지 단락 없이 그 단락만으로도 하나의 기사가 될 수 있었다. 나는 피트에게 나머지 단락의 활자를 활자 재활용 통인 '멀자[1] 통'에 넣으라고 말하고, 제목을 만드는 활자가 담긴 판으로 가서 10포인트 활자로 "보니, 이혼 성립"이라는 짤막한 제목을 만들었다. 긴

---

[1] 인쇄하는 과정에서 닳고 눌려서 뭉개진 활자.

기사에 어울리는 24포인트 활자 제목을 대체하기 위해서였다. 나는 제목 활자를 담은 스틱을 피트에게 넘겨주고 피트가 24포인트 제목을 빼내고 그것을 넣는 모습을 지켜보았다.

"이러면 빈 공간이 27센티미터나 생기는데요." 피트가 말했다. "뭘로 채우죠?"

나는 한숨을 쉬었다. "때우기용 글을 넣어야겠지. 1면에는 그렇게 할 수 없으니까, 4면에서 공간을 채울 기사를 찾아서 옮기고, 4면 비는 자리에 때우기용 글을 넣자고."

나는 4면을 조판해놓은 활자판으로 가서 활자판 크기를 재는 파이카 스틱을 집어들었다. 피트는 선반으로 가서 때우기용 글에 쓸 활자를 꺼냈다. 1면의 빈 공간과 크기가 거의 비슷한 것은 캐멀 시티 은행장이자 지역 침례교회의 주요 인사인 클라이드 앤드루스가 다음주 화요일 저녁에 교회에서 바자회를 열 거라고 알려줘서 쓴 기사였다.

경천동지할 내용은 아니었지만 박스에 들어가도록 활자를 재배치한다면 알맞은 길이가 될 터였다. 게다가 사람들 이름이 잔뜩 들어가 있으니 1면에 실어준다면 여러 사람을, 특히 클라이드 앤드루스를 기쁘게 할 수 있었다.

그래서 우리는 그 기사를 앞으로 옮겼다. 정확히 말해 피트가 그 기사를 1면 박스 기사로 만들기 위해 활자를 재배치했고, 그동안 나는 때우기용 글로 4면에 생긴 공간을 메우고 판면을 다시 조였다. 피트가 바자회 기사 재배치를 끝냈을 무렵 나도 4면 작업을 마무리했기에, 이번에는 함께 스마일리네 술집에 갈 수 있었다.

나는 손을 씻으면서 1면에 대해 생각했다. 〈제1면〉이라. 헥트와 맥아더가 생각나는군. 호레이스 그릴리가 관뚜껑을 박차고 나올 만한 내용이지.[1]

이제 진짜로 술이 마시고 싶어졌다.

피트는 교정쇄를 만들기 위해 정판대에 종이와 나무를 올려놓고 망치로 두들기고 있었다. 나는 그럴 필요 없다고 말했다. 신문 독자들은 1면을 읽겠지만 나는 읽지 않을 것이다. 그리고 설사 기사 제목이 뒤집혔거나 단락이 엉킨 부분이 있다면 독자들에 재미라도 선사하겠지.

피트가 손을 씻은 후 우리는 사무실 문을 잠갔다. 7시를 좀 넘긴, 목요일 저녁치고는 아직 이르다고 할 수 있는 시각이었다. 그 사실에 나는 기분이 좋았어야 했다. 우리 신문에 그럴싸한 기사가 있었다면 기분이 좋았을 것이다. 하지만 우리가 방금 조판해놓은 신문은 내일 아침까지 언론으로서의 가치를 유지할 수 있을지 궁금할 지경이었다.

---

[1] 19세기 미국의 유명한 신문 편집장이자 정치가로 《뉴욕 트리뷴》을 창간했다. 그는 언론이 높은 도덕성을 지녀야 한다는 신념을 가진 인물이었는데, 〈제1면〉은 비도덕적인 기자들이 나오는 희곡이기 때문에, 그릴리였다면 그에 분개했을 것이라는 뜻이다.

술집에는 손님이 두 사람 있어서 스마일리는 그들을 상대하느라 바빴다. 스마일리를 기다릴 기분이 아니었던 나는 바 뒤로 들어가 올드헨더슨과 잔 두 개를 꺼내 피트와 내가 앉을 테이블로 가져갔다. 스마일리와는 아주 잘 아는 사이였기에 나는 언제든 편한 대로 술을 꺼내가곤 했고 계산은 나중에 했다.

피트와 내 잔에 술을 따랐다. 한 잔씩 마시고 나자 피트가 말했다. "자, 이걸로 또 한 주가 지나갔네요, 닥."

피트가 나와 일한 지난 십 년간 그가 이 말을 몇 번이나 했는지 궁금해졌다. 그러자 내가 이런 생각을 몇 번이나 했는지도 궁금해졌다. 아마……

"52 곱하기 23이 얼마지, 피트?" 내가 물었다.

"예? 무지하게 많겠죠. 왜요?"

나는 직접 계산을 했다. "50 곱하기 23은…… 1150이지. 23을 두 배해서 더하면 1196이 되고. 1196번이야, 피트. 난 1196번이나 목요일 밤마다 신문 조판을 했는데, 진짜로 화끈한 기사는 단 한 번도 조판해본 적이 없다고."

"여긴 시카고가 아니잖아요, 닥. 뭘 기대하시는데요, 살인사건?"

"살인 사건이면 감사하지."

내 말에 피트가 이렇게 물었다면 아주 재미있었을 것이다.

'닥, 하룻밤에 세 건이면 만족하시겠어요?'

당연히, 그런 말을 하진 않았다. 대신 더 재미있는 소리를 하긴 했다.

"만약 친구에게 일어난 사건이라면요? 제일 친한 친구 말이에요. 칼 트렌홀름 씨 같은. 그분이 살해당해서 《클라리온》에 실리면 좋으시겠어요?"

"물론 아니지. 내가 전혀 모르는 사람이면 좋겠어. 하긴 캐멀 시티에 내가 전혀 모르는 사람이 있겠냐마는. 예후디 같은 사람이면 모를까."

"예후디가 누군데요?" 피트가 물었다.

나는 피트가 농담을 하는가 싶어 빤히 바라보았지만 그런 것 같지 않아 설명했다.

"「거기 있지 않았던 작은 남자The Little Man Who Wasn't There」 라는 시 몰라?

나는 계단에서 한 남자를 보았네,

거기 있지 않았던 작은 남자.

오늘도 또 거기에 없었네,

▮   1899년 미국의 교육자이자 시인 휴스 먼스가 쓴 시. 원래 제목은 「앤티고니시(Antigonish)」이나 「거기 있지 않았던 작은 남자」라는 제목으로 더 유명하다. 캐나다 노바스코샤 주의 앤티고니시에 있는, 어느 귀신 나오는 집 계단에서 남자 유령이 출몰한다는 기사를 보고 영감을 받아 썼다고 한다. 이후 영화나 노래 등 대중매체에서 자주 인용되었다. 이 시는 부재의 존재, 또는 존재하지 않는 것의 유령에 대해 섬뜩하면서도 유머러스한 분위기를 표현하고 있다. 닥은 그 작은 남자의 이름이 '예후디'라고 하지만 실제로 시에서 남자의 이름은 언급되지 않는다.

아, 그 남자가 가버렸으면."

피트는 웃었다. "닥, 하루가 다르게 이상해지시네요. 그것도 『이상한 나라의 앨리스』에 나오는 건가요? 취하면 늘 거기서 인용한 얘기만 하시잖아요."

"이 시는 아니야. 그리고 내가 술 마실 때만 루이스 캐럴을 인용한다고 누가 그래? 난 지금도 인용할 수 있어. 오늘밤은 아직 한 방울도 안 마신 거나 다름없다고. 예를 들면 붉은 여왕이 앨리스에게 이렇게 말했지. '제자리를 지키려면 이렇게 많이 마실 수밖에 없단다.'[1] 이 자리에선 진짜 괜찮은 걸 인용해줄게.

브릴릭의 시간, 나끌나끌한 토브들

웨이브에서 빙글팽글 후빌빌거리니……"

피트는 일어섰다. "『거울 나라의 앨리스』에 나오는 「재버워키」라는 시잖아요. 방금 읊어주신 게 아마 백번째일걸요. 이젠 저도 거의 외울 지경이에요. 슬슬 가봐야겠어요, 닥. 술 잘 마셨어요."

"그래, 피트. 하지만 이건 꼭 기억해."

"뭔데요?"

나는 읊었다.

▎ 『거울 나라의 앨리스』에서 한 문장을 패러디한 것. 원래 문장은 "여기서 제자리를 지키려면 넌 있는 힘껏 달려야 해"다.

"아들아, 조심해라, 재버워크를!

물어뜯는 주둥이, 낚아채는 발톱을!

접접새를 조심하고, 날렵하게 피해라……"

스마일리가 뒤쪽 전화기 옆에 서서 "어이, 닥!" 하고 나를 부르고 있었다. 그제야 나는 약 삼십 초 전에 전화벨이 울렸던 게 생각났다. 스마일리는 "닥, 전화 받아" 하고 소리치고는 그렇게 웃긴 말은 몇 년 만에 처음이라는 듯 웃어댔다.

나는 일어나서 전화기 쪽으로 가면서 피트에게 잘 가라는 인사를 했다.

나는 수화기를 집어들고 "여보세요"라고 말했다. 그러자 수화기 너머에서 "여보세요" 하는 답이 들려왔다. 그런 다음 "닥?"이라고 하기에 나는 "네" 하고 대답했다.

수화기 너머의 목소리가 말했다. "닥, 나 클라이드 앤드루스야." 상당히 차분한 느낌이었다. "난리 났어. 이건 살인이야."

머릿속에 처음 떠오른 생각은 이랬다. 피트는 지금쯤 입구까지 갔겠군. 나는 "잠깐만, 클라이드"라고 말하고는 한 손으로 송화구를 막으면서 외쳤다. "피트!"

내 생각대로 입구에 서 있던 피트가 돌아섰다.

"가지 마." 나는 술집 끝에서 끝까지 들릴 정도로 소리쳤다. "살인 사건 기사가 생겼어. 조판을 다시 해야 해!"

갑자기 스마일리네 술집이 조용해졌다. 대화를 나누던 다른 두 손님이 말을 하다 말고 나를 바라보았다. 입구에 서 있던 피트도 나를 바라보았다. 스마일리는 한 손에 술병을 든 채 돌아서서 나를 바라보았다. 심지어 미소도 짓지 않았다. 내가 전화기로 돌아서자마자 그의 손에서 술병이 바닥으로 떨어졌고, 그 소리에 나는 놀라서 펄쩍 뛰었다. 나는 심장이 입으로 튀어나오지 않게 손으로 입을 막았다. 술병이 바닥에 부딪쳐 깨지는 소리가, 한순간이지만 권총 소리 같았기 때문이었다.

나는 더듬지 않고 말을 할 수 있겠다는 기분이 들 때까지 기다렸다. 그리고 송화구를 막은 손을 떼고 차분하게, 어쩌면 차분한 것에 가깝게 말했다.

"그래, 클라이드. 계속 얘기해봐."

2

"늙은이, 당신은 뉘슈?" 하고 내가 물었지.
"또 어찌 살고 있수?" 하고.
그러나 그의 대답은 내 머릿속을 주르르 흘
러가더군,
마치 체를 통과한 물처럼.[1]

"신문 조판은 다 끝났지, 닥?" 클라이드의
목소리가 말했다. "사실 사무실에 전화하
려 했는데 누가 그러더라고. 이 시간이면
넌 거기 없고 스마일리네 술집에 있을 거라
고. 그러면 조판은 진작 끝났을……"

"괜찮아." 내가 말했다. "계속 말해봐."

"난리라니까. 사람이 죽게 생겼다고. 이
정도면 네가 조판을 끝내고 사무실을 떠났
다 해도 다시 돌아가서 신문을 수정해야
할 것 같아. 그러니까, 음…… 그 화요일 바
자회 말인데, 그게 취소됐어. 그 기사 좀 빼
주겠어? 안 그러면 기사를 읽은 사람들이
화요일에 교회에 왔다가 실망할 거야."

---

[1] 『거울 나라의 앨리스』 8장 '이건 내가 발명한 거야' 중에서.

"물론이지, 클라이드. 그건 내가 알아서 할게."

나는 전화를 끊었다. 테이블로 돌아가 앉았다. 내 잔에 위스키를 따랐고, 피트가 오자 그의 잔에도 따랐다.

피트는 무슨 전화냐고 물었고 나는 자초지종을 말해주었다. 클라이드는 '죽을 맛이다'라는 의미로 '살인'이라는 표현을 썼는데 나는 실제 살인이 일어난 것으로 착각했다고.

스마일리와 두 손님이 저쪽에서 나를 바라보고 있었지만 나는 아무 말도 하지 않았다. 결국 스마일리가 물었다. "무슨 일이야, 닥? 살인 사건 어쩌고 하지 않았어?"

"그냥 농담이었어, 스마일리."

그러자 스마일리는 웃어댔다.

나는 내 술을 들이켰고 피트는 자기 것을 마셨다. 피트가 말했다. "오늘 어쩐지 일이 일찍 끝난다 했지요. 그럼 또 1면에 빈 곳이 생겼네요. 뭘로 채우죠?"

"난들 알겠어. 오늘밤은 그냥 잊어버리자고. 내일 아침에 나와서 최종 조판을 할 때 생각해볼게."

"지금이야 그렇게 말씀하시지만요. 혹시라도 내일 8시에 안 나오시면, 거기에 뭘 채워넣을까요?"

"나를 그렇게 못 믿다니 슬픈데, 피트. 내가 내일 아침에 나온다고 하면 반드시 나올 거야."

"그래도 만약 안 나오신다면요?"

나는 한숨을 쉬었다. "그럼 네가 원하는 대로 해." 내가 없으면 피트가 알아서 그 자리를 채울 것이다. 뒷면에서 기사 하나를 끌어와 넣고 뒷면에 생긴 빈자리에는 때우기용 글 아니면 구독 광고를 넣겠지.

하지만 구독 광고는 이미 하나 넣었는데. 그리고 빌어먹을 때우기용 글도 너무 많다. 그러니까 세쿼이아나무 한 그루로 만들 수 있는 널빤지 수가 몇 개라는 둥, 유프라테스 계곡에서 잡히는 숭어 어획고가 얼마라는 둥 하는 글 말이다. 조금씩이라면 괜찮지만, 이런 글이 단마다 들어간다면……

피트는 이제 가봐야겠다고 말했고, 이번에는 진짜로 떠났다. 나는 피트가 멀어지는 모습을 지켜보며 조금 부러움을 느꼈다. 피트 코리는 나무랄 데 없는 인쇄공이고, 나는 형편이 닿는 한 그에게 걸맞은 급료를 주고 있다. 우리는 거의 똑같은 시간을 일한다. 하지만 신문을 내는 과정에서 걱정거리가 생기면 그건 온전히 내 몫이다. 그리고 걱정거리는 늘 생긴다.

다른 손님들도 피트가 떠난 뒤 얼마 지나지 않아 술집을 나갔다. 나는 혼자 테이블에 앉아 있기가 싫어서 술병을 들고 바 쪽으로 갔다.

"스마일리, 신문 살 생각 없어?"

"엉?" 스마일리는 웃어댔다. "닥, 농담하지 마. 신문은 내일 정오에나 인쇄돼서 나오잖아."

"그건 그래. 이번주 내내 기다린 보람이 있을 거야. 그건 보장하지, 스마일리. 그런데 내 말뜻은 그게 아냐."

"엉? 아, 신문사를 인수하라 이거야? 글쎄, 닥. 내가 신문사를 잘 운영할 거라는 생각은 안 드는데. 일단 난 철자법도 잘 몰라. 그런데 참, 저번에 클라이드 앤드루스가 네 신문사를 사고 싶다는 말을 했다고 하지 않았어? 정 팔고 싶으면 클라이드한테 팔지 그래."

"내가 신문사를 팔고 싶다고 누가 그랬어? 그냥 살 생각이 없냐고 물어본 거야."

스마일리는 완전히 당황한 표정이었다.

"닥, 넌 항상 농담을 하는 건지 진담을 하는 건지 모르겠다니까. 솔직히 말해봐. 정말 팔고 싶은 거야?"

사실 나도 그게 궁금했다. 나는 천천히 말했다. "나도 모르겠어, 스마일리. 지금 당장은 그러고 싶어서 미칠 지경이야. 하지만 신문 일을 그만두고 싶지는 않은 것 같아. 그만두기 전에 괜찮은 특종 하나를 터뜨리고 싶거든. 신문을 이십삼 년이나 발행했는데, 큰 기사가 딱 하나라도 있으면 좋겠어."

"신문사를 팔고 나면 뭘 할 건데?"

"그야, 남은 인생은 신문을 발행하지 않으면서 보내겠지."

스마일리는 내가 다시 농담하는 분위기로 돌아갔다고 판단하고는 웃음을 터뜨렸다.

술집 문이 열리고 앨 그레인저가 들어왔다. 그에게 병을 흔들어 보이자, 내가 서 있는 바 쪽으로 걸어왔다. 스마일리는 다른 잔을 하나 꺼내고 물이 든 잔도 준비했다. 앨은 술을 마실 때 꼭 물을 같이 마셨다.

앨 그레인저는 스물둘 아니면 스물셋 먹은 전형적인 건방진 애송이지만 이 동네에서 체스를 둘 줄 아는 몇 안 되는 사람이자, 루이스 캐럴에 대한 내 열정을 이해하는 더욱 흔치 않은 사람이었다. 게다가 앨은 캐멀 시티에서 '신비로운 인물'로 통했다. 이 동네에서 그런 명성을 얻으려면 아주 많이 신비로울 필요는 없지만.

앨이 말했다. "안녕하세요, 딕. 언제 체스 한판 두실 시간 내주시죠?"

"지금이 딱 좋을 것 같은데. 여기서 한판 둘까?"

스마일리는 앨 그레인저, 칼 트렌홀름, 그리고 나처럼 괴상한 손님들을 위해 체스말을 항상 준비해두었다. 우리가 갖다 달라고 부탁하면 마치 체스말이 손안에서 폭발하기라도 할 것 같은 태도로 가져왔다.

앨은 고개를 저었다. "그러면 좋겠지만 집에 가서 일을 좀 해야 해서요."

나는 앨의 잔에 위스키를 따랐다. 가득차게 따르려다가 조금 흘리고 말았다. 앨이 고개를 느릿느릿 저었다. "'하얀 기사

가 부지깽이를 타고 내려간다. 균형을 잡지 못하고 삐딱하게 움직인다.'"**I**

"두번째 칸이라서 그래. 다음은 괜찮을걸. 네번째 칸으로 는 기차를 타고 가니까."**II**

"기다리게 하지 마세요, 형님. 연기 한 번에 천 파운드의 가치가 있으니까요."**III**

스마일리가 우리를 번갈아 바라보았다. "둘이서 대체 무슨 소리를 하고 있는 거야?"

설명해봐야 소용이 없었다. 나는 손으로 스마일리를 가리 켰다. "'발치에 브레드-앤드-버터-플라이Bread-and-butter-fly를 찾을 수 있을 거야. 걔는 날개가 버터 얇게 바른 빵조각이고, 몸통은 빵 껍질인데, 머리는 각설탕이야. 크림을 넣은 연한 차 를 마시고 살지.'"**IIII**

앨이 말했다. "스마일리, 이쯤에서 그런 걸 찾지 못하면 어 떻게 되는지 물어보시면 돼요."

내가 말했다. "그럼 나는 물론 굶어죽게 될 거라고 말할 거

I 『거울 나라의 앨리스』 1장에서 앨리스가 왕의 연필 끝을 잡고 기록한 문장.
II 『거울 나라의 앨리스』 3장에서 앨리스가 기차를 타고 가는 장면을 가리킨다. '작품을 읽기 전에' 를 참고.
III 같은 장면에서, 앨리스가 역무원에게 표를 보여주지 못하자 공중에서 여러 목소리가 "그의 시 간은 일 분에 천 파운드나 나간대!" "칙칙폭폭 한 번에 천 파운드나 나간대!" 하고 울려퍼진다.
IIII 『거울 나라의 앨리스』 3장 '거울 곤충들'에서 각다귀가 앨리스에게 거울 나라의 곤충을 하나 하나 설명하는 대목 중 일부.

고, 너는 그런 일이 자주 일어난다고 얘기하면, 내가 또 그런 일은 언제나 일어난다고 말하면 돼."⁣**ⅠⅠⅠⅠⅠ**

스마일리는 다시 우리를 바라보더니 머리를 절레절레 흔들었다. "둘 다 머리가 어떻게 됐군." 그는 바 한쪽으로 걸어가 유리잔을 씻고 닦기 시작했다.

앨 그레인저가 내게 싱긋 웃었다. "오늘밤은 뭐하실 거예요, 형님? 나중에 한두 판 정도 할 시간은 날 것 같은데. 집에 계속 계실 거죠?"

나는 고개를 끄덕였다. "집까지 걸어갈까 생각중이었지. 도착하면 책 좀 읽고, 술도 한두 잔쯤 하려고. 자정 전에 오면 아직 취하지 않았을 테니까 체스를 둘 수 있을 거야. 너 같은 애송이는 쉽게 이길 정신머리가 남아 있겠지."

내가 마지막 말 같은 소리를 할 수 있는 건 그것이 전혀 사실이 아니기 때문이었다. 앨은 작년 즈음부터 세 판에 두 판 정도는 나를 이겼으니까.

앨은 킬킬 웃더니 시를 읊기 시작했다.

"'아버지는 늙으셨죠, 윌리엄 아버지.' 젊은이가 말했다네.

'머리칼은 여기저기 새하얗게 세셨고요,

그런데도 쉴새없이 물구나무서시다니—

ⅠⅠⅠⅠⅠ 앨과 닥이 하는 말은 모두 앞의 상황에서 이어지는 앨리스와 각다귀의 대화를 인용한 것이다.

그 나이에 어울리는 행동이라 보시나요?'"

루이스 캐럴이 그에 대한 대답도 했으니, 나도 마주 읊었다.

"'왕년에는 말이다.' 윌리엄 아버지 아들에게 대답했네.

'그랬다간 뇌라도 다칠까봐 겁났지,

알고 보니 내게 뇌 같은 건 없지 뭐냐.

그래서 마음놓고 하고 또 하는 거지.'"[1]

앨이 말했다. "그 말이 맞을지도 모르겠어요, 닥. 아무튼
이러다가 '꺼져라, 안 그러면 계단에서 걷어차줄 테니!'까지 가
기 전에 이쯤에서 끝내죠. 어차피 지금 꺼져야 하니까요."

"한 잔 더 할래?"

"음…… 아뇨. 가서 일해야죠. 형님은 술을 마셔도 생각을
하실 수 있지만요. 저도 형님 나이에 그럴 수 있으면 좋겠어
요. 가능하면 댁에 가서 체스를 둘 수 있도록 노력해보겠지만,
10시까지 제가 오지 않으면 기다리지 마세요. 아니, 10시 반
까지만 기다려주세요. 술 잘 마셨어요."

앨은 밖으로 나갔다. 술집 창 너머로 그가 미끈한 컨버터
블 승용차에 올라타는 모습이 보였다. 앨은 경적을 울리더니
내게 손을 흔들고는 차를 몰고 사라졌다.

---

[1] 『이상한 나라의 앨리스』 5장 '쐐기벌레의 조언'에 실린 시 「아버지는 늙으셨죠, 윌리엄 아버지」
의 일부. 1799년 영국의 낭만주의 시인 로버트 사우디가 쓴 「노인의 안락과 안락을 얻는 방법(The
Old Man's Comforts and How He Gained Them)」을 패러디한 걸작 난센스 시다.

바 옆에 걸린 거울에 비친 내 모습을 보면서, 나는 앨 그레인저가 내 나이를 몇이라고 생각하는지 궁금해졌다. "저도 형님 나이에 그럴 수 있으면 좋겠어요"라니. 내가 여든 살쯤 되었다고 생각하는 거야 뭐야. 난 아직 만으로 쉰셋도 안 되었다고.

하지만 내가 그 정도로 늙어 보인다는 건 인정할 수밖에 없었다. 머리가 허옇게 세고 있었으니까. 거울 속의 내 모습을 들여다보고 있자니 흰머리 때문에 약간 두려워졌다. 아냐, 난 그렇게 늙지는 않았어. 늙어가고 있는 건 맞아. 그리고 늙는 것에 대해 불평하는 만큼, 살아 있는 것이 좋아. 늙고 싶지 않고 죽고 싶지 않아. 이 동네 사람들 대다수는 몰라도, 적어도 나는 천국에서 날개를 달고 하프를 타다가 깃털 사이에서 이를 잡는 영생을 누리지는 못할 테니까. 그렇다고 지옥에서 석탄을 파내는 중노동을 할 것 같지도 않지만. 하기야, 둘 중에서는 후자 쪽이 더 가능성이 높겠군.

스마일리가 돌아왔다. 그는 손가락으로 문 쪽을 가리켰다. "난 저 친구가 별로야, 닥."

"앨 말이야? 괜찮은 녀석이야. 애송이티를 좀 내긴 하지만. 저 친구 수입원이 뭔지 모르니까 편견이 생기는 것뿐이야. 어쩌면 집에 인쇄기가 있어서, 그걸 돌려서 돈을 버는지도 모르지. 그러고 보니 나도 인쇄기가 하나 있네. 나도 부수입 좀 올려볼까."

"아니, 그런 게 아냐, 닥. 난 누가 뭘로 돈을 벌든 상관 안 해. 돈을 벌지 않고 어디선가 가져온다고 해도 마찬가지고. 내가 마음에 안 드는 건 저 친구가 말하는 방식이야. 너도 이상한 말을 하긴 하지. 하지만…… 네가 말하는 방식 자체는 좋아. 그런데 저 친구는 내가 이해 못하는 말을 할 때 꼭 내가 멍청한 사람 같다는 느낌이 들도록 말한단 말이야. 뭐, 내가 멍청이일 수는 있지만 그래도……"

나는 갑자기 스마일리가 이해 못할 것을 뻔히 알면서 했던 이야기들이 부끄러워졌다.

"그건 지능이나 지성 때문이 아냐, 스마일리. 그냥 문학적인 배경지식이 있느냐 없느냐의 차이지. 자, 한 잔씩 하자고. 나도 이만 가봐야 하니까."

나는 그에게 술을 한 잔 따라주었고, 내 잔도 채웠다. 이번엔 조금만 따랐다. 술기운이 슬슬 올라오고 있었기 때문이다. 앨 그레인저가 와서 체스를 두게 될 경우를 대비해 너무 취하고 싶지는 않았다.

나는 별 이유도 없이 불쑥 말했다. "넌 좋은 사람이야, 스마일리."

그러자 스마일리도 웃으면서 말했다. "너도 그래, 닥. 문학적 배경지식이 있건 없건 넌 머리가 약간 돌긴 했지만, 좋은 사람이야."

문득 우리는 그런 말을 당사자 앞에서 입에 올렸다는 사실에 무안해졌다. 나는 스마일리 뒤쪽, 바 너머에 걸린 달력에 시선을 꽂았다. 술집에서 흔히 볼 수 있는 종류의, 홀딱 벗다시피 한 육감적인 여자의 사진을 실은 달력으로 '빌 브러더스 스토어'라는 상호가 찍혀 있었다.

달력에만 시선을 두고 있자니 약간 짜증이 났다. 나는 아직 머리에 영향을 줄 정도로 취하지는 않았다는 사실을 깨달았다. 그러니까 바로 지금, 나는 동시에 두 가지 생각을 하고 있는 것이다. 넌더리나게도 내 뇌의 일부는 빌 브러더스에 연락해서 신문에 광고를 싣지 않겠느냐고 해볼까 하는 생각을 끊임없이 하고 있었다. 나는 오늘밤만은 《클라리온》에 누가 광고를 싣든 말든 상관하지 않겠다고 속으로 중얼거리며 그런 생각을 덮어버리려고 애썼지만, 내 뇌의 어느 부분이 계속해서 왜냐고 물어댔다. 젠장, 이런 식이면 《클라리온》을 클라이드 앤드루스에게 팔 때까지는 이런 생각에서 벗어날 길이 없겠어. 한편 내 정신의 또다른 부분은 달력 그림에 점점 더 짜증을 냈고, 나는 결국 입을 열었다. "스마일리, 저 달력 떼버리는 게 낫겠어. 저건 순 거짓말이잖아. 세상에 저런 여잔 없다고."

스마일리가 돌아서서 달력을 보았다. "그렇겠지. 저런 여잔 세상에 없어, 닥. 하지만 꿈꿀 순 있잖아, 안 그래?"

"스마일리, 그거 네가 처음으로 한 심오한 말은 아닐지 몰라도 지금까지 한 말 중에 가장 심오한 말은 되는 것 같아. 게다가 네 말이 옳아. 달력은 떼지 말고 그냥 둬."

스마일리는 웃음을 터뜨리고 바 한쪽으로 가서 유리잔 닦는 일을 계속했다. 나는 그 자리에 선 채 왜 내가 집으로 가지 않는지 의문을 품었다. 8시가 되기 몇 분 전이니 아직 이른 시각이기는 했다. 하지만 술을 더 마시고 싶지는 않았다. 집에 도착할 즈음에는 한 잔 더 하고 싶은 기분이 들겠지만.

나는 지갑을 꺼내며 스마일리를 불렀다. 우리는 병에서 몇 잔이나 따랐는지를 가늠해보았고, 그 잔 수만큼 내가 돈을 지불했다. 그리고 1리터 정도 되는 술 한 병을 따로 샀다. 들고 갈 수 있도록 스마일리가 술병을 포장해주었다.

나는 술병을 옆구리에 끼고 나가며 말했다. "안녕, 스마일리." 스마일리는 "안녕, 닥" 하고 대답했다. 무심히 던진 인사말이지만 정신없이 혼란스러울, 아직 시작되지도 않은 그날 밤 내내 그도 나도 '안녕'히 있지 못했다. 하지만 지금은 일어난 순서대로 이야기하는 게 좋겠다.

집으로 향하는 길.

어차피 도중에 우체국을 지나야 했으니 가는 김에 우체국에 들렀다. 물론 창구는 닫혀 있지만 바깥쪽 로비는 늦은 시간에도 항상 열려 있어서 사서함이 있는 고객은 우체국이 닫힌 후에도 우편물을 꺼낼 수 있다.

사서함을 열어보니 중요한 우편물은 하나도 없었다. 나는 언제나처럼 게시판을 지나가며 붙어 있는 공고며 수배 전단을 훑어보았다.

새로 붙은 수배 전단이 두 개 있었다. 나는 글을 읽고 사진을 꼼꼼히 살펴보았다. 나는 남의 얼굴을 유난히 잘 기억했다. 사진으로만 본 얼굴도. 언젠가는 캐멀 시티에 들어온 수배범을 찾아내 현상금을 받는 것까지는 몰라도 기사를 쓸 수 있었으면 하는 게 내 소망이었다.

건물 몇 채를 더 거쳐 은행을 지나게 되었다. 그러자 은행장인 클라이드 앤드루스와, 그가 내게서 신문을 인수하고 싶어한다는 사실이 머리에 떠올랐다. 물론 앤드루스가 직접 신문을 만들지는 않을 것이다. 오하이오 주 어딘가에 살고 있는 그의 동생이 신문사를 꾸려본 경험이 있다 하니 내가 신문을 팔면 앤드루스는 동생에게 신문을 맡기겠지.

그에게 신문을 팔면 가장 마음에 들지 않는 점은, 앤드루스는 정치에 관심이 많으니 그가 《클라리온》을 인수하면 《클라리온》은 그가 지지하는 정당을 편들 것이라는 점이다. 내가 만드는 《클라리온》은 (자주 있는 일이지만) 잘못을 저지르면 정당을 가리지 않고 비난을 퍼부었고, (드물게도) 잘한 일이 있으면 역시 차별 없이 칭찬을 했다. 내가 정신이 나간 건지도 모른다. 스마일리와 앨을 제외한 사람들은 모두 그렇게 말했다. 하지만 나는 신문이라면 마땅히 그래야 한다고 생각한다. 특히 소도시에 하나밖에 없는 신문이라면 더더욱.

굳이 덧붙이자면, 돈을 벌 수 있는 최고의 방법은 아니다. 덕분에 친구도 많이 생기고 구독자도 많아졌지만 신문은 구독료로 돈을 버는 것이 아니다. 신문은 광고주의 돈을 먹고 산다. 이 동네에서 신문에 광고를 낼 정도의 거물들 대부분은 너 나 할 것 없이 정치에 조금씩 관여하고 있고, 양쪽 정당 중 하나를 지지했다. 내가 《클라리온》으로 특정 정당을 까면, 그 정당을 지지하는 광고주들을 잃을 가능성이 컸다.

또한 내 방식은 뉴스를 취재하는 데도 별 도움이 되지 않는다. 캐멀 시티에서 뉴스를 입수할 수 있는 최고의 장소는 보안관 사무실인데, 현재 보안관인 랜스 케이츠는 나와 불구대천의 원수나 마찬가지였다. 케이츠는 성품은 정직했으나 멍청하고 무례한데다 인종에 대한 편견이 심했다. 인종차별은 캐멀 시티에서는 그다지 대수롭지 않은 일이었지만 내가 특히나 싫어하는 것 중 하나였다. 나는 보안관 선거 전후로 실은 케이츠에 대한 사설에서 그의 사정을 조금도 봐주지 않았다. 케이츠가 당선된 것은 그저 그의 경쟁자가 지성 측면에서 케이츠보다 나을 것도 없는 인물이었던데다, 선거 일주일 전에 닐스빌에 있는 어느 술집에서 패싸움에 휘말렸다가 폭행죄로 체포되었기 때문이었다. 《클라리온》은 물론 이 사건도 보도했으며, 따라서 랜스 케이츠가 보안관으로 당선된 것은 《클라리온》의 덕도 컸다. 하지만 랜스는 내가 자신에게 퍼부었던 비난만 기억했고, 나와 길에서 마주치면 말도 잘 걸지 않았다. 개인적으로 그가 그러든 말든 나는 눈곱만큼도 상관하지 않았으나, 그 탓에 경찰 관련 뉴스를 취재하는 일은 너무도 어려워졌다. 이런 소도시이니만큼 대단한 뉴스는 아니었지만.

슈퍼마켓과 빌 브러더스를 지나고 디크의 악기점을 지났다. 전에 여기서 바이올린을 하나 구입했지만 연주법 설명서를 같이 사는 것을 그만 잊어버렸더랬다. 나는 모퉁이를 돌아 길을 건넜다.

집으로 향하는 길.

어쩌면 좀 비틀거리며 걸었는지도 모르겠다. 그즈음에는 조금 뒤처럼 정신이 멀쩡하지는 않았으니까. 하지만 정말이지 머릿속 한가운데는 수정처럼 맑고 가장자리는 어렴풋한, 아주 기분좋은 상태였다. 제대로 설명하거나 정의를 내릴 수는 없어도 술을 즐기는 사람이라면 누구나 아는 그런 상태 말이다. 캐멀 시티조차 기분좋게 느껴졌고 그 속에서 벌어지는 추잡스러운 정치조차도 재미있다는 생각이 들었다.

모퉁이에 있는 팝 힌클 드러그스토어를 지나쳤다. 어릴 때는 여기 자주 들러서 탄산음료를 사 마셨는데. 그후 대학에 들어가 신문방송학을 전공하는 일생일대의 실수를 저질렀고. 다음은 고럼의 사료 가게를 지나쳤다. 고등학생 때 방학이 되면 여기에서 아르바이트를 했다. 그다음은 비쥬 극장과 행크 그리버의 장의사였다. 부모님 두 분 다 이곳에서 장례를 지냈다. 십오 년 전과 이십 년 전에.

청사가 있는 모퉁이를 돌자 아직 불이 켜져 있는 케이츠 보안관 사무실이 나타났다. 나는 너무나 기분이 좋은 상태라 누가 천 달러만 준다면 보안관 사무실에 들러 케이츠에게 말을 걸 수도 있을 정도였다. 그러나 근처에는 아무도 없으니 내게 천 달러를 줄 사람도 없었다.

상점들이 늘어선 지역을 지나 엘시 민턴이 살았던 집을 지나쳤다. 엘시는 이십오 년 전 나와 약혼한 뒤 죽었다.

그리고 엘머 콩클린이 살았던 집을 지나쳤다. 이 집에 살던 시절 그가 내게 《클라리온》을 팔았다. 다음은 교회를 지나쳤다. 어릴 때는 일요일마다 주일학교에 다녔고, 성경 암송으로 상을 탔던 곳이기도 하다.

나는 그렇게 내 과거를 지나치며 걸었다. 약간 비틀거리면서, 내가 수태되어 태어났던 집으로 향했다.

그 집에서 오십삼 년을 살지는 않았다. 내가 아홉 살 때 여동생이 태어났고, 부모님은 그 집을 팔고 더 큰 집으로 이사했다. 여동생은 지금 결혼해서 플로리다에 살고 있다. 십이 년 전이 집에 살던 사람이 나가며 집을 내놓았고, 내가 집을 샀다. 방이 세 개뿐인 단층집으로, 혼자 사는 것을 좋아하는 독신 남에게 큰 집은 아니었다. 그리고 나는 혼자 사는 것이 좋다.

나는 사람들과 어울리는 것도 좋아한다. 누가 집에 들러 이야기를 나누거나, 체스를 두거나, 한잔하거나, 아니면 그 셋을 한꺼번에 하는 것을 좋아한다. 나는 일주일에 몇 번씩 스마일리네 술집이나 다른 술집에서 한두 시간 빈둥거리는 것을 좋아한다. 가끔 포커를 치는 것도 좋아한다.

무엇보다도 저녁에 책을 읽는 것이 제일 좋다. 내 거실 양쪽 벽은 책꽂이로 빈틈이 없고, 침실 서가에도 책이 넘쳐나며, 욕실에도 책 선반이 있다. 그게 무슨 뜻이냐고? 나는 책 선반이 없는 욕실은 변기가 없는 욕실만큼이나 불완전하다고 생각한다.

그리고 다 좋은 책들이다. 그럼, 오늘밤도 나는 외롭지 않을 것이다. 앨 그레인저가 체스를 두러 오지 않는다 해도 말이다. 옆구리에는 술병을 끼고, 집에는 좋은 책이라는 친구가 기다리고 있는데 외로울 수 있겠는가? 책을 읽는다는 것은 그 책을 쓴 작가와 대화를 나누는 것만큼이나 좋은 일이다. 아니, 작가에게 정중한 태도를 취할 필요가 없다는 점에서는 더욱 좋다. 마음이 내키면 언제라도 작가의 입을 닫아버리고 다른 작가를 택하면 된다. 그리고 신발을 벗어던지고 테이블에 발을 올려놓아도 된다. 술을 마시며 책을 읽다가 지금 책을 읽고 있다는 것 외에는 모든 것을 잊어버리는 경지에 이를 수도 있다. 내가 누구인지, 신문을 발행해야 한다는 사실이 무거운 맷돌처럼 하루종일, 그리고 매일 내 목에 매달려 있다는 사실도 잊을 수 있다. 그래서 집이라는 안식처로 돌아와야지만 그 사실을 잊을 수 있다는 사실까지도.

집으로 향하는 길.

그리고 캠벨 스트리트의 모퉁이. 내가 택할 갈림길.

6월 저녁이지만 기온은 서늘했다. 밤공기 때문에 스마일리네 술집에서 아홉 블록을 걸어오는 동안 술기운이 거의 다 가셨다.

갈림길에 들어서니 집의 현관 옆 방에 불이 켜져 있는 것이 보였다. 나는 약간 당황해서 발걸음을 재촉했다. 오늘 아침 신문사로 갈 때는 불이 켜져 있지 않았다. 게다가 내가 불을 켜두고 나왔더라도 매일 오후 2시경 집에 와 청소를 해주는 가사도우미 카 부인이 불을 끄지 않았을 리 없다.

앨 그레인저가 볼일을 빨리 마치고 와서 기다리고 있는 걸까. 아니야. 앨은 분명 차를 타고 올 텐데 집 앞에 주차된 차가 없잖아.

하지만 미스터리가 될 수도 있었던 불빛은 사실 아무것도 아니었다.

집안으로 들어가자 카 부인이 옷장 문에 달린 커다란 거울 앞에 서서 모자를 쓰는 중이었다.

"방금 나가려는 중이었어요, 스토거 씨. 오늘은 낮에 오지 못해서 저녁때 청소를 시작했거든요. 이제 다 마쳤어요."

"그렇군요. 그런데 밖에 눈보라가 몰아치고 있어요."

"뭐라고요?"

"눈 폭풍이 불어온다니까요." 나는 종이에 싼 술병을 쳐들었다. "그러니 이거 한잔하고 가시는 게 어떨까요?"

카 부인은 웃음을 터뜨렸다. "고마워요, 스토거 씨. 한잔하죠. 안 그래도 오늘 좀 힘들었으니 술 한잔으로 마무리하는 것도 좋겠네요. 잔은 내가 갖고 올게요."

나는 옷장에 모자를 넣고 카 부인을 따라 주방으로 갔다.

"힘드셨다고요? 나쁜 일은 아니겠죠?"

"뭐…… 심각한 상황은 아니에요. 제 남편이 보니 폭죽사에서 일하는 거 아시죠? 오늘 오후에 공장에서 작은 사고가 나는 바람에 조지가 화상을 입었어요. 사람들이 그이를 집에 데려왔죠. 심각한 건 아니고, 의사가 2도 화상이랬어요. 통증이 있어서 저녁 먹을 때까지 옆에 붙어 있어야 했어요. 저녁을 먹고 나서야 남편이 잠들어서 그후에 부랴부랴 뛰어왔죠. 서두르는 바람에 청소가 깨끗하게 안 됐을 거예요."

"제가 보기엔 먼지 하나 없는데요, 뭐." 나는 술병을 따기 시작했고 카 부인이 잔을 가져왔다. "남편분이 빨리 나으셔야 할 텐데요, 부인. 간호를 해야 한다면 당분간 오지 않으셔도 괜찮습니다."

"아유, 아니에요. 그 정도로 옆에 붙어 있을 건 없어요. 남편은 며칠 있으면 다시 출근할 테고요. 오늘은 여기 올 준비를 마치고 2시에 집을 막 나서는데 사람들이 남편을 데려와서 늦은 것뿐이에요. 어쨌든 마음 써주셔서 감사해요."

우리는 잔을 맞부딪쳤다. 내 몫을 다 마시는 동안 카 부인은 반 정도를 마셨다. "참, 한 시간쯤 전에 전화가 왔었어요. 제가 여기 도착하고 조금 지나서요."

"누구라고 하던가요?"

"남자였는데, 누구라고 말은 안 하고, 그냥 중요한 용건은 아니라고 했어요."

나는 서글프게 고개를 저었다. "카 부인, 그게 바로 인간 정신의 주요한 오류 가운데 하나죠. 그러니까 모든 사물을 자기 마음대로 중요한 것과 중요하지 않은 것으로 나눌 수 있다는 생각 말입니다. 어떤 사실에 대해 모든 것을 알지 못하는데 그 사실이 중요한지 아닌지를 누가 결정할 수 있을까요? 게다가 무언가에 대해 모든 것을 안다는 것은 불가능한 일이죠."

카 부인이 미소를 지었지만 환한 느낌은 아니었다. 그래서 나는 형이상학적인 이야기는 집어치우기로 했다. "부인은 무엇이 중요하다고 생각하시나요?"

카 부인은 고개를 한쪽으로 기울이고 진지하게 생각했다. "글쎄요, '일'이 중요하죠. 안 그런가요?"

"그렇지 않아요. 죄송하지만 0점을 드려야겠군요. 일은 목적으로 가는 수단일 뿐이에요. 우리가 일을 하는 건 중요한 무언가를 하기 위해서고, 중요한 무언가란 우리가 하고 싶은 일인 거죠. 우리가 하고 싶은 일을 하는 것, 굳이 말하자면 그것이 진정 중요하다고 할 수 있어요."

"좀 이상한 말 같지만 그 말씀이 옳은지도 몰라요. 아무튼 전화했던 남자는 다시 전화를 하거나 직접 찾아오겠다고 했어요. 그래서 스토거 씨는 8시나 9시가 넘어야 집에 오실 거라고 말해줬죠."

카 부인은 잔을 비웠고 이제 그만 마시겠다고 말했다. 나는 부인을 현관까지 배웅하면서 집까지 차로 데려다주고 싶지만 타이어가 두 개나 펑크가 났다고 이야기했다. 오늘 아침에 집을 나서면서 알았다. 한 개만이라면 내가 갈아끼울 수도 있지만 두 개나 되다보니 엄두가 나지 않았다. 그래서 시간 여유가 있는 토요일 오후까지 차를 그냥 차고에 놔두기로 했다. 게다가 매일 신문사 건물까지 걸어서 출퇴근을 하면 운동이 될 것이다. 그렇게라도 몸을 움직여야 한다는 건 알았지만, 자동차가 멀쩡할 때에는 그러고 싶지 않았다. 하지만 지금은 타이어를 갈아끼워뒀으면 좋았으리라는 생각이 들었다.

"고작 몇 블록밖에 안 되는걸요, 스토거 씨. 차가 멀쩡했어도 그렇게까지 하실 필요 없어요. 그럼 안녕히 계세요."

"아, 잠깐만요, 카 부인. 남편분이 보니 공장의 어느 부서에서 일하시나요?"

"원통형 꽃불Roman candle 만드는 부서예요."

잠시 동안 나는 내가 무엇을 하려 했는지 잊어버렸다. "원통형 꽃불! '로마 촛불Roman candle'이라! 거참 멋진 표현인데요. 마음에 듭니다. 만약 신문사를 팔게 된다면 바로 보니를 만나봐야겠군요. 저도 로마 촛불을 만드는 부서에서 일하고 싶네요. 남편분은 운이 좋으신 겁니다."

"스토거 씨, 농담도 참. 그런데 정말로 신문사를 팔 생각이세요?"

"뭐…… 생각중입니다." 덕분에 내가 무엇을 하려 했는지 떠올랐다. "그런데 저는 보니 공장에서 그런 사고가 있었다는 말은 전혀 못 들었거든요. 마침 신문 1면에 낼 기사가 급하게 필요했던 참인데, 어떤 사고였는지 자세히 아십니까? 다친 사람이 또 있나요?"

카 부인은 현관을 나서기 직전이었지만 돌아서서 내 쪽으로 다가왔다. "저기, 그 얘기는 신문에 내지 말아주세요. 중요한 일도 아닌걸요. 사실 다친 사람은 남편밖에 없고, 자기가 잘못한 거라고 그이가 직접 말했어요. 게다가 사고가 신문에 나면 보니 씨가 언짢아할 거예요. 안 그래도 독립기념일 기간에 밀려드는 주문을 처리할 인력을 구하지 못해서 고민중이거든요. 게다가 화약이니 폭발물이니 하는 걸 원래 무서워하는 사람들도 많잖아요. 사고가 신문에 나면 조지는 해고될 거예요. 일자리를 잃을 순 없어요."

나는 한숨을 쉬었다. 괜찮은 기삿거리인데. 나는 사고에 대해 기사를 내지 않겠다고 카 부인을 안심시켰다. 어차피 조지 카 씨가 유일한 사상자이고, 이 이상 자세한 내용을 알 수 없다면 토막 기사도 되지 못할 터였다.

그렇지만 '로마 촛불 부서'라는 아름다운 문구를 인쇄할 수 있다면 얼마나 좋을까.

나는 문을 닫고 집안으로 들어왔다. 윗옷을 벗고 넥타이 매듭을 느슨하게 한 다음 위스키병과 잔을 소파 앞 커피 테이블 위에 놓았다.

아직은 넥타이를 완전히 풀지 않았고 신을 벗지도 않았다. 편안해지는 행동은 한 번에 하나씩 해야만 편안한 기분이 점점 더 커지는 법이니까.

나는 책 몇 권을 뽑아 손이 닿는 위치에 놓고 위스키를 한 잔 따랐다. 그리고 소파에 앉아 책 한 권을 펼쳤다.

초인종이 울렸다.

앨 그레인저가 일찍 왔나보군. 나는 현관으로 가서 문을 열었다. 남자 한 명이 서서 초인종을 다시 누르려고 막 팔을 들어올린 참이었다. 하지만 남자는 앨이 아니었다. 내가 한 번도 본 적이 없는 남자였다.

3

어쩌면 저렇게 기분좋게 미소 지으며,

어쩌면 저렇게 솜씨 좋게 발톱을 벌려,

작은 물고기들을 들어오라고 할까,

살며시 미소 짓는 주둥이 속으로![1]

그는 나와 비슷하게 키가 작았지만 배가 많이 나온 체형이라 조금 더 작아 보였다. 그의 얼굴에서 가장 먼저 눈에 들어온 것은 코였다. 길고 가늘고 끝이 뾰족해서 땅딸막한 몸과 기이할 정도로 대조적이었다. 내 등 뒤에서 비치는 현관 불빛을 받은 눈동자가 마치 고양이의 눈처럼 번들거렸다. 하지만 사악하다는 느낌은 전혀 없었다. 제아무리 눈에서 빛이 번들거리더라도 키 작고 땅딸막한 남자가 사악해 보이기란 불가능한 법이다.

"스토거 박사님…… 그러니까 '닥터 스토거'이십니까?" 남자가 물었다.

"그냥 '닥 스토거'입니다." 내가 정정했

[1] 『이상한 나라의 앨리스』 2장 '눈물의 연못' 중에서.

다. "의사도 아니고요. 혹시 의사를 찾는 거라면 여기서 서쪽으로 네 집만 더 가시면 됩니다."

남자는 사람 좋은 미소를 지었다. "선생님이 의학박사가 아니시라는 건 알고 있습니다. 1922년 버고인 대학에서 박사학위를 받으셨죠. 「거울 나라의 루이스 캐럴」과 「붉은 여왕과 흰 여왕」이라는 글을 쓰셨고요."

나는 깜짝 놀랐다. 내가 우등으로 졸업한 대학과 연도를 아는 것은 그리 놀랄 일이 아니었지만 다른 것은 정말 놀라웠다. 「거울 나라의 루이스 캐럴」은 십여 쪽 남짓한 논문으로 십팔 년 전에 딱 백 권만 출판했다. 내 책장 외의 다른 곳에서 그 논문이 한 권이라도 발견된다면 그야말로 놀라 자빠질 일이었다. 그리고 「붉은 여왕과 흰 여왕」은 최소 십이 년쯤 전에 어느 잡지에 기고한 글이었다. 그 무명 잡지는 진작 폐간되어 잊힌 지 오래였다.

"네, 맞습니다. 하지만 그걸 대체 어떻게 아셨는지 짐작도 안 가는군요. 성함이……"

"성은 스미스입니다." 남자는 엄숙하게 대답하더니 킬킬 웃었다. "이름은 예후디Yehudi고요."[1]

"설마요!" 내가 말했다.

---

[1] '예후디'는 유대인 남자 이름으로 그 자체가 '유대인'이라는 뜻을 지니고 있다. 스미스는 영어권에서 아주 흔한 성이다.

"진짭니다. 전 이 이름으로 사십 년을 살아왔어요, 스토거 박사님. 사십 년 전에도 예후디라는 이름이 드물기는 했지만 지금처럼 코믹한 느낌은 아니었지요.[1] 부모님께선 이 이름이 이렇게 농담처럼 들리게 되리라고는 짐작하지 못하셨죠. 게다가 '스미스'라는 성과 이어지니 더욱 우스꽝스럽게 되어버렸고요. 정말이지, 제 이름을 소개할 때마다 지금 장난을 치는 게 아니라는 걸 상대방에게 납득시키기가 얼마나 어려운지 모릅니다……" 남자는 유감스럽다는 듯 웃었다. "그래서 항상 명함을 가지고 다니죠."

남자는 내게 명함을 하나 건넸다. 거기에는 이렇게 씌어 있었다.

예후디 스미스

주소나 다른 정보는 없었다. 그래도 나는 그 명함을 주머니에 넣었다.

남자가 말했다. "그래도 예후디란 이름은 꽤 있습니다. 바이올리니스트 예후디 메뉴인도 있고요, 또……"

---

[1] 1940년대 후반 어느 인기 라디오 쇼의 진행자가 맥락 없이 "예후디는 누구야?"라는 질문을 반복적으로 던지면서 이 이름이 '어떤 인물이나 대상의 정체를 설명하지 못하는 상황'을 우스꽝스럽게 표현하는 밈(meme)이 되었다. 여기에서 유래하여 '예후디'는 '실체가 있는 듯 없는 듯한 사람' 또는 '존재감이 없는 사람' 정도의 의미도 지니게 되었다.

"거기까지만 해주세요." 내가 말을 잘랐다. "그러니까 그이름이 점점 더 그럴듯하게 들립니다. 전 코믹한 쪽이 좋거든요."

남자는 미소를 지었다. "역시 제가 박사님을 제대로 보았군요. 혹시 '보팔검들Vorpal Blades'에 대해 들어보셨습니까?"

"'보팔검들'이 아니라 그냥 '보팔검Vorpal Blade'이죠. 「재버워키」에 나오고요.

'헛둘! 헛둘! 쐐액, 쐐애애액,

보팔검으로 썽둥 썰어버렸더라!'

세상에! 우리가 어째서 현관문을 사이에 두고 보팔검에 대한 이야기를 나누고 있는 겁니까? 안으로 들어오시죠. 마침위스키도 있고, 보팔검을 이야기하는 분에게 술을 드시냐고묻는 건 우스꽝스러운 일이길 바랍니다."

나는 한쪽으로 비켜서며 그를 집안으로 들였다.

"아무데나 앉으세요. 잔을 하나 더 가져오죠. 물을 섞어드시나요, 아니면 따로 드시나요?"

남자가 고개를 저었기에 나는 주방에 가서 잔만 하나 가져왔고, 위스키를 따라 남자에게 건넸다. 남자는 벌써 푹신한의자에 편안히 앉아 있었다.

나는 소파에 앉아 내 잔을 남자 쪽으로 들어올렸다. "건배를 하지 않을 수가 없군요. 이상한 나라에서는 루이스 캐럴이라고 알려진 찰스 럿위지 도지슨을 위하여."

남자가 차분하게 말했다. "확신하십니까, 박사님?"

"뭘요?"

"방금 하신 건배사 말입니다. 저라면 이렇게 말하겠습니다. '온화한 옥스퍼드 교수 찰스 럿위지 도지슨이라고 알려진 루이스 캐럴을 위하여.'"

나는 약간 실망했다. 이 사람도 '셰익스피어는 사실 베이컨이었다' 유의 한심한 축에 속하는 건가?[1] 도지슨 목사가 루이스 캐럴이라는 이름으로 『이상한 나라의 앨리스』와 속편 『거울 나라의 앨리스』를 썼다는 것은 역사적으로 전혀 의심의 여지가 없는데.

하지만 이 순간에 중요한 것은 따라놓은 술을 마시는 일이었다.

그래서 나는 엄숙하게 말했다. "사실이든 의미론적이든, 난감한 문제를 피하기 위해 일단은 앨리스 이야기의 저자를 위해 건배합시다, 스미스 씨."

남자는 내 말투 못지않게 엄숙한 태도로 고개를 끄덕인 다음 머리를 뒤로 젖혀 술잔을 비웠다. 나는 남자가 술을 마

---

[1] 영국의 대문호 윌리엄 셰익스피어가 실존 인물이 아니며 당대의 유명 인물이 가명을 쓴 것이라는 설은 꾸준히 제기되어왔다. 그중에서도 프랜시스 베이컨이 사실 셰익스피어였다는 주장이 가장 널리 퍼져 있었으나, 베이컨의 글과 셰익스피어의 작품은 성향이 전혀 다르며 셰익스피어가 실존 인물임을 나타내는 증거도 많기 때문에 정설로 받아들이기는 힘들다.

시는 모습에 놀라기도 하고 감탄하기도 하는 바람에 좀 늦게 술잔을 비웠다. 그런 모습은 한 번도 본 적이 없었다. 남자는 술잔을 입에서 족히 10센티미터는 떨어뜨려놓고 있었다. 그 상태에서 위스키를 입안으로 붓는데 한 방울도 흘리지 않는 것이었다. 술을 입에 던져넣듯 마시는 사람은 본 적이 있지만, 그렇게 무심하면서도 정확하게, 또 그렇게 술잔을 멀리 둔 상태에서 마시는 사람은 본 적이 없었다.

나는 그보다 훨씬 평범한 방법으로 잔을 비웠지만, 언젠가는 저 방법을 시험해봐야겠다고 결심했다. 물론 혼자 있을 때, 그리고 수건이나 손수건을 옆에 두고 말이다.

나는 양쪽 잔에 다시 술을 채운 다음 말했다. "이번 순서는 뭡니까? 루이스 캐럴의 정체에 대해서 토론을 하는 건가요?"

"그 문제는 나중에 얘기하기로 하지요. 때가 되면 저희가 믿고 있는 확실한 증거를 보여드릴 수 있을 겁니다. 사실 저희는 믿는 정도가 아니라 확신하고 있지요."

"저희라고요?"

"'보팔검들'입니다. 일종의 모임이지요. 아주 작은 모임요."

"루이스 캐럴을 흠모하는 분들의 모임인가요?"

남자는 몸을 앞으로 내밀었다. "물론입니다. 글을 읽고 쓸 줄 알며 상상력이 풍부한 사람이라면 누구나 루이스 캐럴을 흠모합니다. 하지만 저희는 그보다 훨씬 앞서 있습니다. 비밀을 알고 있으니까요. 극소수만 알고 있는 심오한 비밀이지요."

"루이스 캐럴의 정체에 대한 비밀인가요? 어떤 사람들은 '셰익스피어의 희곡은 사실 프랜시스 베이컨이 썼다'고 믿고 있죠. 아니, 믿었죠. 그런 식으로 앨리스 이야기를 쓴 사람이 찰스 럿위지 도지슨이 아니라고 믿으신단 겁니까?"

나는 남자가 아니라고 말하기를 바랐다.

"아닙니다. 저희는 도지슨이 바로…… 그런데 그에 대해서는 얼마나 알고 계십니까, 박사님?"

"캐럴은 1832년에 태어났지요. 그리고 1898년 아니면 1899년, 그러니까 20세기가 시작되기 직전에 사망했고요. 옥스퍼드의 교수였고 수학자였습니다. 수학에 대한 논문도 몇 편 썼고요. 각 행의 첫 글자를 아래로 연결하면 특정 어구가 되는 시나 퍼즐 문제를 좋아했고, 또 많이 만들어냈지요. 평생 독신이었지만 아이들을 무척 좋아했고요. 그가 쓴 최고의 작품들도 아이들을 위해서 쓴 것입니다. 적어도 캐럴 자신은 아이들만을 위해 그런 작품을 썼다고 생각했습니다. 사실 『이상한 나라의 앨리스』와 『거울 나라의 앨리스』는 아이들에게도 상당한 매력이 있지만 실제로는 성인들이 읽을 문학작품이고 위대한 작품이기도 하지요. 계속할까요?"

"물론입니다."

"그는 또한 믿기 어려울 정도로 엉망진창인 글을 쓰는 능력도 있었어요. 그리고 실제로 그 능력을 발휘했지요. 『루이스 캐럴 전집』 같은 건 인쇄하지 못하게 법으로 금지해야 합니다. 캐럴은 훌륭한 작품과 더불어 사람들의 기억에 남아야죠. 형편없는 작품은 그의 뼈와 같이 묻어버리고요. 하지만 그런 형편없는 작품들조차 빛나는 부분이 있다는 건 인정해야지요. 『실비와 브루노Sylvie and Bruno』에도 읽을 만한 부분이 몇 군데 있습니다만, 그런 장면에 도달하려면 수천 단어나 되는 멍청한 장면들을 먼저 읽어야만 하죠. 그리고 캐럴의 가장 형편없는 시에서도 괜찮은 행이나 연이 있습니다. 「험버그의 궁전The Palace of Humbug」의 첫 세 행이 그렇지요.

나는 대리석 홀에 사는 꿈을 꾸었네,

눅눅한 것들마다 살금살금 기면서

우글우글 벽에 붙어 부들부들 떨었네.

물론 이 뒤에 형편없는 행을 줄줄이 덧붙이지만 않았으면 참 좋았을 테지만요. 하지만 '우글우글 벽에 붙어 부들부들 떨었네'는 굉장한 구절이죠."

남자는 고개를 끄덕였다. "그 구절을 위해 건배합시다."

우리는 건배를 하고 술을 마셨다.

남자가 말했다. "계속하시죠."

"아뇨." 내가 말했다. "방금 깨달은 건데, 저는 이런 식으로 몇 시간이라도 떠들 수 있습니다. 앨리스 이야기에 나오는 시는 한 줄도 빠짐없이 외울 수 있고, 「스나크 사냥The Hunting of the Snark」도 거의 다 읊을 수 있어요. 하지만 제가 바라고 또 추정하기로는, 선생님은 제게 루이스 캐럴에 대한 강연을 들으려고 오신 건 아닐 겁니다. 캐럴에 대한 제 지식은 꽤 철두철미하긴 하지만 정통파죠. 선생님은 그렇지 않으신 것 같으니, 선생님의 의견을 듣고 싶군요."

나는 다시 각자의 잔을 채웠다.

남자는 천천히 고개를 끄덕였다. "옳은 말씀입니다, 박사님. 제…… 아니, '우리'라고 하겠습니다. 우리가 보유한 정보는 정통 학설과는 아주 어긋나 있지요. 박사님은 우리의 의견을 이해할 배경지식도 있고, 이해할 수 있는 분이라고 생각합니다. 그리고 증거를 보면 받아들이실 분이라고도 믿습니다. 평범하기 짝이 없는 사람이 보기에는 단순한 공상에 불과하겠지만요."

점점 더 흥미로워졌다. "듣고 싶습니다."

"좋습니다. 하지만 이야기를 더 진행하기 전에 먼저 경고의 말씀을 드려야겠습니다, 박사님. 지금부터 말씀드릴 정보는 알게 되면 아주 위험해질 수 있는 그런 정보입니다. 장난삼아 드리는 말씀도 아니고 은유적인 표현도 아닙니다. 정말로, 목숨이 위험해질 수 있을 만큼 심각하고 위험한 정보입니다."

"더 궁금해지는군요."

남자는 가만히 앉아 세번째 채운 술잔을 만지작거리며 나에게 눈길을 주지 않았다. 나는 그의 얼굴을 관찰했다. 흥미로운 얼굴이었다. 앞에서 언급했던, 체격과는 전혀 어울리지 않아 가짜 코가 아닌가 싶을 정도로 길고 가늘고 뾰족한 코는 그야말로 시라노 드 베르주라크[1]의 코였다. 게다가 거실의 밝은 불빛 아래에서 보니 큼직한 입가에는 웃음 주름이 깊게 패어 있었다. 처음에 그가 자신이 마흔 살이라고 소개했지만 나는 서른 살 정도로 넘겨짚었다. 하지만 이렇게 가까이서 얼굴을 들여다보니 그는 나이를 올려서 말한 게 아니라는 걸 알 수 있었다. 저렇게 깊은 주름이 생기려면 꽤 오랫동안 웃어야 했을 테니까.

지금 남자는 웃고 있지 않았다. 정말로 심각해 보였고, 미친 것처럼 보이지는 않았다. 하지만 그가 말하는 내용은 미친 것처럼 들렸다.

"박사님, 혹시…… 루이스 캐럴의 책 속에 나오는 공상 같은 상황이 더이상 공상이 아니었던 경험이 있으십니까?"

"그 말씀은, 사실인 척하는 허구보다 공상이 더 진실에 근

---

[1] 17세기 프랑스의 문인이자 과학자, 군인. 검술마저 뛰어나 문무를 겸비한 검객이었으나, 코가 기형적으로 커서 추남 취급을 받았다. 그를 주인공으로 한 희곡이 유명하며, 이를 바탕으로 영화화되기도 했다.

접해 있을 때가 많다는 뜻인가요?"

"아닙니다. 제 말은, 공상이 문자 그대로 실제 상황이 된다는 뜻입니다. 그러니까 더이상 허구 속의 일이 아니라 현실에서 벌어지고, 언론에까지 보도되는 거지요."

나는 남자를 멍하니 바라보았다. "선생님은 대체…… 루이스 캐럴이 어떤 사람이었다고 생각하시는 겁니까?"

남자는 희미하게 웃었지만 즐거워하는 기색은 전혀 없었다.

"정말 알고 싶다면, 그리고 두렵지 않다면 당장 오늘밤에라도 확인하실 수 있습니다. 이 근방에서 모임이 열리거든요. 참석하시겠습니까?"

"솔직하게 말씀드려도 될까요?"

"물론입니다."

"미친 짓이라고 생각하지만, 절 말리지 마세요."

"위험하다고 말씀드렸습니다만."

위험하든 위험하지 않든 나는 갈 것이다. 그리고 이렇게 위험을 강조한다면 무언가를 미리 끄집어낼 수 있을지 모른다. 나는 물었다. "어떤 위험인지 물어도 될까요?"

남자는 잠시 주저하는 기색이었지만 곧 지갑을 꺼내 안쪽 칸에서 신문기사를 오려낸 종이를 꺼냈다. 세 단락 정도의 짧은 기사였다. 남자가 종이를 내게 건넸다.

나는 기사를 읽으면서 활자와 배열 상태로 보아 《브리지포트 아거스》에서 오려낸 기사라는 걸 알아챘다. 두 주쯤 전 이 기사를 읽었던 것도 기억났다. 사실 제목에 마음이 끌린 나머지 《아거스》측에 기사 교환을 요청해서 우리 신문에도 이 기사를 실을까 하다가 그만두었다. 제목은 다음과 같았다.

미지의 야수에게 습격당한 시체 발견

내용은 짧고 단순했다. 브리지포트 근방에서 은둔 생활을 하는 콜린 호크스라는 남자가 숲을 가로지르는 오솔길 옆에서 죽은 채 발견되었다. 시체는 목이 찢어져 있었고, 경찰은 사나운 대형견이 습격한 것으로 보인다고 발표했다. 하지만 기사를 쓴 기자는 늑대, 아니면 서커스단이나 동물원에서 탈출한 퓨마 또는 표범이 그런 상처를 남겼을 가능성을 제기했다.

나는 종이를 도로 접어 스미스에게 내밀었다. 기사는 아무런 의미가 없었다. 찾으려고만 한다면 이런 내용의 기사는 얼마든지 찾을 수 있다. 찰스 포트[1]라는 남자는 이런 기사를 수

---

[1] 미국의 작가이자 '변칙 현상' 연구자. 과학 이론이나 상식에 맞지 않아 '무시당하고 버려진' 현상을 수집하여 네 권의 책으로 펴냈다. 초자연현상 연구에 지대한 영향을 미쳤으며 그의 이름을 딴 '포티언(Fortean)'이란 단어는 '과학적으로 설명이 안 되는'이란 의미로 사전에 올라 있다. 프레드릭 브라운은 찰스 포트의 이론을 구현한 SF 단편을 많이 남겼으며, 초기 작품 중에 포트와 비슷한 문제를 구사한 것도 있다.

천 개나 찾아내서 네 권의 책으로 펴냈고, 그것들은 내 책꽂이에 꽂혀 있다.

이 기사는 오히려 비슷한 내용의 다른 기사들보다 덜 기이했다. 아니, 사실 기이한 점이라고는 전혀 없었다. 어떤 사나운 개가 남자를 죽였다는 것은 의심의 여지가 없었다.

그럼에도 이 기사에는 뒷덜미를 쭈뼛하게 만드는 무언가가 있었다.

그건 기사 내용이 아니라 제목이었다. '미지의'라는 단어. 그 단어를 곱씹어보면 기묘하게도 그런 감정이 든다. 만약 기사 제목이 '사나운 개에게 습격당한 시체'였거나, 사자나 악어, 또는 사납고 위험한 다른 동물이었다면 특별히 으스스하게 느껴질 일이 전혀 없었다.

하지만 '미지의 야수'라니…… 독자 여러분이 나와 비슷한 상상력을 지녔다면 내가 무슨 말을 하고 싶은지 알 것이다. 그렇지 않다면, 유감이지만 나로서는 설명할 길이 없다.

예후디 스미스를 바라보자 그는 마침 위스키를 마시려는 참이었다. 아까처럼, 술을 입안에 던져넣듯 마시는 마술 같은 동작으로. 나는 신문기사를 돌려주고 술잔을 채웠다.

"재미있는 이야기군요. 그런데 이것과 무슨 연관이 있습니까?"

"지난번에 우리가 모였던 장소가 바로 브리지포트였습니

다. 여기에 대해서 제가 말씀드릴 수 있는 건 이것뿐입니다. 아까 어떤 위험이냐고 물으셨죠? 그래서 보여드린 겁니다. 지금이라도 늦지 않았으니 거절하셔도 됩니다. 우리가 도착해야 시작될 테니까요."

"어디에 도착해야 한다는 겁니까?"

"여기에서 몇 킬로미터 떨어진 곳입니다. '다타운 파이크'라는 간선도로 바로 옆에 집이 하나 있습니다. 제가 가는 길을 알고 있습니다. 차도 있고요."

나는 별 상관 없는 말을 했다. "저도 차가 있습니다만 타이어가 펑크나버렸습니다. 두 개나요."

그런데 다타운 파이크라니……

"설마 그 집이 '웬트워스'라는 이름은 아니겠지요?"

"바로 그 이름입니다. 잘 아시는 집인가요?"

내가 술에 취하지 않고 정신이 말짱했더라면 바로 그 순간, 이 모든 일이 지나칠 정도로 내 마음에 쏙 들어서 오히려 의심스럽다는 결론을 내렸을 것이다. 이상한 낌새를 눈치챘거나 피 냄새를 맡았을 것이다.

나는 말했다. "양초나 손전등을 들고 가야 합니다. 그 집은 제가 어릴 때부터 비어 있었거든요. 옛날엔 귀신 나오는 집이라고 불렀죠. 혹시 그래서 그 집을 택하신 겁니까?"

"물론입니다."

"모임이 오늘밤 거기서 열리는 거고요?"

남자는 고개를 끄덕였다. "정확히는 새벽 1시입니다. 정말로 두렵지 않으십니까?"

당연히 두렵지. 지금 이런 분위기를 만들어놓았는데 누가 겁이 안 나겠어?

나는 씩 웃어 보였다. "물론 두렵지요. 그래도 절대 절 말리진 못할 겁니다."

그때 한 가지 생각이 떠올랐다. 내가 새벽 1시에 귀신 나오는 집에 가서 재버워크를 사냥하거나 루이스 캐럴의 유령을 소환하거나 아니면 그에 맞먹는 분별 있는 행동을 할 것이라면, 지인을 한 명 더 데려가는 것도 나쁘지 않을 것이다. 앨 그레인저가 오늘밤에 찾아온다면…… 나는 앨이 이 일에 관심을 가질지 가늠해보았다. 앨이 캐럴의 팬인 건 확실하지만…… 그 외에는 알 수가 없었다.

"질문이 하나 있습니다, 스미스 씨. 제가 아는 젊은 친구가 조금 있으면 체스 한판 두러 이리 올지도 모릅니다. 모임은 배타적인가요? 만약 그 친구가 같이 가겠다고 한다면 데려가도 괜찮겠습니까?"

"그분에게 자격이 있다고 생각하십니까?"

"자격이란 게 뭔지에 따라 다르겠지요. 일단 루이스 캐럴의 팬이어야 하고, 약간 미쳐 있어야 한다고 말할 수 있겠네요. 생각해보니 사실 그 두 가지는 똑같은 내용이 아닐까요?"

남자는 웃었다. "완전히 동떨어졌다고 말할 수는 없겠죠. 친구분에 대해서 좀더 말씀해주시겠습니까? 젊은 친구라 하셨는데, 얼마나 젊은가요?"

"스물셋 정도입니다. 대학을 졸업한 지 얼마 안 됐죠. 문학에 관심도 많고 아는 것도 많습니다. 캐럴을 잘 알고 좋아하니까요. 저와 비슷한 수준으로 캐럴의 작품을 줄줄 외울 수 있습니다. 체스를 둘 줄도 알고요. 이것도 자격이 될지 모르겠지만, 아마 자격에 들어갈 거라고 봅니다. 도지슨은 체스를 두었을 뿐 아니라 『거울 나라의 앨리스』 자체를 체스 게임에 맞추어 썼으니까요. 그리고 중요한 사항인지는 모르겠으나 이름은 앨 그레인저입니다."

"그분도 참석하고 싶어할까요?"

나는 인정했다. "솔직히, 그건 잘 모르겠습니다."

"저는 그분도 오셨으면 좋겠군요. 캐럴에 열광하는 분이라면 만나뵙고 싶습니다. 그런데 만약 그분이 여기 오시더라도 제가 지금까지 말씀드렸던 것들에 대해서는 아무 말도 하지 말아주시겠습니까? 제가 그분을 판단할 시간이 약간이라도 필요하니까요. 솔직히, 오늘같이 중요한 모임에 누군가를 제 마음대로 초청하는 것 자체가 거의 전례 없는 일입니다. 박사님은 우리가 어느 정도 알고 있기 때문에 초청받으신 거고요.

사실 박사님을 초청하는 일은 투표로 결정했습니다. 그리고 투표 결과가 만장일치였다는 사실을 말씀드려야겠군요."

나는 내가 오래전에 루이스 캐럴에 대해 쓴 글 두 개를 스미스가 잘 알고 있었다는 것을 떠올렸다. 그가, '그들'이 나에 대해서 알고 있다는 것은 의심의 여지가 없었다.

스미스가 말을 이었다. "하지만…… 뭐, 만약 제가 친구분을 뵙고 모임에 오셔도 좋겠다는 생각이 든다면 제가 친구분께 청을 드려도 되겠지요. 그분에 대해서 좀더 말씀해주시겠습니까? 그러니까…… 어떤 일을 하는 분이신가요?"

이건 대답하기가 더 어려웠다. "글쎄요…… 일단 희곡을 씁니다. 하지만 그걸로 먹고사는 것 같진 않아요. 사실 작품을 팔아본 적이 있을지 의심스럽네요. 이곳 캐멀 시티에서 앨은, 말하자면 수수께끼의 인물이죠. 여기서 태어나서 대학에 다닐 때를 제외하고는 여기서 쭉 살았습니다. 앨이 뭘 해서 돈을 버는지는 아무도 몰라요. 화려한 자동차를 몰고 다니고 자기 집도 있지요. 몇 년 전 어머니가 돌아가실 때까지 그 집에서 같이 살았고요. 돈을 펑펑 쓰고 다니는 것 같지만 그 돈이 어디서 나는지는 아무도 모릅니다." 나는 씩 웃었다. "캐멀 시티 주민들은 그걸 알고 싶어 안달이지만요. 시골 소도시가 다 그런 거 아니겠습니까."

스미스는 고개를 끄덕였다. "논리적으로 추정하자면 재산을 상속받았지 않았을까요?"

"어떻게 보면 그렇죠. 하지만 그럴 것 같진 않습니다. 앨의 모친은 평생 여성용 모자를 만들어서 파는 일을 하셨지만, 자기 가게를 차리진 못하셨어요. 기억하기로는, 대체 어떻게 그분이 그 정도 수입으로 집을 사고 아들을 대학에 보냈는지 모두가 항상 궁금해했지요. 아무튼 그분의 생전 수입으로는 그 두 가지 일을 해내고도 남아서 아들이 빈둥거려도 될 정도의 유산까지 물려줄 수는 없었을 겁니다. 음, 희곡을 쓰고 있으니까 빈둥거리는 건 아닐지도 모르지만, 작품을 팔지 못한다면 돈을 많이 버는 일은 아니잖습니까. 게다가 몇 년 동안이나요."

나는 어깨를 으쓱하고 말을 이었다.

"하지만 아마 수수께끼 같은 건 없을 겁니다. 앨의 어머니는 남편이 어딘가에 투자해두었던 곳에서 수익을 얻었겠지요. 앨은 그 수익을 물려받았거나 현금으로 바꿨든가 했겠죠. 앨이 자기 수입 이야기를 안 하는 건 수수께끼의 인물이 되는 걸 즐기기 때문일 겁니다."

"그분의 아버지는 돈이 많으셨나요?"

"아버지는 앨이 태어나기 전에 돌아가셨어요. 그레인저 부인이 캐멀 시티로 이사오기 전이죠. 그래서 주민들 중에 앨의 아버지를 아는 사람은 아무도 없습니다. 앨에 대해서 제가 말씀드릴 수 있는 건 이 정도겠군요. 그 외에는 체스를 두면 거의 항상 제가 이긴다는 것, 그리고 선생님이 그를 만나보면 좋겠다는 것뿐입니다."

스미스는 고개를 끄덕였다. "그분이 오신다면 그렇게 되겠지요."

그는 자신의 빈 잔을 내려다보았다. 나는 그 의미를 알아차리고 각자의 잔을 채웠다. 나는 다시 한번 스미스가 입속에 술을 던져넣는 광경을 넋을 놓고 관찰했다. 이번에는 맹세컨대 술잔이 입술로부터 족히 20센티미터는 떨어져 있었다. 내가 반드시 배워야 할 기술임에 틀림없었다. 나는 위스키가 일으키는 효과는 무척 좋아하지만 위스키의 맛 자체는 싫어하기 때문이었다. 그가 마시는 방법을 쓰면 위스키의 맛을 미처 느낄 겨를이 없을 듯했다. 잔 속에 있던 위스키가 한순간에 사라져버리니 말이다. 목젖조차 움직이지 않았고, 위스키를 삼킨 직후에 말을 해도 그의 목소리에는 무언가를 목으로 넘긴 기색이 없었다.

전화가 울렸다. 나는 양해를 구하고 수화기를 들었다.

"닥." 클라이드 앤드루스의 목소리였다. "나야. 클라이드 앤드루스."

"그래." 내가 말했다. "네가 신문 1면에 낼 기사를 없애버리는 바람에 신문이 엉망이 됐다는 걸 이제야 깨달았나보군. 이번에는 또 뭘 없애려고?"

"그 일은 미안하게 됐어, 닥. 그것 때문에 좀 번거로웠겠지만, 그래도 바자회가 취소되었는데도 그 기사가 그대로 나가면 사람들이 잘못 알고—"

"그건 그렇지." 나는 중간에 말을 잘랐다. 예후디 스미스와 대화를 계속하고 싶어 초조했기 때문이다. "난 괜찮아, 클라이드. 근데 왜 전화한 거야?"

"네가 《클라리온》을 팔겠다고 마음먹었는지 알고 싶어서 말이야."

나는 한순간 울컥 화가 치밀었다. "젠장, 클라이드. 그건 지난 몇 달 동안 가끔 꺼냈던 얘기잖아? 겨우 그런 질문을 하려고 몇 년 만의 진짜 대화를 방해한 거야? 나도 모르겠어. 팔고 싶기도 하고 안 팔고 싶기도 해."

"방해해서 미안해, 닥. 그렇지만 방금 오하이오에 있는 동생한테서 속달 편지가 와서. 서부 어딘가에서 일자리 제안이 들어왔는데, 자기는 내가 말한 조건대로라면 캐멀 시티에 오는 편이 더 좋겠다는 거야. 물론 네가 나한테 《클라리온》을 판다는 조건이지. 서부에서 온 제안을 받아들일지 말지 하루이틀 안에 답을 해줘야 한대서.

그래서 전화한 거야, 닥. 네가 신문을 팔 건지 당장 알아야 하니까. 아, 오늘밤에 꼭 결정하라는 건 아니야. 그렇게까지 서

두를 건 없어. 하지만 내일까지는 답을 해줬으면 해서 지금 전화를 한 거지. 그럼 지금부터 생각해서 결정을 내릴 수 있잖아."

나는 고개를 끄덕였으나, 클라이드가 나를 보지 못한다는데 생각이 미쳐서 입을 열었다.

"알았어, 클라이드. 갑자기 신경질 내서 미안해. 그래, 그럼 내일 아침까지 생각해서, 어느 쪽으로 결정을 내리든 오전중에 연락할게. 됐지?"

"좋아." 클라이드가 말했다. "그때까지면 충분해. 참, 그런데 지금이라도 신문에 실을 수 있다면 기삿거리가 하나 있는데. 아니면 벌써 알고 있나?"

"뭔데?"

"정신병원에서 미친놈이 탈출했대. 자세한 건 나도 모르는데, 내 친구 하나가 닐스빌에서 차를 몰고 왔거든. 그 친구 말이, 오다가 보니까 국립정신병원 부근의 길을 다 막고 검문을 하고 있더래. 병원에 전화해보면 자초지종을 알 수 있을지도 몰라."

"그래, 고마워, 클라이드."

나는 전화를 끊고 예후디 스미스를 바라보았다. 그가 지금까지 그토록 환상적인 소리를 늘어놓았는데 왜 진작 알아차리지 못했을까.

4

"하지만 잠깐 기다려요" 하고 굴들이 외쳤
지.
"얘기는 좀 있다가 나눠요.
숨이 찬 굴들도 있거든요.
우린 모두 살이 투실투실하거든요!"[1]

나는 허탈해서 온몸의 힘이 쭉 빠졌다. 그
렇다고 내가 '보팔검들'이나, 귀신 나오는 집
에 가서 재버워크를 추적하거나 하는 일을
할 것이라는 말을 믿었다는 얘기는 아니다.
　하지만 그런 일을 생각하는 것만으로
도 자못 흥분이 된 건 사실이었다. 마치 체
스판 위의 킹과 퀸은 실제 어느 왕국의 왕
족이 아니며, 비숍이 나이트를 죽인다 해도
진짜 피가 흐르는 것이 아니지만, 그래도 체
스를 한판 둔다고 생각하면 흥분이 되는
것과 마찬가지로 말이다. 내가 예후디 스미
스가 말했던 것들에 대해 느꼈던 흥분은
그런 대리만족 비슷한 감정이었을 것이다.

[1] 『거울 나라의 앨리스』 4장 '트위들덤과 트위들디' 중에서.

아니, 어쩌면 사실이 아닌 것은 알지만 이야기 안에서는 사실이라고 믿을 수 있는 그런 흥미진진한 소설을 읽는 느낌과 같다고 하면 더 나은 비유일지도 모르겠다.

그런데 이젠 그것도 아니었다. 나는 극도의 실망감을 느끼면서 깨달았다. 내 맞은편에 앉은 남자는 정신병원에서 도망친 정신질환자일 뿐이라는 것을. '예후디'라는 남자는 거기에 없었다. 정신적으로는.

웃기는 점은, 이렇게 되었어도 나는 여전히 그가 마음에 들었다는 것이다. 그는 작달막하고 착한 남자였고 지금까지 반시간 동안 나를 즐겁게 해주었다. 나는 그를 정신병원 직원들에게 넘겨야 한다는 사실이, 그가 나온 곳으로 도로 돌려보내야 한다는 사실이 마음에 들지 않았다.

뭐, 어쨌든 《클라리온》 1면에 난 구멍에 채워넣을 기삿거리는 하나 건졌군. 그런 생각이 들었다.

남자가 말했다. "그 전화 때문에 우리 계획이 어그러지는 건 아니기를 바랍니다, 박사님."

어그러지는 정도가 아니지. 물론 나는 그렇게 말하지는 않았다. 스미스의 면전에서 클라이드 앤드루스에게 '정신병원에 전화를 걸어서, 도망친 환자를 찾고 싶으면 우리집에 들르면 된다고 전해달라'고 할 수 없었던 것처럼.

그래서 나는 고개를 젓는 한편 이 집을 나가서 이웃집에서 전화를 쓸 구실을 생각해냈다.

나는 소파에서 일어섰다. 생각보다 많이 취했는지 일어서면서 몸이 조금 비틀거렸다. 하지만 정신은 수정처럼 맑았다. 하기야, 프리즘을 통해서 보는 상은 맑기는 하지만 왜곡되어 있지.

"그렇진 않지만, 시간을 몇 분만 늦춰야겠습니다. 이웃집 사람한테 전해줄 말이 있어서요. 잠깐만 실례하겠습니다. 위스키 드시면서 편하게 계세요."

나는 주방을 통해 캄캄한 밤이 드리워진 바깥으로 나갔다. 양쪽 집 모두 불이 켜져 있었고, 나는 어느 집 이웃을 귀찮게 할지 고민했다. 하지만 문득, 왜 그중 하나를 귀찮게 해야 하나 의문이 들었다.

확실히 예후디 스미스라는 남자는 위험한 인물이 아니다. 그리고 그가 정신질환자든 아니든, 내가 요 몇 년간 만났던 사람 중에 제일 흥미롭다. 게다가 루이스 캐럴에 대해서 아는 것도 많아 보인다. 희귀하기 짝이 없는 내 논문도 알고 있고 똑같이 희귀하기 짝이 없는 잡지 기고문도 알고 있지 않은가. 대체 어떻게?

여기에 생각이 미치다보니 한두 시간 더 즐기다가 정신병원에 전화하러 나오는 것이 나을 뻔했다 싶었다. 스미스가 정신질환자라는 것을 알았을 때 찾아온 실망감을 극복하고 나니, 사실처럼 느껴질 정도로 흥미로운 그의 망상에 대해 더 이야기할 걸 그랬다는 생각이 들었다.

물론 다른 의미로 흥미롭다는 뜻이다. 나는 종종 망상을 품은 편집증 환자와 그 망상에 대해 이야기할 기회가 있으면 좋겠다는 생각을 했으니까. 환자와 논쟁을 하지도 않고 동의하지도 않으면서, 그저 환자가 왜 그런 망상을 품게 되었는지 알아보고 싶었다.

게다가 아직 밤도 깊지 않았다. 8시 반도 되지 않았을 테니 이웃을 방문하는 건 한두 시간 후라도 충분했을 것이다.

나는 왜 이렇게 서둘러 전화를 걸러 나온 것일까? 그럴 필요가 없었는데.

이웃에 가서 말을 전하고 오는 길이라고 믿게 하려면 바깥에서 시간을 좀 보내야 했다. 나는 뒷문 계단참에 서서 검은 벨벳 같은 밤하늘을 올려다보았다. 별이 총총 박혀 있었지만 달은 없었다. 저 밤하늘 뒤에는 무엇이 있을지, 미친 사람은 왜 미치는지 궁금해졌다. 그리고 만약 한 사람만 정상이고 나머지 모두가 미친 사람이라면 그런 세상은 얼마나 기이할까.

나는 다시 집안으로 들어와 어리석은 짓을 저질렀다. 주방을 지나 침실로 들어가 벽장 문을 연 것이다. 벽장 꼭대기 선반에 올려놓은 구두상자에는 총신이 짧은 38구경 리볼버가 들어 있었다. 작고 가벼워서 티 나지 않게 휴대할 수 있기에 일명 '은행원 전용'이라 불리는 권총이었다. 이걸로 내가 무언가를 쏘아본 적은 한 번도 없었고, 앞으로도 그럴 일이 없기를 바랄 뿐이었다. 게다가 내가 코끼리보다 작고 2미터 이상 떨어진 과녁을 제대로 맞힐 수 있을지도 자신이 없었다. 나는 총을 좋아하지도 않았다. 이 권총은 내가 산 것도 아니었다. 그저 알고 지내던 사람이 20달러를 빌리면서 담보로 이 권총을 받아두라고 우겼다. 그후 5달러가 더 필요하다면서, 돈을 더 주면 이 권총을 영영 가져도 좋다고 말했다. 나는 권총을 갖고 싶지 않았지만 그에게 5달러가 절실해 보였기에 돈을 주었다.

그것이 사오 년 전의 일이었고, 그때부터 지금까지 권총에는 총알이 장전되어 있었다. 지금도 총알이 발사되는지는 알 수 없는 일이지만, 나는 바지 주머니에 권총을 넣었다. 물론 정말로 극단적인 상황이 아니면 총을 쓰지는 않을 것이었다. 그런 상황이 닥쳐도 목표물을 명중시킬 리는 만무하겠지만, 그저 총을 가지고 있는 것만으로도 보다 더 위험하고 흥미진진한 대화가 이어지리라는 생각이 들었다.

거실로 들어왔더니 스미스는 아직 거기 있었다. 술을 따르지 않고 있었기에 나는 각자의 잔에 술을 채우고 다시 소파에 앉았다.

나는 잔을 들어 보였고, 잔 가장자리 너머로 다시 그가 잔을 입술로 던지듯 신기한 동작으로 술을 마시는 모습을 지켜보았다. 그보다 덜 화려한 동작으로 술을 마신 다음 말했다.

"할 수만 있다면 선생님의 동작을 녹화했다가 나중에 천천히 재생해 보며 연구하고 싶군요."

스미스는 웃었다. "나를 드러내는 방법의 한 가지인가봅니다. 옛날에 저글링을 좀 했거든요."

"실례가 안 된다면 지금은 뭘 하시는지 여쭈어도 될까요?"

"학생입니다. 루이스 캐럴을 연구하죠…… 그리고 수학도요."

"그걸로 벌이가 됩니까?"

그는 아주 잠깐 망설였다. "그 질문에 대한 답은…… 오늘밤 모임에서 알게 될 것을 아시고 난 후로 미룰 수 있을까요?"

오늘밤 모임 같은 건 없겠지. 하지만 나는 말했다. "그럼요. 그렇다고 모임이 끝날 때까지 캐럴에 대해서 이야기할 수 없다는 말은 아니기를 바랍니다."

나는 스미스가 맞는 답을 내놓기를 바랐다. 그의 광증이라는 주제로 내가 그를 흥분하게 만들 수도 있다는 의미가 되니까.

스미스가 말했다. "물론 아닙니다. 오히려 저는 캐럴에 대해서 이야기하고 싶습니다. 박사님이 상황을 더 잘 이해하실 수 있도록 알려드리고 싶은 사실이 몇 가지 있거든요. 그중 이미 아시는 것도 있겠지만, 기억을 되살린다는 의미에서 말씀 드리려 합니다. 예를 들면 날짜 말이지요. 박사님은 캐럴의 출생일과 사망일은 정확히 알고 계시죠. 거의 정확히요. 하지만 앨리스 이야기와 그 외 캐럴의 다른 작품들이 쓰인 날짜는 알고 계십니까? 중요한 건 순서입니다."

"정확히는 모릅니다." 내가 말했다. "앨리스 이야기 첫 편은 비교적 젊을 때 쓴 것으로 알고 있습니다. 서른 살쯤이죠."

"네, 서른두 살 때였죠. 『이상한 나라의 앨리스』는 1863년에 출판되었지만 그전부터 집필했다는 증거가 남아 있습니다. 그 작품 이전에는 무엇을 출판했는지 아십니까?"

나는 고개를 저었다.

"책을 두 권 냈죠. 『평면 대수기하 개요A Syllabus of Plane Geometry』는 1860년이고, 그 이듬해에는 『평면 삼각법 공식The Formulae of Plane Trigonometry』이 나왔습니다. 읽어보셨습니까?"

나는 다시 고개를 저어야 했다. "수학은 내 특기가 아니라서요. 캐럴의 책은 어려운 수학을 다루지 않는 것만 읽었습니다."

스미스는 미소를 지었다. "캐럴의 책은 모두 수학이지요. 박사님이 앨리스 이야기와 시에 구현된 수학을 알아보지 못하신 것뿐입니다. 캐럴의 시 다수가 아크로스틱, 그러니까 각

행의 첫 글자를 아래로 연결하면 특정한 어구가 되게 쓴 시나 글이라는 건 박사님도 아실 겁니다."

"그건 알죠."

"사실 캐럴의 시는 전부 아크로스틱이지만 훨씬 더 알아차리기 힘들도록 교묘하게 구성되었죠. 하지만 박사님이 캐럴의 수학 논문을 읽지 않았다면 실마리를 알아보지 못하신 것도 이해는 됩니다. 아마 『행렬식 기초 논문An Elementary Treatise on Determinants』을 읽어보지 않으셨을 것 같습니다만, 『수학적 호기심Curiosa Mathematica』은 읽으셨습니까?"

스미스를 실망시키고 싶지는 않았지만 그럴 수밖에 없었다.

그는 내게 얼굴을 찌푸렸다. "그 글은 꼭 읽어보셨어야 하는데요. 어려운 수학은 전혀 없는데다, 캐럴의 판타지에 대한 거의 모든 실마리가 들어 있지요. 물론 판타지에 대한 실마리는 1896년, 그러니까 캐럴이 죽기 불과 이 년 전에 나온 마지막 저서인 『기호 논리학Symbolic Logic』에도 나오긴 하지만, 좀 간접적이죠."

"어, 잠깐만요. 캐럴이 어떤 사람인지, 정체가 무엇인지는 일단 접어두죠. 제가 이해했다면 선생님은 지금, 루이스 캐럴이 수학에서 다루고 판타지로 표현하고자 한 것을 말씀하시려는 것 같은데…… 그게 뭡니까?"

"우리가 지금 살고 있는 이 차원 말고 다른 차원이 있다는 겁니다. 우리는 그 차원에 갈 수 있고, 실제로 몇 번 가기도 했지요."

"그게 어떤 차원입니까? 거울을 통해 들어가는 판타지 차원인가요? 아니면 꿈이라는 차원?"

"바로 그겁니다, 박사님. 꿈의 차원이죠. 백 퍼센트 맞는 표현은 아니지만 지금으로서는 꿈의 차원이라고 이르는 것이 최선이겠네요." 스미스가 앞으로 몸을 내밀었다. "꿈이라는 걸 생각해보세요. 그야말로 앨리스가 겪는 모험과 딱 들어맞지 않습니까? '뜨개질하는 양과 강'[1]만 해도 말이죠. 거기선 앨리스가 뭘 바라보면 다른 물건으로 변해버리죠. 늙은 양이 뜨개질을 하는 작은 가게 기억하시죠? 앨리스는 가게 선반에 놓인 물건들을 구경하려 하지만 어느 선반을 눈여겨보기만 하면 그 선반은 텅 비어버리고, 주위의 다른 선반에는 물건이 가득 쌓여 있죠. 앨리스가 원하는 물건은 언제나 옆 선반으로 옮겨가버립니다. 그래서 앨리스는 결국 그게 어떤 물건인지 알 수가 없죠……"

나는 천천히 고개를 끄덕였다. "그래서 앨리스는 '여기선 물건이 흘러가요!'라고 말하죠. 그때 늙은 양이 앨리스에게 노

---

[1] 『거울 나라의 앨리스』 5장의 제목.

를 저을 줄 아느냐고 물으면서 뜨개바늘 한 쌍을 건네죠. 뜨개바늘은 앨리스의 손에서 노로 변하고, 어느새 앨리스는 보트 안에 앉아 있어요. 늙은 양은 그 안에서 계속 뜨개질을 하고요."

"바로 그겁니다, 박사님. 완벽하게 꿈속의 상황 아닙니까? 『거울 나라의 앨리스』에서 가장 훌륭한 대목이라고 할 만한 「재버워키」도 마찬가지입니다. 그야말로 꿈을 언어로 묘사한 장면이죠. '노발대발한' '괴랄한' '울울창창한' 같은 단어들로 완벽한 그림이 그려지면서도, 그 그림이 무엇이냐고 물으면 딱 짚어서 대답하기가 힘들지요. 꿈속에서는 꿈의 의미들이 완벽하게 이해되지만, 잠에서 깨어나면 모조리 잊어버리듯이 말입니다."

'괴랄한'과 '울울창창한' 사이에 스미스는 다시 술을 입에 털어 넣었다. 나는 이번에는 술을 더 따라주지 않았다. 술자리가, 즉 우리 대화가 얼마나 더 오래갈까 궁금해지기 시작했다. 그러나 스미스는 지금까지 마신 술에 전혀 영향을 받지 않는 듯했다. 나는 그렇게 말할 수 없었다. 내가 듣기에도 내 목소리는 조금씩 잠기고 있었으니까.

나는 말했다. "그런 세계가 실제로 있다고 상정하는 근거는 무엇입니까? 다른 면에서는 선생님의 말뜻을 알겠습니다. '재버워크' 자체는 악몽에 나오는 괴물의 전형이죠. 눈은 불처

럼 이글거리고, 닥치는 대로 물어뜯고, 날카로운 발톱으로 잡
아채고, 날쌔게 움직이는…… 프로이트와 제임스 조이스가
손을 잡더라도 그보다 더 그럴싸한 괴물을 만들어내지는 못
할 겁니다. 하지만 이건 루이스 캐럴이 꿈속의 광경을 묘사하
려 한 것이고, 보기 좋게 성공한 것이라고 봐야 하지 않을까
요? 아무리 실감나는 묘사라도 그런 세계가 실제로 존재한다
고 추정할 근거는 못 되지 않습니까. 그런 세계 속으로 들어간
다는 건…… 밤에 꿈을 꿀 때나 가능한 얘기 아닙니까?"

스미스는 미소를 지었다. "왜냐하면 그 세계가 실제로 존
재하니까요. 오늘밤 그 증거를, 수학적 근거를 보게 되실 겁니
다. 어쩌면 실증을 보게 되실지도 모르겠네요. 저는 증거를 체
험했거든요. 박사님도 그렇게 되셨으면 좋겠습니다. 하지만 먼
저 우리가 산출한 결과들부터 보셔야겠죠. 그리고 그런 결과
들이 어떻게 『수학적 호기심』에서 파생되었는지, 캐럴의 다른
책에서 찾아낸 증거로 어떻게 확증이 되는지를 보시게 될 겁
니다.

캐럴은 자신이 살던 시대보다 한 세기 이상 앞섰습니다, 박
사님. 리브니츠와 윈튼이 최근에 수행한 잠재의식에 대한 실
험 논문을 읽어보셨습니까? 사람들이 남의 마음을 떠보려고
사용하는 방법들이 제대로 먹힐 때, 그 방법들을 실제 수학
적 모형으로 구현할 수 있다는 논문 말입니다."

나는 리브니츠와 윈튼이라는 연구자를 들어본 적이 없었고, 그렇다고 말했다.

"잘 알려진 사람들은 아니지요." 스미스는 수긍했다. "중요한 것은…… 실제로 박사님이 겪게 되시기 전까지는 일단 꿈의 차원이라고 하지요…… 아무튼 그 꿈의 차원으로 우리의 정신뿐 아니라 육체가 들어갈 수 있다는 사실을 최근에서야 인식하게 되었다는 것입니다. 물론 캐럴을 빼고는 말이죠."

"그럼 루이스 캐럴이 꿈의 차원으로 들어갔었다는 건가요?"

"캐럴이 알고 있었던 지식으로 판단해보면 들어갔던 것이 확실합니다. 너무나 혁명적이면서 위험한지라 감히 공개하지 못했던 거지요."

아주 잠깐 동안이지만 스미스의 말이 어찌나 합리적으로 들리는지 그것이 사실일지도 모른다는 생각이 들었다. 그러지 말라는 법이 있나? 우리가 사는 차원 말고 다른 차원은 존재하지 않는다는 근거가 있나? 영민한 수학자이자 판타지 정신을 갖춘 사람이 그런 차원 속으로 들어가는 방법을 찾아내지 못했을 이유가 있나?

나는 마음속으로 클라이드 앤드루스를 저주했다. 하필이면 그 시간에 환자가 정신병원에서 탈출했다는 소식을 전해주다니. 그것만 아니었다면 지금쯤 나는 얼마나 신나는 시간을 보내고 있을까. 스미스가 미치광이라는 사실을 알고 있는데도 혹시라도 그의 말이 맞을 가능성은 없는지 생각하고 있으니 말이다. (물론 여기엔 위스키의 영향도 있겠지만.) 스미스가 정신질환자라는 사실을 몰랐다면 내가 얼마나 감탄을 금치 못하며 이 모든 이야기에 빨려들었겠느냐는 말이다. 그야말로 앨리스의 이상한 나라에서 저녁을 보내는 기분이었을 텐데.

그리고 미치광이든 정상인이든, 나는 스미스가 마음에 들었다. 미치광이든 정상인이든, 카 부인의 남편이 실제로 '로마 촛불'이라는 환상 속 물건을 만드는 일을 한다면 스미스는 마음속에서 환상을 만드는 일을 하는 셈이다. 이렇게 생각하자 웃음이 나왔고, 당연하게도 왜 웃음이 나왔는지 스미스에게 설명해야 했다.

스미스의 눈이 빛났다. "로마 촛불이라! 정말 근사한데요. 로마 촛불 부서……"

그때 내 기분은 말하지 않아도 알 것이다.

우리는 로마 촛불 부서를 위해 건배했고, 그후에는 둘 다 이야깃거리가 떨어져서 침묵이 흘렀다. 그래서 전화가 울렸을 때 나는 펄쩍 뛰듯이 놀랐다.

나는 수화기를 들고 말했다. "로마 촛불 부서입니다."

"닥?" 내 신문사 인쇄공 피트 코리의 목소리였다. 신경이 날카로운 듯했다. "안 좋은 소식이에요."

피트는 여간해서는 흥분하지 않는 성격이다. 술이 약간 깨는 듯했다. "뭔데, 피트?"

"잘 들으세요. 두 시간쯤 전에 살인 사건이나 뭐 그런 일이 벌어져서 신문에 넣을 기삿거리가 생겼으면 좋겠다고 말씀하신 거 기억하세요? 그리고 제가 친구분한테 그런 일이 생겨도 좋겠냐고 물었던 거 기억하세요?"

물론 기억했다. 피트가 내 제일 친한 친구 칼 트렌홀름을 들먹였지. 나는 전화기를 꽉 움켜잡았다. "본론부터 말해봐, 피트. 칼한테 무슨 일이 생긴 거야?"

"네."

"세상에, 뭔데? 말 빙빙 돌리지 말고. 칼이 죽었어?"

"그렇다고 들었어요. 간선도로에서 발견됐대요. 차에 치였는지 아닌지는 모르겠어요."

"지금 그럼…… 칼은 어디 있는데?"

"이쪽으로 실려오고 있을 거예요. 저도 행크가 연락해줘서 알았고 그 이상은 몰라요." 행크는 피트의 처남으로 부보안관이었다. "고속도로에서 누가 칼 트렌홀름을 발견해서 신고했대요. 그러니까 행크도 아직 자세히는 모르는 거죠. 랜스 케이츠가, 자기가 현장으로 갈 테니 행크더러 보안관 사무실에서 대기하고 있으라고 했대요. 그리고 행크는 케이츠가 닥을 안 좋아해서 정보를 주지 않을 걸 아니까 저한테 전화했고요. 그러니까 누가 이 정보를 알려줬는지 얘기하면 행크 입장이 난처해져요."

"병원에 전화해봤어? 칼이 그냥 다치기만—"

"아직 병원에 도착하지는 않았을 거예요. 칼……이 있는 곳에 도착하지도 못했을걸요. 행크가 저한테 연락한 게 집에서 보안관 사무실로 출발하기 직전이었어요. 케이츠는 신고를 받고 사무실을 나가기 직전에 행크한테 전화한 거고요."

"그래, 알았어. 연락해줘서 고마워. 나도 시내로 갈게.《클라리온》사무실에 도착해서 병원에 연락해봐야겠어. 뭔가 더 알게 되면 사무실로 전화해."

"아뇨, 저도 지금 사무실로 출발할게요."

나는 그러지 않아도 된다고 했지만 피트는 그래야 한다고, 그러고 싶다고 말했다. 나는 더이상 피트를 말리지 않았다.

나는 수화기를 내려놓았다. 그제야 나는 내가 자리에서 일어서 있다는 걸 깨달았다.

"정말 죄송합니다만, 중요한 일이 생겨서 말이죠. 친구가 사고를 당한 모양입니다." 나는 코트를 꺼내려 옷장으로 향했다. "여기서 기다리시겠습니까, 아니면……"

"실례가 안 된다면 여기서 기다리겠습니다. 오래 걸리지 않는다면 말입니다."

"아직은 어떻게 될지 모르겠어요. 확실해지는 대로 전화해서 알려드리겠습니다. 그러니 전화가 울리면 받아주세요. 제가 전화한 것일 테니까요. 위스키도 드시고, 책도 마음대로 읽으셔도 됩니다."

스미스는 고개를 끄덕였다. "전 괜찮습니다. 친구분한테 부디 큰일이 없어야 할 텐데요."

나도 오로지 그 걱정뿐이었다. 나는 모자를 쓰고 다시 서둘러 현관을 나섰다. 이번에는 타이어가 두 개나 펑크난 사실과, 오늘 아침에 그걸 수리할 시간이 없었다는 사실에 진심으로 화가 났다. 아홉 블록은 서두를 필요가 없을 때는 걷기에 그리 먼 거리가 아니다. 하지만 서둘러야 할 때는 빌어먹게도 먼 거리다.

나는 빨리 걸었다. 어찌나 빨리 걸었는지 두 블록 만에 숨이 턱까지 차올라서 걸음을 늦춰야 했다.

분명 피트가 떠올렸을 생각과 똑같은 생각이 자꾸만 떠올랐다. 불과 몇 시간 전에 칼이 죽어서 《클라리온》에 실린다면 어쩌고 하는 이야기를 했는데, 이런 공교로운 우연이 있나. 하지만 피트와 내가 입에 올린 것은 살인 사건이었다. 칼이 살해당했을까? 그럴 리는 없다. 그런 일은 캐멀 시티에서는 일어나지 않는다. 분명히 사고일 것이다. 뺑소니. 그 누구라도 칼 트렌홀름을 죽일 이유는 눈곱만큼도 없다. 정신이 이상한 작자가 아니라면……

　나는 문득 떠오른 생각에 걸음을 멈추고 우뚝 섰다. 그 누구라도 칼 트렌홀름을 죽일 이유는 눈곱만큼도 없다. 정신질환자가 아닌 다음에야. 하지만 오늘밤에는 정신병원에서 탈출한 환자가 있고, 나를 기다리지 않고 떠나버리지 않았다면 그자는 지금 내 집 거실에 앉아 있다. 나는 그자가 남에게 해를 끼치지는 않는다고 생각했다. 물론 조심한다고 주머니에 총을 넣어두기는 했지만. 하지만 어떻게 그자가 해를 끼치지 않는다고 확신할 수 있지? 나는 정신분석학자가 아니다. 대체 어떻게 무해한 미치광이와 사람을 죽이는 정신질환자를 구분할 수 있단 말인가?

　나는 집으로 돌아가려고 발길을 돌렸으나 다음 순간 집으로 돌아가는 것은 쓸모없고도 어리석은 짓이라는 사실을 깨달았다. 스미스는 내가 모퉁이를 돌아 보이지 않게 되자마자 나가버렸거나, 혹은 내가 자신을 의심한다는 것은 꿈에도 모른 채 내 소식을 들을 때까지 내가 권한 대로 얌전히 앉아 있을 것이다. 그러니 내가 해야 할 일은 딱 한 가지, 되도록 빨리 정신병원에 전화하는 것이다. 그러면 병원 직원들이 집을 포위하고, 스미스가 아직 거기에 있다면 그를 데려갈 것이다.

　나는 다시 걷기 시작했다. 혼자 집으로 돌아가는 것은 어리석은 짓이다. 비록 호주머니에 권총을 넣고 있더라도 말이다. 스미스가 저항할지도 모르고, 나는 총을 사용해야 하는 상황이 오기를 바라지 않았다. 특히 그가 칼을 죽였다고 믿을 만한 진짜 이유가 없는 한. 칼은 그냥 자동차 사고로 죽었을지 모른다. 칼이 어떤 상처를 입었는지 알기 전까지는 합리적으로 추론할 수 없다. 나는 되도록 빨리 걷되 또다시 숨이 막힐 것 같아 멈추는 일이 없도록 속도를 조절했다.

문득 스미스가 끄집어냈던 기사 제목, "미지의 야수에게 습격당한 시체 발견"이 떠올랐다. 등골이 오싹해졌다. 만약 칼의 시체에서……

소름끼치는 생각이 꼬리에 꼬리를 물고 일어났다. 만약 브리지포트에서 사람을 죽였던 그 미지의 야수가 바로 정신병원에서 탈출한 그 미치광이라면…… 만약 그 미치광이가 브리지포트 사건 전에 탈출한 것이라면…… 아니, 브리지포트 사건의 범인으로 의심을 받았는지 여부를 떠나, 그 사건이 일어난 후에 정신병원에 수용된 것이라면?

수화망상[1]이라는 단어가 떠오르자 몸이 부르르 떨렸다. 내가 도대체 누구와 재버워크며 미지의 야수 이야기를 했단 말인가?

갑자기 주머니에 넣어둔 총이 더없이 위안이 되었다. 나는

---

[1] 환자가 자신이 이리 같은 야수라고 생각하는 망상증으로, 조현증 환자에게서 볼 수 있다. 전설 속에서 인간이 마법을 써서 이리로 변하는 능력을 가리키기도 한다.

뒤를 흘긋 돌아보고 아무도 따라오지 않는다는 것을 확인했다. 내 뒤편 거리는 텅 비어 있었지만 그래도 좀더 빨리 걷기 시작했다.

갑자기 가로등 불빛이 그리 밝지 않은 것 같았고, 평소라면 쾌적할 6월의 밤공기가 무시무시하고 살기가 가득한 것처럼 느껴졌다. 정말로 무서워졌다. 이때 본격적인 사건은 아직 시작되지도 않았다는 사실을 내가 알아차리지 못했던 게 오히려 다행이었는지도 모르겠다.

청사 앞을 지나가게 되자 마음이 놓였다. 보안관 사무실 창문이 불빛으로 환했다. 보안관 사무실로 들어가볼까 하는 생각마저 들었다. 지금이면 행크가 있을지도 모르고 랜스 케이츠는 아직 돌아오지 않았을 것이다. 하지만 안 된다. 이왕 여기까지 왔으니 《클라리온》 사무실까지 가서 여기저기 전화를 걸어보는 편이 낫다. 게다가 혹시 보안관 사무실에서 나와 행크가 이야기하고 있는 모습을 케이츠가 본다면 행크의 입장이 곤란해진다.

그래서 나는 계속 걸었고, 오크 스트리트 모퉁이를 돌았다. 이제 《클라리온》 사무실까지는 한 블록 반만 남았다. 하지만 이제부터 그 한 블록 반을 지나가기까지는 시간이 꽤 걸리게 된다.

갑자기 짙은 청색의 커다란 뷰익 승용차가 나타나더니 내 옆으로 오며 속도를 늦추었다. 앞좌석에는 남자 두 명이 타고 있었다. 그중 운전석에 앉은 남자가 머리를 차창 밖으로 내밀고 말했다.

"형씨, 여기가 무슨 동네야?"

5

모래가 온통 마르면, 그는 종달새처럼 명랑
하고,
상어를 두고 업신여기는 투로 이야기하지,
하지만, 밀물이 들어와 상어들이 에워싸면
그의 목소리는 기어들어가고 바들바들 떨
린다네.[1]

누군가가 나를 '형씨'라고 부른 것은 참으
로 오랜만이었고, 딱히 기분이 좋지는 않았
다. 게다가 남자들의 외양도, 질문을 하는
목소리의 말투도 마음에 들지 않았다. 일
분 전만 하더라도 정신병원에서 탈출한 환
자만 아니라면 누구든 곁에 있어주었으면
했지만 지금은 사정이 달라졌다.

평소 무례한 편은 아니지만 상대가 먼저
무례하게 나오면 나도 얼마든지 무례해질
수 있다. "안됐지만 나도 여긴 처음이라서
요." 나는 이렇게 대꾸하고 계속 걸어갔다.

운전석에 앉은 남자가 조수석의 남자에

---

[1] 『이상한 나라의 앨리스』 10장 '바닷가재 카드리유' 중에서.

게 뭐라고 말하는 소리가 들리더니, 뷰익이 나를 지나 바로 앞 길가에 섰다. 운전석의 남자가 차에서 나오더니 내게로 걸어왔다.

나는 그 자리에 섰다. 남자의 얼굴을 알아본 순간 놀라지 않은 척하느라 무진 애를 썼다. 우체국에서 수배 전단을 봐두었던 것이 보람이 있었다. 물론 남자의 얼굴에 나타난 표정으로 미루어 보아 내가 그 보람을 누릴 수 있을지는 모르겠지만.

두 발짝 앞까지 다가온 남자의 이름은 '배트 매스터스'로, 지난주 게시판에 사진이 붙은 이후 지금도 붙어 있었다. 이자의 얼굴을 잊어버릴 리는 없었고 이름도 확실하게 기억했다. 옛날 서부 시대 유명한 총잡이였던 '배트 매스터슨'과 이름이 비슷했기 때문이다. 처음에는 우연이라고 생각했으나, 매스터스와 매스터슨이 비슷하기 때문에 '배트'라는 별명이 자연스럽게 느껴진다는 사실을 깨달았다.

남자는 덩치가 크고 얼굴은 긴 말상이었다. 눈 사이가 넓고, 입은 갸름하고 뾰족한 턱과 두툼한 윗입술 사이에 존재하는 짤막한 직선 같았다. 인중에는 이틀쯤 면도하지 않은 수염 자국이 있어 남자가 콧수염을 기르는 중임을 드러냈다. 하지만 그 얼굴을 바꾸려면 콧수염과 턱수염을 모조리 기르고도 모자라 성형수술이 필요할 듯했다. 수배 사진을 한 번이라도 흘끔 보았다면 좀체 잊기 어려운 얼굴이니 말이다. 배트 매스터스, 은행 강도 및 살인.

주머니에 권총이 들어 있기는 했지만 그 순간에는 떠오르지 않았다. 오히려 다행이었는지도 모르겠다. 만약 권총을 지니고 있다는 데 생각이 미쳤더라면 겁에 질린 나머지 총을 꺼내려 했을 테고, 그랬다면 분명 좋은 꼴은 보지 못했을 테니까. 배트 매스터스는 주먹을 불끈 쥐고 다가왔지만 총은 들고 있지 않았다. 나를 죽일 의도는 없는 듯했다. 물론 저 주먹을 무심히 휘두르기만 해도 충분히 달성할 수 있는 일이겠지만. 나는 아무리 많이 잡아도 몸무게가 63킬로그램 남짓인데, 매스터스는 내 두 배는 족히 나갈 듯한데다 어깨가 웃옷을 뚫고 나올 것만 같았다.

돌아서서 도망칠 시간도 없었다. 매스터스는 왼손을 뻗어 내 옷깃을 움켜잡고는, 발이 허공에 들릴 듯 나를 가까이 끌어당겼다.

"어이, 난 건방진 자식은 딱 질색이야. 질문을 받았으면 대답을 해야 할 거 아냐."

"여긴 일리노이 주 캐멀 시티예요."

조수석에 앉은 남자의 목소리가 들렸다. "빌, 그냥 놔둬. 이러다가는……" 남자는 문장을 끝맺지 않았다. 당연했다. 누군가의 관심을 끄는 가장 좋은 방법은 당신의 관심을 끌고 싶지 않다고 말하는 것일 테니.

매스터스는 내 머리 위로 나의 등뒤를 보았다. 누군가, 아니면 무언가 이쪽으로 다가오는지 확인하려는 듯이. 그런 다음 여전히 내 멱살을 틀어쥔 채 고개를 돌려 반대쪽을 확인했다. 나에게서 쉽사리 눈길을 떼는 걸 보니 내가 자신을 기습할 가능성은 염두에 두지 않는 것 같았다. 나도 굳이 그 예상을 깨고 싶지 않았다.

차 한 대가 한 블록쯤 떨어진 거리에서 다가왔다. 거리 반대편, 건물 두세 채 너머 드러그스토어에서 남자 두 명이 나왔다. 그리고 내 등뒤에서 또다른 차 한 대가 오크 스트리트에 진입하는 소리가 들렸다.

매스터스는 나에게 고개를 돌리고 멱살을 놔주었다. 누군가 본다면 우리는 그저 마주보고 서 있는 두 남자에 불과할 것이다. 매스터스가 말했다. "좋아, 형씨. 다음에 누가 질문을 하거든 그따위 건방진 태도는 버리라고."

나를 내려다보는 그의 눈빛은 여전히, 내가 그를 오래 기억할 만한 무언가를 안겨주고 싶다는 마음을 형형하게 드러내고 있었다. 턱뼈를 부수고 틀니를 목구멍 깊숙이 박아버리지는 않더라도 손바닥으로 뺨을 한 대 갈기는 정도는 어떨까 하는 눈치였다.

"알겠습니다, 미안합니다." 나는 두려워하는 기색은 띠되, 실제보다는 덜 겁먹은 것처럼 보이려고 애썼다. 내가 매스터스를 알아보았다는 사실을 그가 눈치채기라도 한다면 내 목숨은 끝장일 테니까.

매스터스는 몸을 돌려 차에 탔고, 뷰익은 떠났다. 지금 와서 생각하면 뷰익의 번호판을 봐두었어야 했다. 하지만 어차피 훔친 차였을 테고, 그때는 그럴 생각을 하지 못했다. 번호판은 고사하고 멀어져가는 뷰익을 바라볼 엄두도 나지 않았다. 행여라도 그들 중 하나가 뒤를 돌아보고 내가 이른바 범죄자들이 말하는 '의심에 차서 휘둥그레진 눈초리'로 그들을 바라보고 있다고 생각할까봐 조마조마했다. 그들이 마음을 고쳐먹고 되돌아올 가능성을 조금이라도 키우고 싶지 않았다.

나는 다시 걷기 시작했다. 보도 한가운데로 걸으면서 주변 일에 신경쓰지 않는 사람으로 보이려고 노력했다. 게다가 오금이 너무 저려서 아예 걷지도 못하게 되지 않도록 무릎에 안간힘을 써야 했다.

정말 아슬아슬했다. 만약 거리에 아무도 없었더라면……

몸을 돌려 일 분 전에 지나쳤던 보안관 사무실로 되돌아갈 수도 있었겠지만, 그러고 싶지 않았다. 뷰익에 탄 남자 중 하나가 백미러로 나를 주시하고 있다면 방향을 바꾸어 걷는 건 좋은 생각이 아닐 것이다. 한 블록 정도의 거리를 두고 다양한 선택이 가능했다. 반 블록만 되돌아가면 보안관 사무실이 있고, 앞으로 한 블록 반을 가면 스마일리네 술집이 있으며, 술집 건너편에는 《클라리온》 사무실이 있다. 어느 곳으로 가든 전화를 걸어 배트 매스터스와 그 공범이 방금 캐멀 시티를 떠나 북쪽으로 향했고, 어쩌면 시카고로 가는 중인지도 모른다는 빅뉴스를 알릴 수 있었다. 그러면 보안관 사무실의 행크 갠저가 이 정보를 주립 경찰에 알릴 테고, 그러면 한두 시간 안에 경찰이 놈들을 붙잡을 수도 있을 것이다.

일이 그렇게 진행된다면 정보를 제공한 내게 조금이나마 보상이 돌아올지도 모른다. 하지만 보상이라고 해봐야 내가 쓰게 될 기사에 비하면 아무것도 아닐 테다. 이건 정말로 화끈한 기삿거리다. 놈들이 잡히지 않아도 그렇고, 잡힌다면 진짜로 어마어마한 기삿거리가 된다. 게다가 캐멀 시티에서 내가 정보를 제공했으니, 놈들이 한참 더 북쪽에서 잡힌다 하더라도 캐멀 시티의 기사가 된다. 어쩌면 놈들이 잡힐 때 총격전이 벌어질지도 모른다. 매스터스를 가까이에서 본 입장에서, 그가 총격전을 벌일 것이라는 강한 예감이 왔다.

타이밍도 기가 막히잖아. 나는 생각했다. 목요일 밤에 사건이 벌어지고 있지 않은가. 내가 시카고 신문들을 엿 먹일 수 있다는 뜻이다. 물론 시카고 신문들도 이 사건을 기사로 쓸 테고 캐멀 시티의 주민들 다수도 시카고 신문들을 사서 보지만, 그것들은 늦은 오후나 되어야 기차에 실려서 캐멀 시티로 배달된다. 《클라리온》은 그보다 몇 시간 전에 나온다.

무엇보다도 드디어 내가 '뉴스다운 뉴스'를 실은 신문을 발행할 수 있게 된다. 매스터스와 그 동료가 경찰에 잡히지 않는다 하더라도 캐멀 시티를 지나갔다는 소식은 충분한 뉴스거리다. 참, 거기다 정신병원에서 탈출한 정신질환자 소식에다가 칼 트렌홀름도……

칼 생각이 나자 걸음이 더욱 빨라졌다. 이제는 서둘러도 안전하겠지. 뷰익이 가버린 후 4분의 1블록쯤 걸었나. 뷰익은 시야에서 사라진 지 오래였고 거리는 다시 조용해졌다. 매스터스가 나를 후려칠지 말지 망설이고 있을 때 거리가 이렇게 조용하지 않았던 것이 천만다행이었다.

디크의 악기점을 지났다. 불이 꺼져 깜깜했다. 슈퍼마켓을 지났다. 이하동문. 그리고 은행……

은행을 막 지나칠 때, 나는 벽에라도 부딪힌 듯 우뚝 섰다. 은행도 불이 꺼져 깜깜했다. 하지만 은행은 그래서는 안 되었다. 은행에는 밤낮으로 금고를 비추는 조그마한 철야등이 있기 때문이다. 지금까지 밤에 은행 앞을 지나친 적이 몇 천 번은 되었지만 철야등이 꺼진 일은 한 번도 없었다.

한순간 터무니없는 생각이 내 머리를 스쳤다. 배트 매스터스와 그 동료가 은행에서 돈을 훔친 게 틀림없어. 물론 매스터스의 전문분야는 도둑질이 아니라 강도질이기는 하지만. 그러나 나는 곧 그 생각이 얼마나 바보 같은지 깨달았다.

매스터스 일당은 은행 쪽으로 가고 있었고 불과 4분의 1블록 떨어진 곳에 차를 세우고 나에게 이 동네가 어디냐고 묻지 않았던가. 물론 그들이 은행에서 도둑질을 한 다음 차로 한 바퀴 돌아 아까 그 자리에 왔을 수도 있다. 하지만 만약 그렇다면 매스터스와 그 일행은 도주중이었다는 소리가 된다. 범죄자들이 가끔 멍청한 짓을 저지르는 건 사실이다. 하지만 범죄를 저지르고 달아나다가, 범행 현장으로부터 엎어지면 코 닿을 거리에서 차를 세우고 지나가는 행인에게 여기가 어디냐고 물은 다음, 그 행인이 질문에 대답하기 귀찮아했다는 이유로 차에서 내려 한 대 치려고 할 정도로 멍청하지는 않으리라.

그렇다. 매스터스 일당이 은행을 털었을 리 없다. 지금 털고 있는 것도 아니다. 그들이 탄 뷰익은 벌써 갈 길을 가버렸으니까. 내 눈으로 보지는 않았지만 내 귀로 엔진 소리를 들었다. 게다가 만에 하나 그들이 떠나지 않았다 하더라도 그동안 나는 여기 있었다. 내가 매스터스 일당과 만난 것이 불과 몇십 초 전인데, 그후에 그들이 차를 세우고 은행에 침입하는 것은 불가능하다.

나는 몇 걸음을 되돌아가 은행 창문을 들여다보았다.

처음에는 건너편에 있는 창문의 희미한 윤곽 외에는 아무것도 보이지 않았다. 은행 카운터 너머로 창문의 위쪽 절반만 보인 것이다. 그러다가 윤곽이 점점 또렷해지고, 창문이 열려 있는 것이 보이기 시작했다. 아래쪽 창문들이 위로 올라가, 위에서부터 불과 10센티미터밖에 떨어져 있지 않은 것이 똑똑히 보였다.

그래, 저기로 침입했구나. 도둑이 아직 은행 안에 있을까, 아니면 벌써 건물 밖으로 나갔고 창문은 열린 채 내버려둔 것일까?

나는 어둠 속을 더 잘 보기 위해 눈에 힘을 주고 창문 왼편, 금고가 있는 쪽을 살폈다. 갑자기 희미한 빛이 깜박였다. 마치 누군가 성냥을 켰다가 성냥 머리가 다 타기도 전에 꺼버린 것 같았다. 너무 순식간의 일이라 그 반짝임 외에는 아무것도 보지 못했다. 은행 카운터 아래쪽인 것은 확실했으나 성냥을 켠 사람은 볼 수가 없었다.

도둑은 아직 은행 안에 있다.

나는 얼른 발끝으로 뛰다시피 물러나 은행과 우체국 사이의 골목길로 들어갔다.

제발 왜 그랬냐고 묻지는 말아주시길. 물론 내 돈이 이 은행에 있기는 하지만, 은행이 털린다 해도 나에게는 보험이 있으니 털끝만큼의 손해도 없다. 게다가 그 순간 나는 도둑을 내 손으로 잡으면 《클라리온》에 더 멋진 기사를 실을 수도 있다는 것은 아예 떠올리지도 않았다. 뭐, 도둑이 나를 잡아도 기사가 되겠지만. 아무튼 나는 그런 가능성은 조금도 생각하지 않았다. 그저 은행 외벽을 따라 돌아서 도둑이 도주하기 위해 열어놓은 듯한 창으로 다가갔을 뿐이다.

지금 생각해보니 그때 내가 그렇게 행동한 이유는 일 분 전에 내보인 나의 비겁함 때문이었던 것 같다. 나는 재버워크와 보팔검들과 수화망상이 있는 살인마와 은행 강도들과 도둑 때문에 정신이 멍한 상태였을 것이다. 아니, 어쩌면 갑자기 로마 촛불 부서로 승진했다고 생각했을지도 모른다.

어쩌면 술에 취했을지도 모르고, 정신적으로 불안정했을지도 모른다. 어느 쪽으로든 편하게 생각하시길 바란다. 아무튼 나는 그때 발끝으로 뛰어 골목길로 들어섰다. 뛰었다는 것은 거리의 불빛이 허용하는 한도 내에서 달렸다는 의미다. 골목으로 들어선 다음에는 건물 벽을 짚으며 창문으로 다가갔다. 거기에도 희미하지만 등불이 있어 안을 볼 수 있었다.

창은 여전히 열려 있었다.

창을 바라보고 서 있자니 슬슬 이게 얼마나 미친 짓인지 희미하게나마 깨달음이 왔다. 보안관 사무실로 달려가 행크를 찾으면 되지 않는가? 도둑, 아니면 도둑'들'은 이제 막 금고를 털기 시작한 것인지도 모른다. 그러면 여기로 나오기까지는 꽤 시간이 걸릴 테니 행크가 놈을 체포하러 올 시간은 충분할 것이다. 도둑이 지금 나온다면 내가 무슨 일을 할 수 있을까? 총을 쏴? 그건 말도 안 된다. 총을 쏘느니 도둑이 그냥 도망치게 내버려두는 게 낫다.

그런데 너무 늦었다. 갑자기 창가에서 발을 끌며 느릿느릿 걷는 소리가 작게 나더니 창틀에 손 하나가 나타났다. 도둑이 밖으로 나오는 중이라 나는 소리 내지 않고 창에서 멀어질 방법이 없었다. 만약 그자가 내 기척을 눈치챘다면 어떤 일이 생길지 짐작도 가지 않았다. 그대로 있으면 곧 알게 되겠지만.

그보다 조금 전, 지금 서 있는 창가에 막 다다랐을 때, 나는 약 30센티미터 길이의 나무막대기를 밟았다. 그 정도라면 내가 사용할 수 있는 무기다. 나는 손을 아래로 뻗어 막대기를 움켜쥐고는, 머리 하나가 창으로 쑥 나오는 순간 막대기를 휘둘렀다.

너무 세게 휘두르지 않아서 다행이었다. 희미한 빛 속에서, 마지막 순간 그렇게 생각을―

머리와 손은 더이상 창밖으로 나와 있지 않았다. 안쪽에서 사람 몸뚱이 하나가 바닥에 떨어지는 쿵 소리가 부드럽게 나더니, 몇 초 동안 아무런 소리도 기척도 없었다. 길게만 느껴지는 순간이 지나고, 내가 휘둘렀던 나무막대기가 뒷골목의 흙바닥을 때리는 소리가 들렸다. 그제야 나는 내가 막대기를 떨어뜨렸다는 사실을 깨달았다.

막대기를 휘두르는 것을 멈추기에는 너무 늦은 찰나의 순간에 내가 보았다고 생각했던 장면만 아니었더라면 나는 그대로 보안관 사무실로 달려갔을 것이다. 하지만⋯⋯

이번에는 내 머리가 가격당할지도 모를 일이지만 위험을 무릅쓸 수밖에 없었다. 창문은 허리 높이를 넘지 않았다. 나는 창문 안으로 몸을 숙이고 성냥을 하나 켰다. 내 생각이 옳았다.

나는 창을 타고 넘어가 남자의 맥박을 짚었다. 심장은 제대로 뛰고 있었다. 호흡도 정상인 듯했다. 양손을 뻗어 남자의 머리를 열린 창 쪽으로 조심스럽게 들어올려 살펴보기도 했다. 피는 보이지 않았다. 그렇다면 뇌진탕보다 심각한 증상은 없을 듯했다.

나는 누구도 창이 잠기지 않았다는 사실을 알아차리지 못하도록 창문을 내린 다음 조심스럽게 걸어서 가장 가까운 책상으로 갔다. 은행에는 수천 번도 더 와보았기에 책상이 어디에 있는지는 잘 알고 있다. 나는 손으로 더듬은 끝에 전화기를 찾았다.

전화교환원의 목소리가 들렸다. "전화번호를 말씀해주세요."

나는 번호를 말하려다가 문득, 교환원이 이 전화기가 은행 소유이며 지금은 영업이 끝난 시간임을 알고 있다는 데 생각이 미쳤다. 그렇다면 교환원은 전화를 연결해준 후 통화 내용을 들으려 할지도 모른다. 어쩌면 보안관 사무실에 직접 전화해서 지금 누군가가 은행 전화기를 쓰고 있다고 신고할지도 모른다.

그런데 내가 교환원의 목소리를 알아챘던가? 그랬던 것 같다. "밀리인가요?"라고 말했으니까.

"네, 맞습니다. 저…… 스토거 씨인가요?"

"네, 맞아요." 밀리가 내 목소리를 알아들어서 기뻤다.

"잘 들어요, 밀리. 난 지금 은행에서 전화하는 거예요. 다 괜찮으니까 걱정할 필요는 전혀 없어요. 그리고 부탁 하나만 들어줄 수 있을까요? 전화를 연결해준 다음에는 통화 내용을 듣지 말아줘요."

"알겠습니다, 스토거 씨. 그렇게 하죠. 번호를 불러주시겠어요?"

나는 번호를 불러주었다. 은행장인 클라이드 앤드루스의 전화번호였다. 희미하게 전화벨이 울리는 소리를 듣고 있자니 내가 밀리가 태어날 때부터 그녀를 알고 있었고 우리가 서로를 좋아했다는 사실이 참으로 행운이라는 생각이 들었다. 그녀는 지금쯤 궁금해서 온몸이 활활 타오를 지경이겠지만 내 부탁대로 통화 내용을 듣지는 않을 것이다.

클라이드 앤드루스의 목소리가 들렸다. 나는 그가 공동 전화선을 쓰고 있을지도 모르므로 어쨌든 모든 것을 다 말하지는 않기로 결심했다.

"나 닥 스토거야, 클라이드. 지금 은행에 와 있어. 지금 당장 여기로 와줘야겠어. 빨리."

"엉? 닥, 술 취했어? 은행에는 왜 있는 거야? 문 닫은 지가 언젠데."

"누가 은행 안으로 들어왔어. 그자가 창밖으로 나오려 해서 내가 나무막대기로 머리를 후려쳤거든. 지금 기절해서 뻗어 있는데 심하게 다치진 않았어. 그래도 혹시 모르니 오늘길에 민턴 선생을 모시고 와. 빨리 와야 해."

"그럴게." 앤드루스가 말했다. "보안관한테는 연락했어? 안 했으면 내가 할게."

"안 돼. 누구한테도 전화하지 마. 그냥 민턴 선생을 모시고 빨리 이리로 와."

"아니, 그게 무슨 말이야. 왜 보안관한테 전화하면 안 되는데? 농담하는 거야?"

"아니야, 클라이드. 잘 들어…… 장담하는데, 넌 다른 누구보다도 먼저 이 도둑이 누군지 확인하고 싶을 거야. 많이 다치진 않았지만, 제발 부탁이니 수다는 그만 떨고 빨리 민턴 선생을 모시고 와. 알았어?"

앤드루스의 어조가 달라졌다. "금방 갈게. 오 분이면 돼."

나는 수화기를 내려놓았다가 다시 들었다. "번호를 말씀해주세요" 하는 밀리의 목소리가 다시 들렸고, 나는 칼 트렌홀름에 대해 무엇이든 아는 게 있는지 물었다.

밀리는 모른다고 했다. 그녀는 무슨 일이 일어났는지 전혀 모르고 있었다. 내가 교통사고에 대해 들은 대로 말하자, 밀리는 반시간쯤 전 간선도로 근처에 있는 어느 농가에서 보안관 사무실로 거는 전화를 연결해주었다고 말했다. 하지만 같은 시간에 다른 전화가 여러 통 있었기에 내용은 듣지 못했다고 했다.

나는 배트 매스터스가 이 도시를 거쳐간 일이나 내 집에 정신병원에서 도망친 미치광이가 있다는 정보는 일단 은행을 떠난 후에 신고하기로 마음먹었다. 은행에서 전화를 걸면 안전하지 않을 수도 있었고, 몇 분쯤 더 늦는다고 해서 큰 문제는 되지 않을 듯했다.

나는 어둠 속을 더듬으며 창가로 돌아와 다시 도둑, 즉 클라이드 앤드루스의 아들에게 몸을 숙였다. 숨소리도 심장박동도 여전히 정상이었고, 의식이 돌아오는 듯 몸을 꿈틀거리며 뭐라고 중얼거렸다. 뇌진탕에 대해 아는 바는 없었지만 특별한 증상 없이 무사히 깨어날 것 같았다. 내가 조금만 더 세게 막대를 휘둘러서 이 녀석이 죽었거나 심하게 다쳤다면 어쩔 뻔했는가.

나는 누가 건물 앞쪽 창으로 들여다보더라도 내 머리가 보이지 않도록, 아까처럼 바닥에 주저앉은 다음 기다렸다.

한꺼번에 너무 많은 일이 벌어지는 바람에 약간 멍했다. 생각할 게 너무나 많아서 그런지 아무것도 생각할 수가 없었다. 그저 어둠 속에 앉아 있을 뿐이었다.

그러다가 전화벨이 울리는 바람에 놀라서 1미터쯤 뛰어올랐다.

나는 더듬더듬 다가가 전화기를 들었다. 밀리의 목소리가 들렸다. "스토거 씨, 지금도 은행에 계신다면 알려드려야 할 것 같아서요. 건너편 드러그스토어에서 누군가 방금 보안관 사무실에 전화를 걸어서 은행 철야등이 꺼졌다고 신고했어요. 그리고 보안관 사무실에서 누가 전화를 받았는지는 모르겠지만, 부보안관 중 한 명인 것 같고 케이츠 씨는 아니었어요. 그 사람이 금방 가보겠다고 대답했어요."

"고마워요, 밀리. 정말로 고마워요."

마침 차 한 대가 은행 앞 길가에 서는 것이 창문을 통해 보였다. 차에서 내리는 사람이 클라이드 앤드루스와 의사인 것을 확인하고 나는 안도의 한숨을 쉬었다.

클라이드가 잠긴 정문을 여는 동안 나는 불을 켰다. 그리고 하비 앤드루스가 누워 있는 곳으로 두 사람을 안내하면서, 누군가 보안관 사무실에 전화를 했다는 사실을 말해주었다. 우리는 하비도, 그리고 몸을 숙이고 하비를 살펴볼 민턴 선생도 은행 정문에서 보이지 않도록 하비가 누운 자리를 옮겼다. 일을 막 마치자마자 밖에서 행크가 정문을 두들기기 시작했다.

나는 내가 여기에 있는 이유를 설명해야 하는 상황을 피하기 위해 정문에서 보이지 않는 자리에 숨어 있었다. 클라이드 앤드루스가 문을 열고 행크에게 아무 문제도 없다고 설명하는 말소리가 들렸다. 누가 자신에게도 전화를 해서 은행 철야등이 꺼져 있다고 알려주었고, 방금 와서 살펴보았는데 전구가 나간 것뿐이라고.

행크가 떠나고 난 뒤 클라이드가 돌아왔다. 얼굴이 약간 창백했다. 민턴 선생이 말했다. "하비는 괜찮을 거야, 클라이드. 이제 정신이 들려고 하는군. 깨어나서 걸을 수 있으면 병원으로 데려가서 몇 가지 검사를 해보지."

내가 말했다. "클라이드, 난 이제 가봐야 해. 오늘밤엔 여기저기서 일이 많이 생겨서 말이야. 아들이 괜찮다는 게 확인되면 곧바로 나한테 알려줘, 알았지? 난 아마 《클라리온》 사무실에 있을 것 같은데, 어쩌면 스마일리네 술집에 있을지도 몰라. 시간이 좀더 걸린다면 집에 있을지도 모르고."

"알았어, 닥." 클라이드는 한 손을 내 어깨에 얹었다. "그리고 정말 고마워…… 보안관 사무실이 아니라 나한테 먼저 연락해줘서."

"별말씀을. 그리고 클라이드, 난 정말이지 누군지 몰랐어. 그냥 뒤쪽 창문으로 나오려고 하길래 무작정 막대기를 들고 휘둘렀던 거—"

"너한테 전화받고 이 녀석 방에 들어가봤어. 짐을 싸놨더군. 어…… 뭐가 뭔지 모르겠어, 닥. 열다섯밖에 안 된 놈이…… 대체 왜 이런 짓을……" 클라이드는 고개를 저었다. "항상 고집불통이기는 했고 자잘한 사고도 몇 번 치긴 했지만…… 그래도…… 도저히 이해를 못하겠어." 클라이드는 아주 진지한 표정으로 나를 보았다. "넌 이해가 가?"

나는 어쩌면 약간은 이해가 간다는 생각을 했다. 하지만 배트 매스터스와, 그자가 이 시간에도 시시각각 멀어져가고 있으니 빨리 주립 경찰에 알리는 편이 낫겠다는 사실이 떠올랐다.

"이 얘기는 내일 다시 해도 될까, 클라이드? 하비가 깨어나면 걔 얘기도 들어주고, 그때까지는 섣불리 판단하지 말고 마음을 열어놓고 있으라고. 내 생각엔…… 네가 지금 생각하는 것만큼 심각한 일은 아니지 싶어."

나는 여전히 누군가에게 치명타를 맞은 것처럼 보이는 클라이드를 남겨두고 밖으로 나왔다.

거리를 따라 걸어가며 내가 한 짓이 얼마나 멍청했는지 자책했다. 하지만 그래도, 오늘밤 있었던 일을 쭉 더듬어보면 도

무지 옳은 판단을 할 기회가 한 번도 없지 않았던가? 다시 생각해보니 이번 일은 그렇게 잘못된 게 아닐 수도 있었다. 내가 행크에게 전화를 했더라면 하비는 머리를 맞고 쓰러지는 게 아니라 총알에 맞았을 가능성이 더 높았다. 게다가 어느 쪽이 되든 체포되는 것은 확실했고.

그랬다면 일은 지금보다 좋지 않게 돌아갔을 것이다. 지금은 너무 늦기 전에 하비를 올바른 길로 돌려놓을 가능성이 있다. 정신과 의사에게 보일 수도 있다. 한 가지 유일한 문제는, 클라이드 앤드루스야말로 정신과 의사의 조언을 들을 필요가 있다는 사실을 클라이드 앤드루스 자신이 깨달아야 한다는 것이다. 클라이드는 좋은 사람이었지만 지나치게 엄격한 아버지였다. 클라이드가 하비에게 기대하는 것은 열다섯 살짜리 소년에게 기대할 만한 것이 전혀 아니었다. 아이가 비뚤어진 게 조금도 이상하지 않았다. 그러나 은행을 털다니, 그게 설령 아버지의 은행이라도 (아버지의 은행을 털려고 한 것이 상황을 더 나쁘게 만들었는지 그 반대인지 판단을 내릴 수가 없었다) 나로서는 전혀 생각지도 못한 일이었다. 간담이 서늘한 기분이었다. 하비가 집에서 탈출하고 싶어했다는 건 전혀 놀랍지 않았다. 그 부분에 대해서는 아이 탓을 하고 싶지 않았다.

그렇게 반듯하고 성실한 남자가 자기 아들에게는 그토록

엄하다니. 너무나 엄해서 아버지를 사랑할 수 없을 지경까지 이르게 되다니. 클라이드 앤드루스가 술에 취해보면, 평생 딱 한 번이라도 곤드레만드레 취해본다면 세상을 바라보는 눈이 완전히 달라질지도 모른다. 그후에 영영 술을 마시지 않더라도 말이다. 하지만 클라이드는 머리털 나고 지금껏 술을 한 방울도 마신 적이 없었다. 아마 담배를 피운 적도 없고 상스러운 말을 뱉은 적도 없을 것이다.

그래도 나는 클라이드를 좋아했다. 내가 꽤 포용력이 있는 사람이기 때문이리라. 하지만 내 아버지가 클라이드 같지 않았다는 것이 그저 감사하기도 했다. 내가 알기로 이 동네에서 가장 훌륭한 아버지는 칼 트렌홀름이었다. 트렌홀름…… 그런데 나는 아직까지 그가 죽었는지 그저 다쳤을 뿐인지조차 알지 못한다니!

이제 스마일리네 술집과 《클라리온》 사무실에서 반 블록 밖에 떨어지지 않은 곳까지 왔다. 나는 걸음을 재촉했다. 내 나이에도 이 정도 빠르게 걷는 건 그리 숨찰 정도는 아닐 것이다. 집을 나선 지 삼십 분 정도밖에 되지 않겠지만, 그동안 겪은 일 때문에 마치 며칠은 지난 것처럼 느껴졌다. 뭐, 설마 여기에서 스마일리네 술집까지는 아무 일도 일어나지 않겠지. 그리고 아무 일도 일어나지 않았다.

유리창을 통해 들여다보니 바에는 손님이 하나도 없고 스마일리 혼자 카운터 뒤에 서 있는 것이 보였다. 언제나처럼 유리잔을 닦고 있었다. 스마일리는 다른 할일이 없으면 같은 잔을 열 번도 더 닦을 듯했다.

나는 술집으로 뛰어들어 곧바로 전화기가 있는 곳으로 향했다. "스마일리, 오늘밤은 난리도 아니야. 정신병원에서 탈출한 미치광이에다, 칼 트렌홀름은 사고를 당했고, 수배중인 은행 강도 두 명이 십오 분인가 이십 분 전에 이 동네를 지나갔어. 게다가 나는 지금―"

거기까지 말했을 때 나는 전화기 앞에 다다라 수화기를 집어들려던 참이었다. 하지만 나는 전화기에는 손끝 하나 대지 못했다.

등뒤에서 누가 입을 열었다. "진정하라고, 형씨."

6

"멀리 가는 게 뭐 어때서 그래?" 비늘 달린 친구가 대꾸했다네.
"저쪽 편에는 다른 해변이 있다는 거 알잖아.
잉글랜드에서 멀어질수록 프랑스에 가까워지지—
그러니 내 친구 달팽이야, 하얗게 질릴 것 없이, 와서 함께 춤추자.[1]

나는 느릿느릿 돌아섰다. 그들은 술집이 니은 자로 꺾이는 위치에 놓인 테이블, 즉 술집 문이나 유리창을 통해 볼 수 없는 유일한 자리에 앉아 있었다. 그 이유 때문에 그 테이블을 택한 것이 분명했다. 앞에 놓인 맥주잔은 비어 있었다. 하지만 그들이 쥐고 있는 총은 그렇지 않을 것 같았다.

총 두 자루 중 하나—배트 매스터스의 동료의 손에 쥐어진 총—는 스마일리를 겨누고 있었다. 그리고 스마일리는 웃지 않는

---

[1] 『이상한 나라의 앨리스』 10장 '바닷가재 카드리유' 중에서.

표정으로 양손은 물론이고 털끝 하나 꼼짝하지 않았다.

매스터스가 손에 쥔 총은 나를 겨누고 있었다. 그가 말했다. "형씨는 우리가 누군지 알고 있었군?"

아니라고 해봐야 소용없는 일이었다. 벌써 말해버렸으니까.

"당신은 배트 매스터스죠."

그런 다음 나는 그의 동료를 바라보았다. 아까는 차 안에 있어서 확실히 보지 못했는데, 그 남자는 땅딸막하고 다부진 체격에 머리통이 둥글둥글했고 눈은 작아서 돼지 같았다. 마치 독일군 장교를 캐리커처로 그려놓은 듯했다.

"미안하지만 일행분은 누군지 모르겠군요."

매스터스는 껄껄 웃었다. "이런, 조지. 난 이렇게 유명한데 넌 아니네. 어떻게 생각해?"

조지는 스마일리에게 시선을 고정한 채였다. "너, 아무래도 바 바깥으로 나오는 게 낫겠는데. 뒤쪽에 숨겨둔 총이라도 집어들고 덤빌지 모르니 말이야."

"이쪽으로 와서 합석하지 그래." 매스터스가 말했다. "너희 둘 다 말이야. 파티나 한번 열어보자고. 어때, 조지?"

조지가 말했다. "닥쳐." 나는 조지에 대한 생각을 약간 바꾸었다. 나라면 배트 매스터스에게, 그런 어조로, 닥치라고 하는 것은 언감생심 꿈도 꾸지 못할 일이었다. 사실 저 남자와는 불과 이십 분 전에 만났을 뿐이고 누군지 전혀 알지 못했다.

얼마나 거물인지도 알 수 없었고.

스마일리는 바 끝을 돌아서 걸어나왔다. 나는 스마일리와 눈이 마주쳤고, 분명 꼴 보기 싫을 게 틀림없을 미소를 보냈다. "미안해, 스마일리. 나 때문에 이렇게 되어서."

스마일리의 얼굴은 완전히 무표정했다. "네 잘못이 아니야, 닥."

하지만 내 잘못이라는 생각이 들었다. 이제야 생각났지만, 스마일리네 술집 앞에 차 한 대가 주차되어 있는 것이 얼핏 보였다. 내 머리통에 뇌라는 것이 들어 있다면 잠깐이라도 그 차를 살펴볼 생각을 했어야 했다. 그리고 그 정도 분별력이라도 있었다면 멍청하게도 스마일리네 술집으로 돌진하여 배트 매스터스와 조지의 품안으로 뛰어드는 것이 아니라 길 건너 《클라리온》 사무실로 발길을 돌리는 분별력도 있었을 테지.

그렇게 해서 두 사람이 스마일리네 술집을 나서기 전에 주립 경찰이 들이닥쳤다면 《클라리온》은 정말로 굉장한 기사를 1면에 실을 수 있었을 것이다. 하기야 지금 상황도 좋은 기삿거리가 될 수는 있다. 하지만 누가 그 기사를 쓴단 말인가?

스마일리와 나는 이제 가까이 서 있었고, 매스터스는 우리 둘을 상대하는 데에는 총 한 자루면 충분하다고 판단한 듯했다. 그는 어깨에 멘 총집에 총을 꽂고 조지를 바라보았다. "어쩔까?"

그 장면은 조지가 둘 중에서 보스이거나, 적어도 매스터스와 동등한 위치라는 사실을 다시금 입증해주었다. 그리고 조지의 얼굴을 좀더 자세히 보니 그 이유는 명확했다. 덩치도 크고 무모하고 과감한 쪽은 매스터스였지만, 두뇌가 더 뛰어난 쪽은 단연 조지였다.

조지가 말했다. "이놈들을 데려가야 할 것 같은데, 배트."

나는 그게 무슨 뜻인지 알아차렸다. "저기, 이 술집엔 뒷방이 있어요. 우리를 거기다 묶어두고 가면 어떻습니까? 우리가 몇 시간 후에 발견되더라도 문제될 게 없잖아요? 당신들은 이미 멀리 가 있을 테니."

조지는 고개를 저었다. "몇 분 후에 발견될 수도 있지. 너는 우리가 무슨 차를 몰고 있는지도 알고 있고. 우리의 목적지까지 확실하게 알고 있잖아."

그의 말에는 반박의 여지가 없었다.

"게다가 누가 올 때까지 여기 죽치고 있을 생각도 없어. 배트, 바깥을 살펴봐."

매스터스는 일어나서 앞문으로 걸어갔지만 잠깐 주저하더니 바 쪽으로 돌아왔다. 그는 2파인트짜리 위스키 두 병을 집어 코트 양쪽 주머니에 하나씩 쑤셔넣었다. 그리고 금전등록기를 주먹으로 두들겨 안에 든 지폐를 끄집어냈다. 동전에는 신경도 쓰지 않았다. 매스터스는 지폐 뭉치를 접어 바지 주머니에 넣은 다음, 다시 바를 돌아 앞문으로 향했다.

사람들은 가끔 미친 짓을 할 때가 있는 것 같다. 그때 스마일리가 한 손을 불쑥 내밀며 이렇게 말했으니까. "5달러는 줘요. 아까 마신 맥줏값. 1파인트에 2달러 50센트니까."

스마일리는 그 자리에서 당장 총에 맞아 죽을 수도 있었다. 하지만 어떤 이유에선지 매스터스는 스마일리의 언행이 마음에 든 듯했다. 그는 씩 웃더니 방금 주머니에 넣었던 지폐 뭉치를 꺼냈고, 그중 5달러를 뽑아 스마일리의 손에 얹었다.

조지가 말했다. "배트, 장난은 그만하고 바깥이나 살펴봐." 그는 스마일리가 5달러 지폐를 호주머니에 넣는 것을 아주 유심히 살피면서 스마일리의 가슴 한복판에 총구를 겨누고 있었다.

매스터스는 문을 열고 밖으로 걸어나가 아무렇게나 주위를 살피더니 우리에게 손짓을 했다. 그동안 조지는 의자에서 일어나 우리 뒤쪽으로 걸어왔다. 그는 총을 코트 주머니에 넣어 눈에 띄지 않게 감추었으나 총에서 손을 떼지는 않았다.

"좋아. 자, 같이 걸어보실까."

아주 상냥한 태도와 말투였다. 겉보기에는.

우리는 문밖으로 걸어나가 서늘하고 쾌적한 밤공기를 쐬었다. 상황이 돌아가는 것을 보니 그 쾌적함을 더 오래 누리지는 못할 듯했다. 아까 기억해낸 대로 뷰익 한 대가 스마일리네 술집 바로 앞에 주차되어 있었다. 술집 문을 밀어젖히기 전에 저 차에 한 번이라도 눈길을 주었더라면 지금 같은 상황은 벌어지지 않았을 텐데.

뷰익은 문 네 개짜리 세단이었다. 조지가 말했다. "뒤에 타." 우리는 뒷좌석에 올라탔다. 조지는 앞좌석에 탔으나 비스듬히 앉아 등받이 너머로 우리를 바라보았다.

매스터스는 운전석에 앉아 시동을 걸었다. 그가 어깨 너머로 말했다. "그래, 형씨. 어디로 모실까?"

"여기서 8킬로미터쯤 가면 숲이 있어요. 거기까지 가서 우리를 묶어놓으면 내일까지 우리가 발견될 가능성은 전혀 없습니다."

나는 죽고 싶지 않았고, 스마일리가 죽는 것도 원하지 않았다. 그래서 그 생각이 어쩌나 마음에 드는지 한순간 희망을 품기까지 했다. 그때 매스터스가 말했다. "형씨, 여기가 무슨 동네야?" 나는 전혀 가망이 없다는 사실을 깨달았다. 삼십 분 전에 건방진 질문에 건방진 대답을 했기 때문에, 내가 원하는 대로 될 가능성은 전혀 없었다.

차는 술집 앞을 떠나 북쪽으로 향했다.

나는 두려웠고, 술기운은 완전히 가셨다. 생각해보니 그 두 가지를 한꺼번에 겪을 이유가 전혀 없었다. 그래서 나는 말했다. "술 한잔만 주시겠습니까?"

조지가 매스터스의 코트 주머니에서 술병 하나를 꺼내 뒷좌석으로 넘겨주었다. 엄지손톱으로 셀로판지를 벗기고 뚜껑을 비트는 동안 내 손은 조금씩 떨리고 있었다. 나는 스마일리에게 먼저 술병을 건넸고 스마일리는 짧게 한 모금 마신 다음 내게 술병을 돌려주었다. 나는 길게 한 모금 들이켰고, 아주 차가운 덩어리가 뭉쳐 있던 뱃속에 따뜻한 기운이 퍼졌다. 그것 때문에 행복해졌다는 건 아니지만 기분이 조금 나아졌다. 나는 스마일리는 무슨 생각을 하고 있는지 궁금해졌고 그에게 아내와 세 아이가 있다는 사실이 떠올랐다. 생각나지 않았으면 좋았을 텐데.

나는 스마일리에게 다시 병을 건넸고 그는 다시 짧게 한 모금 들이켰다. 나는 "미안해, 스마일리"라고 말했고 그는 "괜찮아, 닥"이라고 말했다. 그리고 스마일리는 웃음을 터뜨렸다. "한 가지 나쁜 소식이 있어, 닥. 《클라리온》에 쓸 만한 엄청난 이야깃거리가 될 텐데 피트가 그걸 쓸 수 있을까?"

나도 그게 궁금해졌다. 그것도 아주 진지하게. 피트는 아마 일리노이 주에서 가장 실력이 뛰어나고 다재다능한 인쇄공이겠지만 오늘밤과 내일 아침에 벌어질 일에 잘 대처할 수 있을까? 피트는 신문을 인쇄하는 데에는 빈틈이 없지만 기사를 작성하는 일은 한 번도 해보지 않았다. 적어도 나와 일하는 동안에는. 피트가 내일 쏟아질 기사들을 전부 맡는다는 것은 상당히 어려울 터였다. 정신병원에서 도망친 미치광이, 칼에게 생긴 일, 그리고 이게 가장 궁금한 사건이 되겠지만, 스마일리와 나에게 곧 벌어질 일까지. 나는 우리 시체가 제때 발견되어 신문에 실릴 수 있을지, 아니면 그저 두 사람이 실종된 것으로 끝날지 궁금해졌다. 우리 둘 다 실종되었다는 사실은 빨리 밝혀질 것이었다. 스마일리의 경우엔 술집은 열려 있는데 바 뒤에는 아무도 없으니까, 그리고 내 경우엔 약 한 시간 후에 《클라리온》에서 피트와 만나기로 했는데 나타나지 않았기 때문에. 그러면 피트가 여기저기 알아보기 시작할 것이다.

그때쯤 우리가 탄 자동차는 시내를 벗어나는 참이었다. 살펴보니 주요 간선도로의 일부가 되는 중심가로 막 들어서고 있었다. 우리가 있던 곳은 버고인 스트리트가 본격적인 사차선 도로로 바뀌는 지점이었다.

갈림길에 들어서자 매스터스가 차를 세우고 돌아보았다.

"저 길들은 다 어디로 가는 거야?"

"양쪽 다 워터타운으로 갑니다." 내가 대답했다. "왼쪽 길은 강을 따라 가고 오른쪽 길은 언덕 사이로 지나가지요. 거리는 단축되지만 운전하기는 까다롭습니다."

매스터스는 운전하기 까다로운 것은 신경쓰지 않는 눈치

였다. 그는 운전대를 오른쪽으로 틀었고 우리가 탄 차는 언덕 사이로 들어섰다. 내가 운전한다면 이 길을 택하지는 않았을 것이다. 말이 언덕이지 산에 가까웠는데, 그사이를 뚫고 가는 길은 좁은데다 몹시 구불구불했다. 더구나 가는 내내 한쪽은 곧장 절벽이었다. 진짜 산악지대 도로처럼 깎아지른 듯한 절벽은 아니지만 굴러떨어지면 자동차쯤은 박살이 날 만큼 가팔랐고, 내 고소공포증을 살짝 자극할 만큼 높았다.

공포증이란 이성을 넘어서는 터무니없는 것이다. 우리가 탄 차가 첫번째 언덕에 들어서서 도로 한쪽이 절벽인 지점에 다다르는 순간 내게 고소공포증이 들이닥쳤다. 사실대로 말하자면 그 순간 나는 조지의 총보다 낭떠러지가 더 무서웠다. 공포증이란 그만큼 터무니없는 것이다. 높은 곳을 두려워하는 내 공포증은 공포증 중에서는 가장 흔한 편이다. 칼은 고양이를 무서워했다. 앨 그레인저는 불공포증이 있었다.

"닥, 그거 알아?" 스마일리가 말했다.

"음?"

"나는 피트가 신문기사를 써야 한다는 생각을 하고 있었어. 네가 돌아가서 피트를 좀 도와줘도 되겠지만 말이야. 거 뭐냐, 대필 작가라는 게 있잖아?"

나는 신음소리를 냈다. 지금껏 그에게서 들어본 말 중 제일 웃기는 말을 하필 이런 타이밍에 할 게 뭐람.

그때쯤 우리는 꽤 높은 곳을 지나고 있었다. 아마 이 도로에서 가장 높은 지점일 것이었다. 차창 앞으로 급커브 내리막 도로가 펼쳐졌다. 매스터스가 차를 세웠다.

"좋아, 형씨들. 차에서 내려서 온 방향으로 천천히 걸어가."

그는 어디까지 가라고 말하지는 않았다. 자동차 후미등 정도면 우리를 쏘기에 충분할 것이다. 매스터스가 이렇게 높은 지점을 택한 이유는 우리 몸뚱이를 도로 가장자리로 밀어서 경사면으로 굴러떨어뜨리면 금방 발견되지 않으리라는 속셈이겠지. 매스터스와 조지는 벌써 차에서 내리고 있었다.

스마일리의 큼지막한 손이 내 팔을 꽉 잡았다 놓았다. 나는 그게 작별인사인지 신호인지 알 수가 없었다. "가자고, 딕." 스마일리가 말했다. 바에서 주문을 받을 때만큼이나 차분한 말투였다.

나는 내 옆의 차문을 열었다. 하지만 나가는 것이 두려웠다. 곧 총에 맞을 것임을 알아서이기 때문이 아니었다. 그건 내가 밖으로 나가지 않아도 벌어질 일이니까. 저들은 나를 끌어내거나, 아니면 앉은 자리에서 나를 쏘아 뒷좌석이 피로 흥건히 젖게 할 것이다. 그보다도 내가 두려워하는 것은, 이 차가 도로 가장자리에 서 있고 열린 차문에서 불과 1미터 앞에 비탈이 시작된다는 사실이었다. 빌어먹을 고소공포증. 바깥은 캄캄했고 도로 가장자리가 보였다. 그 너머는 보이지 않았다.

나는 낭떠러지를 상상했다. 나는 몸뚱이 반만 차 밖으로 내놓은 채 망설였다.

스마일리가 다시 말했다. "가자고, 닥." 그가 내 뒤에서 움직이는 기척이 들렸다.

그때 갑자기 딸깍하는 소리가 나더니, 사방이 칠흑처럼 깜깜해졌다. 스마일리가 앞좌석 등받이 너머로 긴 팔을 뻗어 계기판의 스위치를 꺼버린 것이었다. 차 안의 모든 불빛이 꺼졌다.

등 한복판을 떠밀린 나는 샴페인 병에서 튀어나가는 코르크 마개 같은 기세로 차문 밖으로 튕겨나갔다. 1미터 남짓한 길 가장자리에 발이 닿지도 않은 것 같았다. 캄캄한 어둠 속으로 튕겨 들어가는 와중에 누군가가 욕설을 퍼붓는 소리가 들리고 총성이 났다. 나는 떨어지는 게 너무나 공포스러운 나머지 차라리 도로 위로 돌아가서 시내 쪽을 향해 달리는 편을 택하고 싶었다. 총알보다 빨리 달릴 수야 없겠지만, 적어도 총에 맞아 죽어버린다면 낭떠러지에서 떨어지는 일은 없지 않겠는가.

내 몸뚱이가 땅에 부딪치며 구르기 시작했다. 사실 경사가 그리 가파르지는 않았다. 약 45도 정도였고 풀이 많았다. 나는 덤불 두 개를 뭉개며 굴렀고 세번째 덤불에 걸려 구르는 것을 멈췄다. 내 뒤에서 스마일리가 미끄럼을 타며 내려오는 소리가 들렸고, 나는 할 수 있는 한 빨리 비탈을 기어내려가기 시작했다. 팔다리가 모두 제대로 움직이는 것으로 보아 심하게 다친 곳은 없는 듯했다.

그때쯤은 눈이 어둠에 익숙해져서 주변이 조금은 보였다. 앞쪽에 나무들이 보여서 나는 그쪽으로 허둥지둥 내려갔다. 뛰기도 하고 미끄러지기도 하고 그냥 데굴데굴 구르기도 했다. 특히 '구르기'는 언덕을 내려가는 데 가장 쾌적한 방법은 아닐지라도 가장 간단한 방법이기는 했다.

드디어 숲에 닿았고, 스마일리도 도착한 듯 소리가 들렸다. 바로 그때 위쪽 도로에서 자동차 등이 켜졌다. 우리가 있는 쪽을 향해 총이 몇 발 발사된 후 조지가 말하는 소리가 들렸다. "헛수고야. 이만 가자." 그리고 배트의 말소리도 들렸다. "저놈들을 그냥 두고―"

조지가 으르렁거리듯 말했다. "당연하지. 저 아래는 숲이잖아. 놈들을 찾으려면 한 시간은 족히 숨바꼭질을 해야 해. 그냥 가자."

내가 몇십 년 만에 들어보는 가장 아름다운 말이었다.

차문이 쾅 닫히더니 시동 걸리는 소리가 났다.

내 왼쪽으로 2미터쯤 떨어져 있는 스마일리의 목소리가 들렸다. "닥? 괜찮아?"

"그런 거 같아. 아주 스마트했어, 스마일리. 고마워."

스마일리가 나무를 돌아 내 쪽으로 오고서야 그가 제대로 보였다. 스마일리가 말했다. "그건 됐고, 닥, 빨리 가자. 어쩌면 저놈들을 막을 수도 있어."

"저놈들을 막는다고?" 내 것이 아닌 것 같은 새된 목소리가 나왔다. 스마일리가 미치지 않았나 생각했다. 이 세상이 어떻게 되더라도 배트 매스터스와 조지를 막는 일보다 하기 싫은 일은 없을 터였다.

하지만 스마일리는 벌써 내 팔을 끌고 희미하게만 보이는 나무들 틈으로, 도로에서 점점 더 멀어지는 방향으로 언덕을 내려가고 있었다.

"들어봐, 닥. 여기 지리는 내가 손바닥 들여다보듯 훤히 알고 있어. 여기서 사냥을 자주 하거든."

"지금 은행 강도 사냥을 하자고?" 내가 물었다.

"들어봐. 저 도로는 저 아래에서 오른쪽으로 급커브를 돈다고. 여기서 40미터도 안 떨어져 있어. 저놈들보다 우리가 먼저 도착할 수 있을 거야. 그런 다음 내가 바위를 하나 찾아서 놈들의 차가 지나갈 때 굴려버리면······"

내 마음에 쏙 드는 계획은 아니었지만 스마일리는 이미 나를 끌어당기고 있었고, 우리는 나무들 사이를 헤치며 나아가고 있었다. 이제 눈이 어둠에 완전히 익숙해져 약 10미터쯤 앞에, 그리고 약 10미터쯤 아래쪽에 난 도로가 희미하게 보였다. 아직 보이지는 않았지만, 저멀리 커브가 시작되는 지점에서부터 자동차 엔진 소리가 들려왔다. 멀리 떨어져 있어도 빠른 속도로 가까워지고 있었다.

"바위를 찾아봐, 닥. 굴릴 정도로 큰 게 없으면 집어던질 만한 크기를 찾는 거야. 앞유리를 노려서 부수면 가능성이 있어……"

스마일리는 허리를 구부리고 땅을 더듬고 있었다. 나도 그를 따랐지만 주변 땅은 부드럽고 풀이 무성했다. 돌이 있는지는 몰라도 전혀 찾을 수가 없었다.

스마일리도 나보다 운이 좋지는 않은 듯했다. 그는 욕을 내뱉으며 말했다. "제길, 총이 있으면 딱인데……"

그때 기억나는 게 있었다.

"나한테 있어."

스마일리는 허리를 펴고 나를 바라보았다. 나는 사방이 어두워서 그가 내 얼굴을 볼 수 없고 나는 그의 얼굴을 볼 수 없다는 사실에 감사했다.

나는 스마일리에게 권총을 건넸다. 이제 커브를 돌아오는 자동차의 헤드라이트가 시야에 들어왔다. 스마일리는 나무 틈으로 나를 밀어넣었고 자기도 나무 뒤에 서서 머리와 총을 든 손만 앞으로 내밀었다.

자동차는 지옥에서 튀어나오는 박쥐처럼 쏜살같이 다가

왔고, 스마일리는 차분하게 총을 겨누었다. 그는 자동차가 약 40미터 거리일 때 첫 발을 쏘았고, 20미터 거리가 되었을 때 다시 방아쇠를 당겼다. 첫번째 총알은 라디에이터에 박혔다. 그때 알았던 것은 물론 아니고 나중에 밝혀진 바에 따르면 그랬다는 것이다. 두번째 총알은 앞유리의 거의 한가운데를 꿰뚫었지만 각도는 비스듬했다. 총알은 매스터스의 목에 길게 고랑을 냈다. 뷰익은 한쪽으로 기울어지더니 도로를 벗어나 우리에게서 먼 쪽의 내리막으로 돌진했다. 그러다가 한 번 완전히 뒤집히면서 헤드라이트가 술 취한 듯 삐딱한 활 모양을 캄캄한 공중에 그렸다. 다음 순간 뷰익은 세상이 무너지는 듯한 소리와 함께 나무 한 그루를 들이받으며 멈췄다.

소리는 찰나에 지나지 않았다. 곧 귀가 먹먹해질 듯한 정적이 찾아왔다. 그리고 잠시 후 연료 탱크가 폭발했다.

뷰익은 화염에 휩싸였다. 사방이 환해졌다. 우리는 그쪽으로 달려가면서 남자 하나가 차에서 튕겨나온 것을 보았다. 어느 정도 가까워지니 매스터스라는 것을 알 수 있었다. 조지는 아직 차 안에 있었지만 우리가 손쓸 도리가 없었다. 불이 붙고 나서 우리가 차 옆으로 다가가기까지 일 분도 채 걸리지 않았지만, 그 초열지옥에서 목숨을 부지할 가능성은 전혀 없었다.

우리는 매스터스를 불붙은 차에서 멀리 끌어낸 다음 그가 살아 있는지 살펴보았다. 놀랍게도 살아 있었다. 얼굴은 마치 고기 가는 기계에 집어넣었다 꺼낸 듯했고 양팔은 부러져 있었지만. 그 이상으로 심하게 다친 곳이 있는지는 우리 깜냥으로 알 수 없었으나, 아무튼 매스터스는 아직 숨을 쉬고 있었고 심장도 뛰고 있었다.

스마일리는 활활 타오르는 자동차를 쳐다보고 있었다.

"아주 좋은 뷰익이었는데 그냥 골로 가버렸군. 그것도 1950년대 모델인데 말이야."

그는 슬픈 듯 고개를 젓다가 펄쩍 뛰어 뒤로 물러났다. 나도 똑같은 행동을 했다. 자동차 안에서 또 폭발이 일어났기 때문이었다. 조지의 권총에 든 탄창이 폭발한 게 분명했다.

"우리 중 한 사람이 시내까지 걸어서 돌아가고 다른 한 명은 여기 남는 게 낫겠어. 매스터스가 아직 살아 있으니 말이야."

"그래야겠지." 스마일리가 말했다. "우리가 매스터스에게 뭔가 해줄 수는 없겠지만, 그래도 이자를 여기 버려두고 우리 둘 다 가버릴 순 없지. 어라, 저기 차가 한 대 오는데."

나는 그가 가리키는 방향을 따라 위쪽을 보았다. 급하게 꺾이는 내리막 앞, 그러니까 아까 우리가 뷰익에서 튕겨져 나온 그 지점으로 차 한 대가 다가오는지 헤드라이트 불빛이 보였다.

우리는 그 차를 부르기 위해 도로로 올라갔지만 어차피 그 차는 여기에 설 예정이었다. 경찰관 둘이 타고 있는 주립 경찰차였기 때문이다. 운좋게도 그중 한 사람은 윌리 피블이라고 내가 잘 아는 경관이었고 다른 한 명은 스마일리와 안면이 있는 경관이었기에 우리가 말하는 자초지종을 믿어주었다. 특히 피블은 매스터스에 대해 알고 있어서 그의 얼굴이 엉망으로 뭉개져 있었음에도 그를 알아보았다.

매스터스는 아직 살아 있었고 심장박동과 호흡도 아까와 마찬가지였다. 피블은 그를 이대로 놔두는 것이 좋겠다고 판단하고는 경찰차로 돌아가 무전으로 구급차를 부르고 본부에 연락하여 상황을 보고했다.

보고를 마친 피블이 돌아와 말했다. "구급차가 도착하는 대로 닥과 친구분을 시내까지 태워드리겠습니다. 사건 진술을 하고 서류에 서명도 하셔야 하지만, 서장님이 내일 해도 좋다고 말씀하셨어요. 서장님도 두 분을 잘 아시니까 그렇게 해도 된다고요."

"배려해줘서 고마워." 내가 말했다. "사실 되도록 빨리 사무실에 돌아가봐야 해서 말이야. 스마일리도 술집을 열어놓고 왔고. 안에 아무도 없는데." 나는 갑자기 생각나는 것이 있어 물었다. "스마일리, 혹시 우리가 차 안에서 한 모금씩 마셨던 술병 지금도 갖고 있어?"

스마일리는 고개를 저었다. "스위치를 내리고 너를 밀어내고 나도 빠져나오고 하느라……"

나는 좋은 술을 버리게 된 것이 아까워 한숨을 쉬었다. 배트 매스터스의 왼쪽 코트 주머니에 들어 있던 다른 술병은 충돌과 화재 때문에 온전할 리 없었다. 그래도 스마일리는 우리 목숨을 구했으니 나는 그가 술병을 쥐고 차에서 뛰어내리지 않은 것을 용서하기로 했다.

차를 휘감은 불길은 이제 잦아들고 있었다. 바비큐를 굽는 듯한 악취에 나는 속이 메스꺼워졌고, 구급차가 빨리 도착해서 여기를 벗어날 수 있기만을 바랐다.

그러다 갑자기 칼 생각이 나서, 피블에게 칼 트렌홀름에 대해 경찰에 들어온 보고가 있느냐고 물어보았다. 피블은 고개를 저으며 말했다.

"미친놈이 도망쳤다는 보고는 있습니다. 카운티 정신병원에서 탈출했다는군요. 하지만 붙잡혔을 겁니다. 그후에 신고가 취소되었거든요."

어떻게 보면 좋은 소식이었다. 예후디가 내 집에서 계속 기다리지 않았다는 뜻이니까. 그리고 내 집에서 그가 경비원에게 끌려가게 하고 싶지 않았다. 그가 미쳤든 미치지 않았든 그건 손님에 대한 예우가 아니니까.

그리고 칼에 대한 경찰 무전이 없었다는 사실은 최소한 비관적이지는 않았다.

반대편 방향에서 차 한 대가 다가오다가 그을린 자동차 잔해와 주립 경찰차를 보았는지 운전자가 차를 세웠다. 스마일리와 나에게는 좋은 일이었다. 운전자는 워터타운에 사는 사람으로 피블과는 아는 사이였고 마침 캐멀 시티로 가는 중이었다. 피블이 우리를 소개하고 신원을 보증하자, 그는 기꺼이 스마일리와 나를 캐멀 시티까지 태워주겠다고 했다.

우리가 캐멀 시티로 들어섰을 때 자동차 계기판의 시계는 10시가 조금 지난 시각을 표시하고 있었다. 처음에는 믿어지지가 않았다. 내가 《클라리온》 사무실에서 나온 지 네 시간도 안 되었는데 그동안 그렇게 많은 일이 벌어졌다니. 몇 분 후 우리가 탄 차는 유리문 너머로 야광 시계가 보이는 가게를 지나쳤다. 시계는 10시 15분을 가리키고 있었다.

우리는 스마일리네 술집 앞에서 내렸다. 길 건너편에 있는 《클라리온》 사무실엔 불이 켜져 있었다. 그럼 피트가 사무실에 있을 것이다. 하지만 나는 사무실로 가기 전에 스마일리와 짧게 술을 한잔해야겠다는 생각이 들어 함께 술집에 들어갔다.

술집은 우리가 떠났을 때 그대로였다. 그동안 손님이 왔다 하더라도 기다리기 지겨워서 나가버렸으리라.

스마일리는 바 뒤로 돌아들어가 우리 둘이 마실 술을 따랐고 나는 전화기로 향했다. 처음에는 병원에 전화를 걸어 칼 트렌홀름에 대해 알아보려 했으나 마음을 바꿔 피트에게 전화를 걸기로 했다. 피트가 이미 병원에 전화해봤을 테니까. 나는 《클라리온》 사무실로 전화를 걸었다.

피트는 내 목소리를 알아듣고 말했다. "닥, 세상에, 어디 계셨던 거예요?"

"나중에 말해줄게, 피트. 그것보다 칼에 대한 소식 들었어?"

"돌아가신 게 아니었어요. 무슨 일이 일어났는지는 아직 모르겠지만 괜찮으신가봐요. 병원에 전화해보니 이미 치료받고 퇴원하셨대요. 어디를 다치셨고 어떻게 된 일인지 물어봤는데 병원에선 그런 정보는 가르쳐줄 수 없다네요. 칼 씨 댁으로도 전화를 해봤지만 아직 도착하지는 않으셨나봐요. 아무도 전화를 안 받아요."

"고마워, 피트. 다행이군. 아무튼 기삿거리가 잔뜩 생겼어. 칼의 사고 얘기는 이따가 칼과 만나서 쓰면 되고, 정신질환자가 병원에서 탈출했다가 붙잡힌 소식도 있어. 그리고…… 사실 그 두 가지보다 훨씬 더 큰 기삿거리가 있거든? 그러니 너만 괜찮다면 오늘밤에 다 해치워버리고 싶은데 말이야."

"전 괜찮아요, 닥. 저도 오늘밤에 해버리는 게 나아요. 지금 어디 계세요?"

"스마일리네 술집에 있어. 너도 와서 칼에게 별일 없는 것을 축하하는 의미로 딱 한 잔 어때? 그렇게 빨리 퇴원했다면 심하게 다친 건 아닐 테니 말이야."

"그럴게요, 닥. 저도 좀 마셔야겠어요. 그런데 아까까진 어디 계셨어요? 그러고 보니 스마일리 씨는 또 어디 가셨던 거죠? 사무실에 오는 길에 술집에 들렀거든요. 사무실에 불이 켜져 있지 않길래 술집에 계시는 줄 알았죠. 그런데 두 분 다 안 계시더라고요. 오 분인가 십 분인가 기다리다가 전화가 오면 받을 겸, 사무실에서 라이노타이프 활자에 쓸 금속을 녹이기 시작해야겠다고 생각했죠."

"스마일리하고 잠깐 드라이브를 했어. 이따가 말해줄게."

"네. 조금 뒤에 봐요."

바로 돌아와서 스마일리가 나를 위해 따라놓은 잔을 쥐려고 보니 내 손이 부들부들 떨리고 있었다.

스마일리가 씩 웃더니 말했다. "나도 그래, 닥." 그가 한 손을 내밀었다. 내 손 못지않게 덜덜 떨리고 있었다.

"뭐…… 네 나름대로 이유가 있겠지? 이런 걸 들고 다닌 이유 말이야. 자, 네 총이야." 스마일리는 총신이 짧은 38구경 권총을 꺼내어 바에 내려놓았다. "새 거나 마찬가지야. 총알 두 발이 없어진 것 빼고는. 대체 왜 이런 걸 갖고 있었던 거야, 닥?"

어떤 이유에선지 나는 정신병원에서 도망친 미치광이가 내 혼을 쏙 빼놓고 손님으로서 내 집에 있었다는 이야기를 스마일리에게, 아니 그 누구에게도 말하고 싶지 않았다. 그래서 이렇게 말했다.

"차가 고장나서 여기까지 걸어와야 했거든. 그런데 그전에 피트가 전화를 걸어서 정신병원에서 환자가 탈출했다는 소식을 들려준 거야. 그래서 이걸 주머니에 넣고 왔지. 겁이 나서 말이야."

스마일리는 나를 빤히 보더니 느릿느릿 고개를 저었다. 우리가 생애 마지막 드라이브라고 생각했던 뷰익 안에서 내가 계속 이 총을 가지고 있었다는 것, 그런데도 사용할 엄두도 내지 못했던 것을 떠올리는 게 뻔했다. 나는 너무나 겁에 질린 나머지 스마일리가 총이 있으면 좋겠다고 말할 때까지도 내가 총을 갖고 있다는 사실을 까맣게 잊어버리고 있었다.

나는 씩 웃었다. "스마일리, 지금 생각하고 있는 게 맞아. 내가 총을 갖고 다닌다는 건 뱀한테 롤러스케이트를 주는 것만큼이나 무용지물이지. 너한테 줄게."

"엉? 진심이야, 닥? 안 그래도 총 하나쯤 바 뒤에 숨겨놔야겠다는 생각은 하고 있었지만."

"그럼, 진심이지. 난 총이 무서워. 차라리 없는 편이 안전할 거야."

스마일리는 총을 집어들어 무게를 가늠했다. "좋은 총이야. 값도 좀 비쌀걸."

"내 목숨도 그래, 스마일리. 최소한 나한테는. 그리고 넌 오늘밤 나를 뷰익에서 밀어내고 낭떠러지에서 떨어뜨려서 구해줬잖아."

"됐어, 닥. 어차피 너를 밀어내야 나도 차에서 나올 수 있었잖아. 내 쪽의 문을 열고 뛰어내렸다가는 그렇게 탈출하지 못했을 테니까. 아무튼 진심이라면, 총 고마워."

스마일리는 총을 바 아래쪽으로 치우고는 우리 잔에 두번째로 술을 따랐다.

"조금만 줘." 내가 말했다. "오늘밤 할 일이 많아."

스마일리는 시계를 흘긋 보았다. 이제 겨우 10시 30분이었다.

"뭐야, 닥. 이제 겨우 초저녁인데."

엄청나게 초저녁이지! 나는 그렇게 생각했으나 입 밖으로 내지는 않았다.

만약 내가 그때까지의 일은 시작에 불과했다는 사실을 당시에 짐작이라도 했다면 무슨 생각을 했을까?

피트가 술집으로 들어왔다.

7

하지만 바다코끼리는 또 말했지.

"애들에게 속임수를 쓰는 건

부끄러운 일 같아. 그렇게나 빨리 뛰게 해서

이렇게나 멀리 데려왔는데!"[1]

스마일리도 나도 따라놓은 두번째 술엔 손도 대지 않았으니 피트 코리는 때맞춰 들어온 셈이었다. 스마일리는 피트에게도 술을 한 잔 따라줬다.

피트가 말했다. "그런데 닥, 스마일리 씨와 드라이브를 했다는 얘긴 대체 뭐예요? 저한텐 차를 놔두고 온다고 하셨잖아요. 스마일리 씨는 차가 없으시고요."

"피트, 스마일리는 차를 몰고 다닐 필요가 없어. 스마일리는 신사인데다 천재니까. 살인자를 죽이거나 생포하는 존재야. 우리가 한 일이 바로 그거였고. 아니, 스마일리가 한 일이지. 나는 그냥 드라이브에 따라간 거고."

---

[1] 『거울 나라의 앨리스』 4장 '트위들덤과 트위들디' 중에서.

"닥, 농담하지 마세요."

"내 말을 못 믿겠다면 내일자 《클라리온》을 읽어봐. 배트 매스터스라는 이름 들어본 적 있어?"

피트는 고개를 젓고는 잔에 손을 뻗었다.

"그것도 내일자 《클라리온》을 보면 알게 될 거야. 조지에 대해선 들어봤어?"

"성이 뭔데요?"

그건 나도 모른다고 대답하려는데 스마일리가 선수를 쳤다. "크레이머야."

나는 그를 빤히 바라보았다. "조지의 성을 어떻게 알았어?"

"범죄 사건 잡지에서 읽었거든. 사진도 있었어. 배트 매스터스 것도 있었고. 진 켈리 갱단의 일원이랬어."

나는 스마일리를 더 빤히 바라보았다. "놈들을 알고 있었단 말야? 내가 여기 오기 전부터?"

"그럼." 스마일리가 말했다. "하지만 놈들이 여기 있는 동안에 경찰에 연락하는 건 좋은 생각이 아니지. 그래서 놈들이 떠나면 신고해서, 시카고로 가는 도중에 주립 경찰이 붙잡도록 하려고 했어. 놈들이 하는 얘기를 들었는데, 시카고로 가는 중이라고 했거든. 말을 많이 한 건 아니었지만 들을 만한 건 다 들었어. 시카고로 간다는 것과, 내일 오후에 거기서 약속이 있다는 거."

"지금 농담하는 거 아니지, 스마일리? 내가 들어오기 전부터 놈들이 누군지 알아보았다는 거야?"

"나중에 잡지 보여줄게, 닥. 사진도 실려 있어. 진 켈리 갱단 전원이 실려 있다고."

"왜 진작 나한테 말하지 않았어?"

스마일리는 널찍한 어깨를 으쓱했다.

"네가 안 물어봤잖아. 그러는 너는 왜 나한테 주머니에 총이 있다고 말하지 않았어? 뷰익 안에서 네가 총을 나한테 슬쩍 넘겨주기만 했더라면 일이 훨씬 더 수월하게 끝났을 텐데 말이야. 식은 죽 먹기였을 거라고. 시내를 벗어난 후부터 뒷좌석은 완전 캄캄했으니까 조지 크레이머도 네가 나한테 총을 넘기는 걸 알아차리지 못했을걸."

스마일리는 뭔가 재미있는 말을 했다는 듯 껄껄 웃었다. 어쩌면 진짜로 재미있는 말을 했는지도 모르겠다.

피트가 우리를 번갈아 바라보다가 입을 열었다.

"지금 저한테 장난치시는 거라면 너무 멀리 갔는데요. 대체 무슨 일이 있었던 거죠?"

나도 스마일리도 피트에게 아무런 관심을 주지 않았다.

"스마일리, 그 범죄 사건 잡지라는 거 어디 있는데? 지금 가져올 수 있어?"

"위층에 있어. 왜? 날 안 믿는 거야?"

"스마일리…… 네가 지금 거짓말을 하고 있다고 말해도 난 너를 믿을 거야. 아니, 내가 하고 싶은 말은, 그 잡지가 있으면 나한테 큰 도움이 될 거라고. 오늘밤 우리와 경찰과 강도 놀이를 했던 놈들의 배경을 알 수 있으니까. 사실 시카고에 전화해서 그쪽 경찰들에게서 정보를 얻어내야 하나 생각중이었거든. 하지만 그 잡지에 진 켈리 갱단에 대한 자세한 기사가 실려 있으면 전화할 필요가 없잖아."

"당장 갖고 올게, 닥." 스마일리는 위층으로 향하는 문으로 나갔다.

나는 피트가 불쌍해져서 우리가 아까 갱단원 두 명과 겪었던 일을 간단히 설명해줬다. 피트의 입이 떡 벌어지는 모습을 보니, 그리고 내일 《클라리온》이 발행되면 캐멀 시티의 주민들 다수 또한 피트처럼 입을 떡 벌릴 거라고 생각하니 기분이 좋아졌다.

스마일리가 잡지를 가지고 돌아왔다. 나는 잡지를 주머니에 넣고 다시 전화기로 갔다. 칼에 대한 기사를 쓰려면 그에게 무슨 일이 일어났는지 자세히 알 필요가 있었다. 물론 친구로서 자세한 정보를 알 필요도 있었지만, 그가 심하게 다치지 않은 이상 그건 그렇게 중요하지 않았다.

나는 먼저 병원에 전화를 걸었지만 피트가 들은 것과 똑같은 말을 들었을 뿐이었다. 죄송하지만 트렌홀름 씨는 퇴원하셨습니다. 그 외의 자세한 사항은 말씀드릴 수 없습니다.

나는 고맙다는 말을 하고 전화를 끊은 다음 칼의 집에 전화를 했으나 아무도 받지 않았다. 나는 피트와 스마일리에게 돌아갔다.

스마일리는 창밖을 내다보고 있다가 말했다.

"닥, 방금 누가 사무실로 들어갔는데? 클라이드 앤드루스 같아."

피트도 몸을 돌려 창밖을 내다보았으나 이미 늦었다.

"그러고 보니 잊고 있었네요, 닥. 사무실에서 기다리고 있을 때 클라이드 씨로부터 전화가 왔어요. 이십 분쯤 전에요. 그래서 닥은 금방 오실 거라고 말씀드렸거든요."

"문은 잠그지 않은 거지, 피트?" 나는 물었고, 피트는 고개를 끄덕였다.

나는 클라이드가 계단을 올라가 사무실로 들어가는 시간만큼 기다렸다가 다시 전화기로 가서 《클라리온》 사무실로 전화를 걸었다. 받을까 말까 고민하는지 신호가 몇 번이나 간 다음에야 클라이드가 전화를 받았다.

"나 닥이야, 클라이드. 애는 어때?"

"괜찮아, 멀쩡해. 아까도 말했지만 오늘 일은 정말 고마워, 닥. 그리고…… 얘기할 게 있는데, 지금 이리로 오는 중이야?"

"길 건너 스마일리네 술집에 있어. 말할 게 있으면 이리 와서 하는 게 어때?"

클라이드는 잠깐 망설였다. "네가 이리로 오면 안 될까?"

나는 혼자 씩 웃었다. 클라이드 앤드루스는 절대 금주를 실천할 뿐 아니라 이 지역의 주류 판매 반대 동맹 지부장이었다. 다행히 이쪽 지부는 덩치가 작았다. 아마 클라이드는 태어나서 술집에 발을 들여놓은 적이 한 번도 없을 것이다.

나는 한껏 심각한 목소리로 말했다. "그건 안 되겠는데, 클라이드. 나한테 할 말이 있다면 네가 술집에 와야 해."

이윽고 클라이드가 마지못한 듯 말했다. "알았어, 갈게."

나는 느긋하게 바로 돌아갔다.

"클라이드 앤드루스가 이리 올 거야, 스마일리. 술집은 처음이니 잘해주라고."

스마일리가 나를 빤히 바라보았다. 그러더니 웃음을 터뜨렸다. "설마."

"두고 봐." 내가 말했다.

나는 엄숙한 얼굴로 바 뒤로 돌아들어가 술병 하나와 잔 두 개를 꺼내든 다음 바에서 제일 멀리 떨어진 구석 테이블에 올려놓았다. 피트와 스마일리가 나를 멍하니 바라보는 게 마음에 들었다.

나는 잔 두 개에 술을 따르고 자리에 앉았다. 피트와 스마일리는 여전히 나를 바라보고 있다가, 클라이드가 들어오자 그쪽을 바라보았다. 클라이드는 뻣뻣한 태도로 걸어들어와서 피트에게 "안녕하세요, 코리 씨" 스마일리에게 "안녕하세요, 휠러 씨" 하고 인사를 건넨 다음 내 쪽으로 다가왔다.

"여기 앉아, 클라이드." 나는 말했고, 클라이드는 의자에 앉았다.

나는 그를 바라보며 단호하게 말했다. "클라이드, 미리 말해두는데 나는…… 네가 나한테 부탁하려는 걸 하지 않을 거야."

"하지만 닥……" 클라이드는 진지하게, 거의 애원하듯이 말했다. "이 일을 꼭 신문에 실어야겠어? 사실 하비는 그러려고 했던 게―"

"내 말이 그 말이야. 내가 왜 그 일을 신문에 싣고 싶어할 거라고 생각했지?"

클라이드는 나를 바라보았다. 그의 얼굴이 밝아졌다.

"닥! 그럼 기사를 쓰지 않을 거야?"

"당연하지." 나는 몸을 앞으로 내밀었다. "잘 들어, 클라이드. 네가 내기 같은 걸 하는 사람인지 모르겠지만, 이건 내기를 해도 좋아. 난 하비가 창밖으로 나가려 했을 때 주머니에 돈이 얼마나 들어 있었는지 정확히 알고 있어. 걔 주머니를 뒤져본 적도 없지만 말이야. 하비는 분명 예금계좌를 갖고 있을 거야. 몇 년 전부터 여름방학마다 아르바이트를 했으니까. 내

말 맞지? 하비는 가출을 하려 했는데, 저금한 돈이 자기 돈인데도 아버지가 인출해주지 않을 거라는 걸 너무나 잘 알고 있었고, 또 아버지 모르게 돈을 꺼낼 수 없다는 것도 너무나 잘 알고 있었지. 계좌에 이십 달러가 있었는지 천 달러가 있었는지는 모르겠어. 하지만 걔 주머니에 든 돈이 계좌에 들어 있던 금액과 정확히 일치한다는 데 내기를 걸어도 좋아."

클라이드는 숨을 깊게 들이쉬었다. "네 말이 맞아. 정확히 같은 금액이야. 그리고…… 내가 말하기도 전에 거기까지 생각해줘서 고마워. 그걸 이야기하려고 했거든."

"하비는 열다섯 살치고는 어른스럽고 좋은 아이야, 클라이드. 그리고 내가 하고 싶은 말은 지금부터야. 내가 오늘밤 보안관이 아니라 네게 전화한 게 옳은 일이었다는 건 너도 인정하지? 그리고 이 일을 기사로 쓰지 않기로 한 것도?"

"그럼."

"넌 지금 술집에 들어와 있어, 클라이드. 죄악의 소굴이지. 지금쯤 넌 '젠장, 그렇군' 하고 말해야 옳지만 그건 너답지 않은 말투가 될 테니 강요하진 않겠어. 하지만 클라이드, 대체 왜 하비가 가출을 하려 했는지에 대해선 얼마나 생각해봤어? 걔가 이유를 말했나?"

그는 느릿느릿 고개를 저었다. "지금은 침대에서 자고 있어. 민턴 선생이 진정제를 먹였거든. 내일까지는 말을 걸지 않는 게 낫겠다고 하더군."

"그럼 내가 지금 말해주지. 어차피 하비가 논리정연하게 말하지는 못할 테니까. 가출해서 군에 입대하려 했다거니 배우가 되려 했다거나 뭐…… 아무튼 그런 식으로 말할지도 몰라. 그게 뭐든 간에 진실은 아닐 거야. 설령 하비 스스로 그렇게 믿는대도. 그애도 자기 마음을 잘 모를 테지만, 클라이드, 하비는 어디론가 가려는 게 아니었어. 도망치려던 거야."

"뭣 때문에?"

"너 때문에."

나는 그가 화를 내지 않아 기뻤다. 한순간 클라이드가 화를 벌컥 낼 거라고 생각했기 때문이다. 그렇게 되면 나도 화를 낼지 모르고, 그러면 모든 일이 헛수고로 돌아갈 테니까.

클라이드는 화를 내기는커녕 어깨를 축 늘어뜨렸다.

"그런 거였군."

내키진 않았지만 내친김에 끝까지 가야 했다.

"클라이드, 지금이라도 일어나서 나가버려도 할 수 없지만…… 빙빙 돌리지 않고 말할게. 넌 아버지로서 형편없어."

다른 때라면 이쯤에서 클라이드는 자리를 박차고 나가버렸을지도 몰랐다. 지금 이 순간에도 그의 얼굴에는 듣기 싫다는 표정이 떠올라 있었으니까. 하지만 다른 때라면 그가 스마일리네 술집 구석자리에 앉아 있을 일도 없었을 게 아닌가.

"클라이드, 넌 좋은 사람이야. 하지만 매사에 너무 진지한 게 탈이야. 융통성이 없고, 고집이 너무 세고, 도덕적인 잣대만 들이대잖아. 그렇게 만사 대쪽같이 꼿꼿한 걸 좋아하는 사람은 아무도 없어. 네가 신실한 삶을 살고 싶은 건 전혀 잘못된 게 아니지. 신실한 삶을 산 위인들도 있으니까. 하지만 이걸 알아야 해. 너와 같은 생각을 하지 않는다고 해서 반드시 잘못된 사람은 아니라는 걸 말이야.

술을 예로 들어볼게. 지금 네 앞에 위스키 한 잔이 놓여 있지. 이걸 은유적으로 볼 수도 있어. 이건 인류에게 위안이 되는 존재야. 인생을 그런대로 참고 살아가게 만들어주는 것 중의 하나란 거지. 언제부터였냐면⋯⋯ 젠장, 그래, 인류가 세상에 존재할 때부터였겠지. 물론 술을 절제 못하는 인간들이 좀 있긴 해. 그렇다고 술을 절제할 수 있는 인간들도 술을 못 마시는 법을 만드는 건 말이 안 되지. 그런 사람들은 술을 적당히 이용해서 삶의 즐거움을 높이는 사람들이거든. 아니, 가끔은 좀 지나치게 이용할 수도 있겠지만, 술을 마시고 남에게 덤벼들거나 뭐 그런 나쁜 짓은 하지 않는단 말이야.

하지만⋯⋯ 술 얘기는 여기까지만 하지. 내가 하고 싶은 말은, 주변 사람들의 삶에 너무 간섭하려 들지 않아도 좋은 사람이 될 수 있다는 거야. 또는 자기 자식의 삶에도. 아이들도 인간이야, 클라이드. 사람은 대체로 다 인간이지. 어떤 사람들은 다른 이들보다 더 인간답기도 하고."

클라이드는 한마디도 하지 않았다. 희망이 있다는 의미였다. 어쩌면 10분의 1 정도는 알아들었을지도 모른다.

"내일 애하고 얘기를 할 수 있게 되면 무슨 말을 할 거야, 클라이드?"

"난…… 모르겠어, 닥."

"그럼 아무 말도 하지 마. 아무것도 묻지 말고. 아무런 질문도 하지 말라고. 그리고 돈도 애가 그대로 갖고 있게 해. 결심이 서면 언제라도 가출할 수 있게. 그러면 아마 가출하지 않을 거야. 네가 그애를 대하는 태도를 바꾼다면 말이지.

하지만…… 젠장, 클라이드. 넌 그애를 대하는 태도를 절대 바꾸지 못할 거야. 그애를 느슨하게 풀어주지도 못할 거고. 네가 다른 사람들한테 느슨하게 대하지 않는 이상은 말이야. 그애도 사람이야. 그리고 너도 사람이 될 수 있어. 네가 원하기만 한다면. 너한테는 그 '사람이 된다'는 게 불멸의 영혼을 포기해야 하는 것쯤으로 여겨질 수 있겠지만…… 나는 그렇게 생각하지 않아. 그리고 진정 신실한 사람들 중에도 그렇게 생각하지 않는 사람들이 아주 많을 거야. 네가 사람이 되지 않겠다고 계속 거부하면 결국 아들을 잃게 될 거야."

나는 그 정도로 그쳐야겠다고 마음먹었다. 더 말했다가는 내 주장을 약화시키기만 할 테니 여기서 닥치는 게 좋을 듯했다. 그래서 나는 입을 닫았다.

클라이드는 오랫동안 말이 없었다. 그 시간이 너무나 길게 느껴졌다. 그는 내 머리 위의 벽에 시선을 고정하고 있었다. 마침내 내 말에 응답을 했을 때도 말은 하지 않았다. 그 대신 말보다 나은, 훨씬 더 나은 행동을 보여주었다.

클라이드는 자기 앞에 놓인 위스키 술잔을 집어들었다. 나도 내 술잔을 집어든 다음 그가 한 모금 마실 때 잔을 다 비웠다. 클라이드가 얼굴을 찡그렸다.

"끔찍한 맛이군. 닥, 진짜 이런 게 좋단 말이야?"

"아니. 나도 술맛은 싫어해. 네 말이 맞아. 끔찍한 맛이야."

클라이드는 손에 든 잔을 바라보더니 몸을 약간 떨었다.

"그러니 마시지 마. 지금 한 모금 마신 것만으로도 네 생각은 충분히 알겠어. 단숨에 목구멍으로 털어넣는 것도 좋은 생각이 아냐. 그랬다가는 숨이 막혀서 콜록거리기나 할걸."

"마시다보니 술맛에 길들여져서 좋아하게 된 거겠지. 닥, 나도 최근은 아니지만 와인은 몇 번 마신 적 있어. 그땐 그렇게 끔찍한 맛은 아니었는데. 휠러 씨에게 와인이 있으려나?"

"스마일리라고 하면 돼." 내가 말했다. "물론 와인도 있지."

나는 의자에서 일어서서 클라이드의 등을 툭툭 쳤다. 내가 그런 행동을 한 것은 평생 처음이었다.

"자, 클라이드. 저쪽 친구들이 뭘 갖고 있는지 직접 가서 알아보자고."

나는 클라이드를 데리고 피트와 스마일리가 있는 바로 갔다. 그리고 스마일리에게 말했다. "우리 한 잔씩 줘. 클라이드가 살 거야. 이 친구한텐 와인을 주고, 나는 맥주로 부탁해. 오늘밤에 기사를 써야 하니까 말이야."

스마일리가 너무나 놀란 표정을 하고 있기에 나는 그에게 얼굴을 살짝 찌푸려 보였다. 그는 내가 뚱기는 눈치를 알아채고 표정을 감추었다.

"그럼 앤드루스 씨, 어떤 와인으로 드릴까요?"

"셰리주가 있나요, 휠러 씨?"

"클라이드, 이쪽은 스마일리야. 스마일리, 이쪽은 클라이드고." 내가 말했다.

스마일리는 웃음을 터뜨렸고 클라이드는 미소를 지었다. 앞으로 연습이 좀 필요할 듯한 약간 딱딱한 미소였다. 그리고 나는 아주 확실하게 깨달았다. 하비 앤드루스가 가출하는 일은 다시는 없으리라.

이제부터 클라이드 앤드루스는 인간적인 아버지가 될 터였다. 아니, 그렇다고 클라이드가 스마일리네 술집의 단골손님이 되리라고 기대하지는 않았다. 어쩌면 그는 스마일리네 술집에 다시는 오지 않을지도 모른다. 하지만 바에서 술을 한 잔 주문했다는 사실은, 비록 그것이 와인이라 할지라도 그에게는 루비콘 강을 건넌 것이나 다름없었다. 이제는 더이상 '완벽한' 존재가 아니게 되었으니까.

나는 맥주를 한 잔 더 주문하고 싶었으나 이 술도 클라이드가 내는 것은 극구 사양하고 싶었다. 하지만 흔치 않은 기회였기에 결국 고맙게 받아들이기로 했다. 그래도 서둘러 길 건너 《클라리온》 사무실로 가서 오늘밤 써야 할 기사를 다 써야 했기에, 재빨리 잔을 비우고는 피트와 함께 술집을 나섰다. 클라이드도 우리와 함께 술집을 나왔다. 아들한테 가봐야 했기 때문이니, 나는 그에게 뭐라고 하지 않았다.

《클라리온》 사무실에 들어오자 피트는 라이노타이프의 활자 단지가 충분히 뜨거워졌음을 확인했다. 나는 낡은 언더우드 타자기를 마구 두들기기 시작했다. 스마일리가 준 범죄 사건 잡지에는 중요한 정보가 많이 있어서 서너 단짜리 기사는 충분히 나올 수 있었다. 그러니 오늘밤 안에 완성하려면 손을 바삐 놀려야 했다. 도망친 정신질환자와 칼의 사고는 그 이후에 써도 괜찮았다. 환자는 잡혔고 칼은 무사하다는 사실을 알았으니.

나는 라이노타이프로 찍어낼 첫 꼭지를 기다리는 피트에게 "술집 주인, 지명수배 살인범들을 잡다"라는 제목이 1면 머리기사 제목 칸에 들어맞는지 보라고 일렀다. 물론 기사 본문에는 내 이야기도 들어가겠지만 주인공은 스마일리가 될 것이다. 이유는 간단했다. 실제로 스마일리가 주인공이었으니까.

피트는 제목을 넣어보았고 칸에 잘 들어맞았다. 그때쯤 나는 라이노타이프로 찍을 첫 꼭지를 완성했다.

그런데 두번째 꼭지를 작성하던 도중, 나는 배트 매스터스의 생사 여부를 확실히 모른다는 사실을 깨달았다. 기사 첫머리에는 그가 아직 살아 있는 것으로 적었는데. 그가 지금도 살아 있는지, 만약 그렇다면 상태가 어떠한지 알아봐야겠다는 생각이 들었다.

단순히 배트 매스터스의 생사 여부를 넘어 더 자세한 정보를 얻으려면 병원에 전화하는 것보다 더 좋은 방법이 있었다. 나는 워터타운에 있는 주립 경찰서에 전화를 걸었다. 윌리 피블이 전화를 받았다.

"그럼요, 닥. 매스터스는 살아 있습니다. 깨어나서 말도 좀 한걸요. 중상이라 어차피 죽을 거라고 생각했는지 이것저것 털어놓더군요."

"그 정도로 상태가 안 좋은 거야?"

"그건 아니에요. 하지만 오래 살지 못할 건 사실이죠. 전기의자에 앉게 될 테니까. 사형을 면할 길도 없고요. 당국에서 그 갱단을 잡으려고 단단히 벼르고 있었거든요. 콜비에서 은행 강도짓을 했을 때 여자 둘을 포함해 무려 여섯 명이나 죽였거든요."

"조지도 거기 가담했나?"

"그럼요. 여자들을 쏜 게 바로 조지예요. 한 명은 은행 직원이었고 다른 하나는 손님이었죠. 여자보고 바닥에 엎드리라고 했는데 너무 겁에 질려서 움직이지도 못하니까 쏴버렸나봐요."

그 말을 듣자 조지가 죽은 것에 대한 죄책감이 누그러졌다. 애초에 죄책감을 많이 느끼지도 않았지만.

"배트 매스터스가 자백했다고 기사에 써도 되는 거야?"

"그건 모르겠네요, 닥. 에번스 지구대장님이 지금 병원에서 매스터스와 이야기중이시고, 매스터스가 몇 가지를 털어놓았다는 보고도 들어와 있지만 상세한 건 아직 없습니다. 대장님이 매스터스에게 그 사건에 대해서 물으실 것 같지도 않고요."

"그럼 어떤 걸 물어볼까?"

"나머지 갱단원들이 누구고 지금 어디 있는지를 물어보겠지요. 진 켈리 말고도 두 명이 더 있거든요. 매스터스한테서 그놈들을 어디 가면 찾을 수 있는지에 대한 정보를 알아낼 수 있다면 진짜 어마어마한 일이 될 겁니다. 특히 켈리에 대한 정보라면요. 매스터스와 조지는 켈리에 비하면 조무래기 수준이거든요."

"정말 고마워, 윌리. 그리고 뭐 새로운 소식이 들어오면 나한테 연락해주겠어? 아마 계속 《클라리온》 사무실에 있을 거야."

"그럴게요."

나는 전화를 끊고 다시 기사를 쓰기 시작했다. 진도가 술술 나갔다. 네번째 꼭지를 쓰는데 전화가 울렸다. 주립 경찰의 에번스 지구대장이 매스터스가 실려간 병원에서 걸어온 전화였다. 워터타운에 전화를 해보고 내가 전화했다는 사실을 안 것이었다.

"스토거? 앞으로 십오 분에서 이십 분 정도 더 사무실에 있을 수 있나?"

나는 앞으로 몇 시간은 사무실에 있을 거라고 말했다.

"좋아. 내가 그쪽으로 갈게."

호박이 넝쿨째 굴러오는 격이었다. 경찰 지구대장이 매스터스를 심문한 내용을 직접 듣고 기사로 쓸 수 있다니. 그래서 나는 전화로 질문을 해서 지구대장을 귀찮게 하는 일은 하지 않았다.

마침 쓰고 있는 꼭지를 다 쓰고 나니 내용상 매스터스를 심문한 기사가 다음 꼭지로 오는 게 알맞게 되었다. 에번스가 금방 도착할 테니, 기사 쓰는 일은 잠시 중단하기로 했다.

에번스를 기다리는 동안 다른 두 기삿거리를 점검해보는

건 어떨까. 나는 칼 트렌홀름에게 전화를 걸었지만 여전히 응답이 없었다. 다음으로는 카운티 정신병원에 전화를 걸었다.

전화교환원은 병원 관리 책임자인 버천 박사가 자리에 없다고 말했다. 그녀가 부책임자와 통화를 하겠느냐고 물었고, 나는 그러겠다고 대답했다.

그런데 부책임자는 내가 신분을 밝히고 용건이 무엇인지 설명을 끝내기도 전에 내 말을 가로막았다.

"박사님이 지금 그쪽으로 선생님을 만나러 가고 있는 중입니다, 스토거 씨. 지금 《클라리온》 사무실에 계시지요?"

"네. 지금 사무실에 있습니다. 그런데 버천 박사님이 저를 만나러 오시는 중이라고요? 그거 잘됐군요."

에번스 지구대장과 버천 박사. 기삿거리들이 제 발로 나를 찾아오다니. 나는 기분좋게 전화기를 내려놓았다. 여기에 칼까지 사무실에 들러서 사고 이야기를 들려준다면 금상첨화일 텐데.

내 바람은 이루어졌다. 바로 그 순간은 아니고, 이 분쯤 후에. 나는 라이노타이프로 다가가 아직 아무 기사도 담기지 않은 1면 활자판을 굽어보며 한두 시간 후에는 이 막막한 공간이 얼마나 사랑스러운 모습으로 보일 것인지를 흐뭇하게 상상했다. 그러면서 라이노타이프가 활자를 뱉어내는 딸각딸각 소리에 즐겁게 귀를 기울이고 있는데, 사무실 문이 열리고 칼이 걸어들어왔다.

칼의 옷에는 흙이 약간 묻어 있었고 매무새도 조금 흐트러져 있었다. 이마에는 커다란 반창고가 붙었고 눈은 게슴츠레했다. 그는 힘없이 씩 웃었다.

"안녕, 닥. 별일 없지?"

"세상에." 내가 말했다. "대체 어떻게 된 거야, 칼?"

"그걸 말해주려고 들렀어. 사고에 대해서 정확히 듣지 못해서 지금쯤 무척 걱정하고 있을 거라고 생각했거든."

"정확히고 나발이고 아예 아무것도 못 들었어. 병원에선 눈곱만큼도 알려주지 않더라고. 어떻게 된 거야?"

"술을 마셨어. 그리고 술 깨려고 간선도로까지 걸었지. 그러다 너무 어지러워서 잠깐 드러눕고 싶은 거야. 도로 반대편 갓길의 도랑 너머에 풀밭이 보이길래 그쪽으로 갔지. 그다음은…… 도랑을 넘어서 발을 디디다가 미끄러졌나봐. 그 바람에 엎어졌는데 하필 거기에 큼직한 돌멩이가 있어서 얼굴을 박았어."

"널 발견한 건 누구야?"

칼은 키들거렸다. "전혀 모르겠어. 정신을 차려보니까 보안관 차를 타고 병원으로 가고 있더라고. 병원에선 제발 내보내달라고 하는데도 도통 놔주질 않는 거야. 뇌진탕 검사를 하고 난 후에야 보내주더군."

"그래, 지금은 괜찮아?"

"진짜 알고 싶어?"

"글쎄……" 내가 말했다. "아닐 수도 있고. 한잔할래?"

칼은 몸서리를 쳤다. 나는 더 권하지는 않았다. 대신 병원에서 나온 후 지금까지 어디에 있었는지 물었다.

"'그리시 스푼'에서 블랙커피를 마셨어. 이젠 집에 돌아갈 수 있겠다는 생각이 들었고. 사실은 집에 가는 중이었는데. 너도 소식을 들었다는 걸 알았고 그래서 그…… 혹시라도 사실을…… 바로 알아야 할 필요가 있을까 싶어서……"

"바보 같은 소리 집어치워, 칼." 내가 말했다. "설령 네가 원한다고 해도 기사 한 줄 내주지 않을 거야. 그리고 보니의 이혼에 대해서는 스마일리한테 세세한 정보까지 다 들었어. 그래서 보니에게 걸린 이혼 사유를 죄다 빼버려서 그 기사가 한 문단으로 줄어들었다고."

"그거 정말 고마운 일인데."

"왜 나한테 직접 말하지 않은 거야? 언론의 자유를 침해하고 싶지 않아서? 아니면 우정을 이용한다는 소릴 들을까봐?"

"음…… 그 둘의 중간쯤 되는 것 같아. 아무튼 고마워. 그럼 내일 보자고. 그때까지 내가 살아 있으면."

칼은 사무실을 나갔고 나는 책상으로 돌아갔다. 그사이 라이노타이프는 준비된 기사를 다 뱉어냈고 타자기가 다른 기사를 써주기를 기다리고 있었다. 나는 에번스가 빨리 나타나기를 바랐다. 아니면 정신병원의 버천 박사라도. 그래서 두 기사 중 하나라도 빨리 써내야 피트가 조금이라도 추가근무를 덜 할 테니까. 나야 언제까지 일하든 상관없었다. 어차피 너무 들떠 있어서 잠을 자기는 글렀다.

기다리는 동안 할일이 하나 있기는 했다. 피트와 나는 뒷면용 활자판에서 때우기용 글들을 뽑아내기로 했다. 1면에서 덜 중요한 기사들을 빼내 그 자리에 채워넣고, 지금 쓰려고 기다리고 있는 큰 기사 두 개가 들어갈 공간을 만들기 위해서였다. 은행 강도를 잡은 기사와 정신질환자의 탈주 기사를 넣으려면 1면에 최소한 세로 단 두 개는 비워야 했고, 어쩌면 더 많이 비워야 할지도 몰랐다.

막 활자판을 고정시킨 틀을 풀고 있는데 버천 박사가 사무실로 들어왔다. 그와 함께 나이든 여인도 따라 들어왔다. 어딘지 낯이 익은데 누구인지 기억나지는 않았다.

여인이 내게 미소를 지으며 말했다. "나 기억나요, 스토거 씨?" 그 미소를 보자 그녀가 누구인지 기억났다. 내가 어릴 때, 그러니까 사십 년쯤 전에 옆집에 살았던 여자로 내게 쿠키를 구워주곤 했다. 그리고 또 기억났는데, 심각할 정도는 아니지만 그녀가 약간 정신이 이상해지는 바람에 정신병원에 들어갔다는 이야기를 내가 대학생이 될 무렵 들었다. 그건 아마도…… 세상에나, 삼십 년쯤 전의 일이었다. 그렇다면 지금 그녀의 나이가 일흔은 되었을 것이다. 그리고 이름이……

"물론이죠, 그리스월드 부인. 저한테 주시던 쿠키며 사탕도 기억하는걸요."

나는 그녀를 마주보며 미소를 지었다. 부인이 어찌나 행복해 보이는지 누구도 마주 미소 짓지 않고는 못 배길 정도였다.

그리스월드 부인이 말했다. "나를 기억해주다니 정말 기쁘군요, 스토거 씨. 사실 아주 중요한 부탁을 하러 왔거든요. 옛일을 기억해준 것도 기뻐요. 덕분에 내 부탁을 들어줄지도 모르니까요. 여기 버천 박사님이…… 박사님은 정말 좋은 분이죠. 이분이 나를 여기로 데려와줘서 부탁이나마 해볼 수 있게 되었어요. 나는…… 사실 오늘밤 병원에서 도망친 게 아니에요. 어떻게 된 건지 잘 모르겠어요. 문이 열렸고 그후로는 기억이 없어요. 사십 년 전으로 돌아간 것 같았죠. 내가 여기서 뭘 하고 있는지, 왜 오토와 같이 집에 있지 않은지 궁금해진 거예요. 그래서 집으로 걸어갔어요. 그게 다예요. 그러다가 문득 오토가 오래전에 죽었다는 사실이 생각났고, 그다음엔……"

이제 그녀의 미소는 떨리고 있었고 눈에는 눈물이 그렁그렁 맺혔다.

"네, 그때쯤엔 길을 잃어버려서 병원으로 돌아갈 수도 없었어요. 사람들이 나를 찾을 때까지요. 나는…… 병원으로 돌아가려고 애썼어요. 내가 어디 있어야 하는지가 기억난 후로는 말이에요."

나는 그녀의 뒤로 버천 박사를 힐끗 보았고, 박사는 고개를 끄덕였다. 아직도 나는 대체 어떻게 된 일인지 알 수가 없었다.

"알겠습니다, 그리스월드 부인."

부인의 미소가 돌아왔다. 그녀는 밝게 고개를 끄덕였다.

"그럼 신문에는 싣지 말아주세요, 네? 내가 병원에서 빠져나와 돌아다녔다는 이야기 말이에요. 그러려고 했던 게 아니거든요. 내 딸 클래라가 스프링필드에 사는데 지금도 《클라리온》을 구독하고 있어요. 그런데 내가…… 병원을 탈출했다는…… 기사를 읽으면 어떻게 되겠어요? 그애는 내가 행복하지 않다고 생각할 거고, 그럼 그애한테 걱정을 끼치고 말 거예요. 나는 행복해요, 스토거 씨. 버천 박사님이 내게 얼마나 잘해주시는데요. 그리고 난 클래라가 마음 상하거나 나 때문에 걱정하게 하고 싶지 않아요. 그러니까…… 이 이야기는 기사로 쓰지 말아주세요, 네?"

나는 그녀의 어깨를 부드럽게 토닥였다. "물론 쓰지 않겠습니다, 부인."

부인은 갑자기 내 가슴에 기대 울음을 터뜨렸다. 나는 당황해서 어찌할 바를 몰랐다. 버천 박사는 그녀를 부드럽게 끌어당겨 문 쪽으로 데리고 갔다. 박사는 잠깐 되돌아와서 부인이 듣지 못할 정도로 작은 목소리로 말했다.

"말 그대로예요. 그러니까, 기사가 나가면 따님이 걱정할 거고, 부인은 실제로 탈출한 게 아니란 거죠. 그냥 병원 밖으로 나가서 돌아다녔던 겁니다. 그리고 따님은 진짜로 《클라리온》을 구독하고 있고요."

"걱정 마세요. 신문에 싣지 않겠습니다." 내가 말했다.

그때 박사의 등뒤에서 문이 열리고 지구대장 에번스가 들어오는 것이 보였다. 그는 문을 닫지 않았고 그리스월드 부인은 문밖으로 나갔다.

버천 박사는 내게 황급히 악수를 청했다.

"정말 고맙습니다. 그리스월드 부인을 위해서만이 아니라, 병원으로서도 환자가 탈출했다는 기사가 나면 좋을 것 없죠. 사실 이 뉴스를 신문에 싣지 말아달라고 요청할 생각은 없었습니다만, 저희 환자께서는 그런 요청을 할 만한 이유가 있으니까요……"

박사는 뒤를 돌아보다가 환자가 이미 계단으로 향하고 있는 것을 발견했다. 그는 또다시 기억이 흐려진 부인이 길거리를 떠돌까봐 얼른 그 뒤를 쫓아갔다.

이렇게 기사 하나가 또 사라지는군. 나는 에번스와 악수를 하면서 그렇게 생각했다. 이렇게 되니 어릴 적 그 쿠키가 아주 비싼 것이었던 셈이군. 갑자기 오늘밤 신문에서 빼버려야 했던 기사들이 하나하나 생각났다. 캐멀 시티 은행 털이범 사건…… 이건 신문에 싣지 말아야 할 이유가 충분했다. 칼의 사고…… 알고 보니 신문에 실을 만큼 대단한 일이 아닌데다, 기사를 썼다가는 변호사로서 칼의 명성에 흠집이 날 수도 있었다. 로마 촛불 부서의 사고…… 이건 카 부인의 남편을 실직시킬 수 있다. 랠프 보니의 이혼…… 뭐, 정확히 말하면 아주 빼버리지는 않겠지만 길고도 중요한 기사에서 단신으로 줄어버렸다. 그리스월드 부인의 정신병원 탈출…… 오래전 부인은 내게 쿠키를 주었고, 부인의 딸이 걱정할 수도 있으니 안 된다. 그리고 심지어 교회 바자회까지…… 빼버려야할 이유는 이게 제일 명확하다. 취소되었으니까.

하지만 아무 상관 없었다. 기사 중의 기사, 진짜 엄청난 기사가 남아 있으니까. 그리고 이 기사를 인쇄하지 못할 이유는 아무리 생각해도 없다.

에번스 지구대장은 내가 책상 옆에 끌어다준 의자에 앉았고 나는 회전의자에 앉아 대장이 지금부터 들려줄 이야기를 받아 적기 위해 연필을 쥐었다.

"여기까지 와주다니 이거 참 고마운데. 그럼 매스터스에게서 어떤 이야기를 들었는지 들려주겠어?"

에번스는 모자를 머리 뒤쪽으로 밀어 넘기고는 이맛살을 찌푸렸다.

"미안하지만 닥, 실은 부탁을 하러 왔어. 상부에서 명령이 내려왔어. 이 일은 기사로 나가선 안 돼."

8

그 아들은 보팔검을 들고
오랫동안 괴랄한 적을 찾아다니다
텅텅 나무 옆에서 한숨 돌리며
잠시 생각에 잠겨 섰더라.[1]

그때 내가 어떤 표정을 했는지는 모르겠다. 연필을 떨어뜨렸던 것, 그리고 말을 시작했을 때 목소리가 나오지 않아 헛기침으로 목청을 가다듬어야 했던 것은 기억난다.

두번째로 말을 시작했을 때는 약간 툴툴거리는 소리이기는 했으나 목소리가 나왔다. "이봐, 농담하지 말라고. 진담일 리가 없지. 이 도시에서 일어난 사건 중에 제일 어마어마한 일이잖아…… 지금 이걸 농담이라고 늘어놓고 있는 거야?"

에번스는 고개를 저었다. "농담이 아니야, 닥. 매코이 서장이 직접 지시했어. 물론 내가 기사를 쓰지 말라고 강제할 수는 없지. 사실을 말해줄 테니 결정은 네가 해."

---

[1] 『거울 나라의 앨리스』 1장 '거울 속의 집'에 나오는 시 「재버워키」의 3연.

기사를 쓰지 말라고 강제할 수는 없다는 말을 들으니 갑갑하던 속이 조금 나아졌다. 한번 들어본다고 해서 손해볼 건 없겠지.

"알았어, 얘기해봐. 그렇지만 아주 그럴싸한 이유여야 해."

에번스는 몸을 앞으로 숙였다. "그게 말이야, 딱, 진 켈리 갱단은 아주 못돼먹은 놈들이야. 서슴없이 살인을 저지르는 놈들이라고. 오늘밤 그중 두 놈을 겪어봤으니 너도 알겠지. 말이 나왔으니 말인데, 오늘 저녁 일은 정말 잘해줬어."

"스마일리 휠러가 다 했지. 난 그냥 드라이브만 했을 뿐이야."

별것 아닌 농담인데도 에번스는 웃음을 터뜨렸다. 내 비위를 맞추려는 거겠지.

"앞으로 사십 시간만, 그러니까 토요일 오후까지만 기사가 나가지 않으면 놈들을 일망타진할 수 있어. 진 켈리까지 잡을 수 있단 말이야."

"왜 토요일 오후까지야?"

"매스터스와 크레이머가 토요일 오후에 켈리를 포함한 나머지 갱단과 만나기로 약속했거든. 인디애나 주 게리에 있는 어느 호텔에서. 지난번에 은행을 턴 후로 뿔뿔이 흩어져 있다가 그날 거기에 모여서 다음 범행을 의논하려는 거야. 이쯤 되면 너도 알겠지? 그날 켈리와 일당이 모여들면 우리가 습격해서 모조리 붙잡는 거지.

그런데 이 작전은 매스터스와 크레이머가 이미 잡혔다는 정보가 퍼지지 않아야 가능해. 기사가 나가면 켈리와 그 쫄다구들이 나타나지 않을 거 아냐."

"기사 내용을 조금만 바꾸면 되지 않을까? 매스터스와 크레이머가 둘 다 죽은 걸로 하면 어때?"

에번스는 고개를 저었다. "놈들은 조금이라도 위험하다 싶으면 코빼기도 안 비칠 거야. 매스터스와 크레이머가 잡혔다거나 죽었다는 정보를 입수하면 게리에는 한 놈도 나타나지 않을걸."

나는 한숨을 쉬었다. 안 먹힐 거라는 걸 알지만 혹시나 하는 마음에 이렇게 말했다.

"갱단 중에서 《캐멀 시티 클라리온》을 읽는 사람은 없을걸."

"너도 알고 있잖아, 닥. 《클라리온》에 기사가 나면 전국의 다른 신문들이 알게 된다는 걸. 금요일 석간신문에는 나오지 않을지라도 토요일 조간에는 실릴 거야."

에번스는 갑자기 떠오른 생각에 놀란 얼굴로 물었다.

"참, 닥, 이 지역 통신사는 누가 담당하지? 그쪽에서도 이 소식을 알고 있을까?"

"내가 담당해." 나는 슬프게 말했다. "이 소식은 아직 어디에도 알리지 않았어. 《클라리온》에 먼저 낸 다음에 알릴 작정이었지. 그러면 나를 해고하겠지만 그래 봐야 나로서는 일 년에 몇 달러 받던 걸 잃는 게 고작이니까. 이번만은 내 신문에 먼저 특종으로 큼지막하게 실은 다음에 그 늑대들한테 던져줄 작정이었거든."

"미안하게 됐어, 닥. 이번 일이 중요한 뉴스감이란 건 알겠어. 하지만 최소한 통신사에서 너를 자르지는 않을 거야. 경찰 요청으로 어쩔 수 없이 보도를 미뤘다고 말하면 되니까. 음…… 토요일 오후 3, 4시까지 말이야. 그후에 통신사에 뉴스를 보내서 네 할일을 하면 돼."

"통신사에서 나를 자르든 말든 별 상관 없다니까. 내가 원하는 건 《클라리온》에 특종기사를 내는 거라고, 젠장."

"어쨌든 부탁은 들어줄 거지, 닥? 놈들은 살인자라고. 우리가 놈들을 붙잡게 협조해주면 여러 사람의 목숨을 구하는 격이야. 진 켈리에 대해서는 뭐 좀 알아?"

나는 고개를 끄덕였다. 스마일리가 준 잡지에서 읽었다. 진 켈리는 아주 질이 나쁜 인간이었다. 에번스 말이 맞았다. 이번 일을 기사로 내서 진 켈리가 함정에 제 발로 걸어들어가지 않는다면 앞으로 여러 사람이 목숨을 잃을 것이다.

피트 쪽을 돌아보자 그가 이쪽에 귀를 기울이며 서 있었다. 피트의 얼굴에서 무슨 생각을 하고 있는지 읽어보려 했지만, 그는 아주 신중하게 무표정을 유지하고 있었다.

나는 피트에게 얼굴을 찡그리며 말했다. "그 망할 놈의 라이노타이프를 꺼버려. 시끄러워서 생각을 할 수가 없어."

피트는 라이노타이프를 껐다.

에번스는 안도한 표정이 되었다. "고마워, 닥." 그러더니 그날 밤은 서늘한 편이었는데도 이유 없이 손수건을 꺼내 이마를 닦았다. "매스터스가 갱단 녀석들을 싫어해서 다행이야. 자기는 이제 끝났다 싶으니까 놈들에 대해 줄줄이 털어놓지 뭐야. 다행히 너도 놈들을 붙잡을 때까지 기사 쓰는 걸 미뤄주기로 했고. 뭐, 다음주엔 기사가 나가도 될 거야."

다음주면 카이사르의 『갈리아 전쟁기』를 한두 장章 신문에 인쇄해도 되겠다는 말은 하지 않았다. 어차피 다음주가 되면 갈리아 전쟁이나 이번 사건이나 먼 옛날의 일이기는 마찬가지니까.

나는 아무 말도 하지 않았다. 에번스는 잠시 뒤 일어나 사무실을 나갔다.

라이노타이프가 작동하지 않는 사무실은 기묘할 정도로 조용했다. 피트가 다가왔다. "저…… 닥, 아직 1면에 빈 공간이 27센티미터 있어요. 아침에 뭘 채워넣을지 결정한다고 아까 말씀하셨고요. 사무실에 온 김에 지금 해결해버리면……"

나는 얼마 남지 않은 머리숱을 손가락으로 훑었다. "그대로 둬, 피트. 가장자리에 검은색 줄만 둘러.”

“닥…… 거기에 교회여성모금단체 선거 소식을 넣어도 괜찮을 거예요. 길이는 충분하니까 활자 간격을 조금 좁히면 들어갈 수 있어요.”

그보다 더 좋은 수는 생각나지 않았다. “그렇게 해, 피트.” 피트가 다시 라이노타이프를 켜려고 하는 순간 나는 말했다. “오늘밤 말고, 피트. 내일 아침에 해. 벌써 11시 반이야. 여우 같은 마누라와 토끼 같은 자식들에게 돌아가야 할 시간이잖아.”

“금방 끝날 텐데요……”

“어서 여기서 나가줘. 내가 울고불고 징징거리기 전에. 그런 꼴을 다른 사람에게 보여줄 순 없다고.”

피트는 내가 농담하고 있다는 걸 안다는 듯 씩 웃었다.

“알았어요, 그럼 내일은 조금 일찍 나올게요. 7시 반쯤에. 닥은 좀더 계실 건가요?”

“조금만 더 있을게. 조심해서 가, 피트. 그리고 와줘서 고마워. 다른 일들도 다 고맙고.”

나는 피트가 사무실을 나간 후 일 분 정도 더 앉아 있었다. 울고불고 징징거리지는 않았지만 그렇게 하고 싶었다. 그렇게 많은 일이 일어났는데도 그중 단 한 줄도 신문에 쓸 수가 없다는 사실이 믿어지지 않았다. 잠시 동안 내가 마음 약

한 사람이 아니라 성격이 개차반이어서 오늘 겪었던 일들을 모조리 기사로 써버릴 수 있으면 좋겠다고 생각했다. 그 때문에 켈리 갱단이 경찰에 붙잡히지 않고 또다시 살인을 저지르더라도, 카 부인의 남편이 일자리를 잃더라도, 칼 트렌홀름이 놀림감이 되더라도, 그리스월드 부인의 딸이 근심하더라도, 하비 앤드루스가 가출을 하려고 아버지의 은행을 털었다는 게 밝혀져서 착실한 소년이라는 평판에 흠집이 나더라도 개의치 않고 말이다. 거기에 더해 랠프 보니가 이혼소송에서 가짜로 꾸며낸 사유를 세세히 열거해서 그에게 똥물을 끼얹을 수도 있고, 주류 판매 반대 동맹의 지역 지부장이 스마일리네 술집에서 술을 마셨다는 이야기를 유머러스한 짧은 기사로 쓸 수도 있다. 게다가 취소되었다는 사실을 너무 늦게 알았다는 핑계로 교회 바자회 소식도 그대로 실어버려 주민 수십 명이 헛걸음을 하게 만들 수도 있다. 이런 일들을 저질러버릴 수 있다면, 내가 마음 약한 사람이 아니라 비열한 개새끼라면 얼마나 좋았을까. 비열한 개새끼들은 분명 보통 사람들보다 훨씬 재미있는 삶을 살 거야. 훨씬 크고 좋은 신문도 발행하겠지.

나는 의자에서 일어나 활자판에 놓여 있는 신문 1면을 들여다보다가, 뭐라도 해야겠다는 생각이 들어 공간 때우기용 글들을 4면에 넣기 시작했다. 1면에 어마어마한 기사들을 실을 공간을 만들기 위해 원래 1면에 있던 사소한 기사들을 빼내고 그 기사들을 4면에 넣기 위해 뽑아냈던 글이었다. 활자판이 다 차자 다시 가장자리를 고정시켰다.

사방은 쥐죽은듯 고요했다.

나는 왜 사무실을 박차고 나가 스마일리네 술집에서 한잔 더 하지 않는 거야? 아니면 아예 술을 입에 들이붓든가. 왜 곤드레만드레 취하려 하지 않는 거야? 하지만 나는 그러지 않았다.

나는 창가로 걸어가 조용한 거리를 내려다보았다. 보도에 내놓은 노천 테이블은 아직 치우지 않았다. 캐멀 시티에서 술집은 자정에나 문을 닫으니까. 하지만 거리를 걷는 사람은 한 명도 없었다.

자동차 한 대가 지나갔다. 랠프 보니의 차였다. 아마도 폭죽 공장 직원들에게 급료로 지불할 현찰을 찾으러 닐스빌에 가는 길에 마일스 해리슨을 태우러 가는 게 분명했다. 그 직원들 중에는 로마 촛불 부서에 근무하는 사람들도 있겠지. 거기에 대해서 간단히……

나는 담배를 한 대 피우고 집에 돌아가기로 결심했다. 주머니에 손을 넣어 담뱃갑을 꺼내는데 무언가가 팔랑거리며 바닥으로 떨어졌다. 명함이었다.

명함을 집어 살펴보니 다음과 같이 적혀 있었다.

예후디 스미스

죽은 듯 활기 없던 밤이 급작스럽게 살아났다. 나는 정신병원에서 도망친 환자가 잡혔다는 소식을 듣고는 예후디 스미스를 머릿속에서 지워버렸던 것이다. 어찌나 깨끗하게 잊어버렸는지 버천 박사가 그리스월드 부인을 사무실에 데려온 후에도 그를 떠올리지 못했다.

예후디 스미스는 정신병원에서 도망친 환자가 아니었다!

갑자기 나는 공중으로 뛰어올라 발뒤꿈치를 마주 딱 부딪치고 싶었다. 거리를 마구 달리며 소리를 지르고 싶었다.

문득, 그를 얼마나 오래 내버려두었는지를 깨닫고 책상 위 전화기로 돌진했다. 집으로 전화를 걸고 전화벨이 한 번, 두 번, 세 번 울리자 머릿속이 하얘지는 느낌이었다. 그러나 네번째 전화벨이 울리자 스미스가 약간 졸린 듯한 목소리로 "여보세요"라고 대답했다.

"닥 스토거입니다, 스미스 씨. 이제 집으로 가려고요. 너무 오래 기다리시게 해서 죄송합니다. 여러 가지 일들이 있어서 말이죠."

"잘됐군요. 아니, 집에 오신다는 게 잘됐다는 말입니다. 지금 몇시인가요?"

"11시 반이 다 되어가네요. 십오 분 후면 도착할 겁니다. 기다려주셔서 감사합니다."

나는 얼른 코트를 걸치고 모자를 집었다. 사무실 불을 끄고 문을 잠그는 것도 잊어버릴 뻔했다.

스마일리네 술집에 들렀지만 마시러 간 것이 아니라 술을 한 병 사기 위해서였다. 저녁때 집에 가져갔던 병은 내가 집을 떠날 때 많이 비어 있었으니 그후 어떻게 되었는지 모를 일이었다.

술병을 들고 술집에서 나오면서 나는 타이어가 터져서 차를 두고 와야 했던 것에 대해 다시 한번 욕을 퍼부었다. 집까지 거리가 먼 것도 아니고 바쁘지 않을 때는 잠깐 걷는 정도는 괜찮았지만, 지금은 또다시 바쁘게 움직여야 할 때였다. 아까는 칼 트렌홀름이 죽었거나 심하게 다쳤다고 생각했던데다 예후디 스미스에게서 빨리 떨어지고 싶다고 생각했기 때문이었지만, 이번에는 그에게 빨리 돌아가고 싶었다.

우체국을 지나쳤다. 이번에는 불빛이 없이 캄캄했다. 은행을 지나쳤다. 이번에는 철야등이 켜져 있고 범죄의 흔적은 없었다. 멈춰 선 뷰익으로부터 들려온 목소리가 '형씨'에게 여기가 어느 동네냐고 묻던 지점을 지나쳤다. 지금은 우호적이든 적대적이든 자동차라곤 한 대도 보이지 않았다. 그렇게 지금껏 수천 번을 지나쳤던 곳들을 지나고 큰길을 벗어나, 더이상 살인광이나 다른 무시무시한 것들에 물들지 않은 친숙하고 쾌적한 골목길로 접어들었다. 나는 집까지 가는 동안 한 번도 뒤돌아보지 않았다.

얼마나 기분이 좋은지 우스꽝스럽다는 느낌마저 들었다. 무엇보다 좋은 것은, 지금까지 있었던 일들 때문에 술이 완전히 깼으며, 그래서 좀더 마시고 기묘한 대화를 좀더 나눌 준비도 기분도 갖춰졌다는 사실이었다.

솔직히 예후디 스미스가 집에서 기다리고 있을 거라고 백 퍼센트 믿지는 않았다. 그러나 그는 집에 있었다.

그가 자리에 앉아 있는 모습이 너무나 친숙해서 내가 왜 의심을 했을까 하는 생각이 들었다. 나는 "안녕하세요" 하고 말하고는 모자를 벗어 모자걸이에 던졌다. 모자는 제대로 걸렸다. 몇 달 만에 처음 성공한 일이었기에 나는 오늘밤 운이 좋다는 사실을 알 수 있었다. 마치 오늘밤 그 사실을 증명할 필요가 있기라도 하듯.

나는 아까 그랬듯이 예후디 스미스의 맞은편에 앉았고, 각자의 잔에 술을 따랐다. 새로 가져온 술병이 아니라 원래 있던 술병에서. 스미스는 내가 없는 동안 술을 마시지 않은 게 분명했다. 나는 전화로도 말했지만 집을 너무 오래 비운 것에 대해 다시 한번 사과했다.

스미스는 무심하게 손사래를 치며 내 말을 막았다. "신경 쓰지 마세요. 이렇게 돌아오셨잖습니까. 그동안 저는 잠깐 졸았답니다. 아주 기분좋게요." 그가 미소 지었다.

우리는 잔을 부딪치고 술을 마셨다. 스미스가 말했다. "그러니까…… 박사님이 전화를 받으셨을 때 하던 이야기로 돌아가볼까요? 참, 그러고 보니 친구분께 사고가 났다고 말씀하셨지요? 어떻게 되었는지 여쭈어도……"

"그 친구는 멀쩡합니다. 애초에 사고도 아니었어요. 사실 다른 일이 몇 가지 있어서 시간이 좀 걸렸지요."

"다행이군요. 그럼…… 제 기억으로는 전화벨이 울렸을 때 로마 촛불 부서에 대해 이야기하고 있었지요. 건배도 했고요."

나도 기억을 떠올리고 고개를 끄덕였다. "그렇죠. 거기서부터 사건이 시작되었죠."

"심각한 일입니까?"

"좀 그랬죠. 반시간 전에야 다 해결되었어요. 하지만 사건이 진행되던 당시에는 꽤 재미있었습니다. 아니, 잠깐…… 사실 재미있지는 않았어요. 선생님에게까지 거짓말하지 않겠습니다. 일이 벌어지는 동안에는 정말 무서웠어요."

스미스는 눈썹을 약간 치켜올렸다. "심각한 일을 겪으신 거로군요. 박사님, 사실……"

"그냥 닥이라고 부르세요."

"그럼, 닥, 당신은 아까와 달라졌습니다. 어딘가 말이죠."

나는 그와 내 잔을 채웠다. 그것으로 첫번째 술병은 완전히 비었다.

"일시적인 거겠죠. 네, 스미스 씨, 사실……"

"'스미티'라고 불러주세요."

"그럼, 스미티, 조금 전까지 난 별로 좋지 않은 경험을 했습니다. 그 반작용이 계속되고는 있지만 오래가지는 않을 겁니다. 지금도 신경과민인 상태이고, 내일은 더 심해질지도 모르겠어요. 그때쯤 되면 내가 얼마나 아슬아슬하게 목숨을 건졌는지 더욱 실감할 테니까요. 그래도 나는 전과 똑같은 닥 스토거입니다. 쉰셋의 나이에, 마음이 약해서 영웅으로서도 신문 편집자로서도 실패한 사람이지요."

몇 초간 침묵이 이어지다가 스미스가 말했다.

"닥, 저는 당신이 마음에 듭니다. 아주 좋은 사람인 것 같아요. 무슨 일이 일어났는지 저야 모르고, 당신이 제게 말해줄 것 같지도 않지만, 아무튼 이것 하나는 내기를 해도 좋습니다."

"고맙습니다, 스미티." 내가 말했다. "오늘 저녁에 일어난 일을 당신에게 말하고 싶지 않다기보다는, 지금 당장은 그에 대해서 아무것도 말하고 싶지 않아요. 언젠가 마음이 정리되면 기꺼이 얘기해드리겠습니다만, 지금은 더이상 생각조차 하고 싶지 않아요. 이제 다시 루이스 캐럴로 돌아가고 싶군요. 그런데 방금 하나는 내기를 해도 좋다고 하신 건 무슨 뜻입니까?"

"당신은 신문 편집자로서 실패한 사람이 아니라는 겁니다. 영웅으로서는…… 글쎄요, 사실 영웅은 아주 드물잖습니까. 하지만 이것 하나는 내기를 해도 좋은데, 당신이 편집인으로서 실패자라고 말한 건 당신이 어떤 기사를 신문에 싣지 않기로 결정했기 때문인 것 같네요. 뭔가 그래야만 할 이유가 있었겠죠. 지극히 이기적인 이유도 아닐 테고요. 이 정도면 제가 내기에서 이길 수 있겠습니까?"

"그럼요." 내가 말했다. 하나도 아니고 다섯 번은 이길 수 있다는 말은 하지 않았다. "하지만 딱히 자랑스럽지는 않아요. 그냥 그 이유를 묵살했다가는 저 자신이 부끄럽기 때문에 기사를 내보내지 않기로 한 것뿐이니까요. 그러다보니 제 신문이 보여주기 부끄러운 신문이 되어버렸지요. 스미티, 신문쟁이들은 비열한 개새끼가 되어야 하는 겁니다."

"왜요?"

그는 내가 대답하기도 전에 술잔을 들어 입에 털어넣었다. 잔이 입술 근처에도 가기 전에 입속에 술을 던져넣는, 예의 신기한 기술을 보여주면서. 그리고 좀더 대답하기 힘든 질문으로 자기가 던진 질문에 스스로 답했다.

"그럼 신문쟁이들은 보다 흥미진진한 신문을 만들어야 하는 걸까요? 사람이 다치거나 심지어 죽을지도 모르는 상황을 묵살하고라도?"

분위기가 달라졌다. 내가 원하는 분위기는 아니었다. 나는 몸을 약간 떨었다.

"재버워크 이야기로 다시 돌아갑시다. 그리고…… 이럴 수가, 진지한 이야기를 하려고 할 때마다 술이 확 깨는군요. 아까도 어마어마한 위기를 맞았을 때 술이 깨버렸죠. 자, 한 잔 더 하시죠. 그리고 루이스 캐럴 이야기로 돌아갑시다. 몇 시간 전에 하셨던 그 알쏭달쏭한 이야기를 다시 해주시죠. 아인슈타인이랑 이름이 비슷한 사람이 나오는 얘기 말입니다."

스미스는 씩 웃었다. "'알쏭달쏭'이라…… 재미있는 어휘입니다. 루이스 캐럴이 만들었음직한 단어예요. 물론 그의 시대에는 그 단어가 없었겠지만요. 좋습니다, 닥. 캐럴 이야기로 돌아가죠."

다시 한번 잔이 비워졌다. 어떻게든 저 기술을 배워야겠어. 나는 결심했다. 시간이 얼마나 걸리더라도, 그리고 위스키를 얼마나 마시게 되더라도. 처음에는 집에서 혼자 연습해야지.

나는 내 술잔을 비웠다. 십오 분 전 집에 도착한 후 세 잔째였다. 술기운이 조금씩 올라왔다. 이 세 잔 때문만은 아니었다. 아까 저녁에 이미 몇 잔을 마셨고, 그후 배트와 조지와 함께 짧은 드라이브를 하면서 맑은 공기를 맞아 술이 좀 깼다가, 다시 스마일리네 술집에서 몇 잔을 마셨으니까.

그때 마셨던 술기운이 이제 올라오는 중이었다. 심하진 않았지만 제법 셌다.

집안에 옅은 안개가 낀 듯했다. 우리는 다시 캐럴과 수학에 대해서 이야기를 나누었다. 아니, 이야기는 예후디 스미스가 했고, 나는 그가 말하는 내용에 집중하려고 애썼다. 스미스의 모습이 잠시 흐릿해졌다가, 앞으로 나오는 것처럼 보였다가, 다시 물러나고는 했다. 그의 목소리도 사인과 코사인을 그리며 흐릿해졌다. 나는 정신을 차리려고 머리를 흔들었고 당분간은 술병에 손을 대지 말아야겠다고 결심했다.

문득 스미스가 무슨 질문을 했다는 사실을 알아차리고 미안하지만 다시 한번 말해달라고 부탁했다.

"벽난로 위에 있는 저 시계 말입니다. 시간은 정확한가요?"

나는 간신히 시계에 초점을 맞출 수 있었다. 자정이 되기 십 분 전이었다.

"네, 정확합니다. 아직 이른 시각이네요.. 설마 돌아가시려는 건 아니겠지요? 지금 제가 정신이 약간 흐리멍덩한 건 사실이지만 그래도……"

"거기까지 가는 데 얼마나 걸릴까요? 물론 가는 방향이야 제가 알고 있습니다만, 가는 데 걸리는 시간은 당신이 저보다 더 잘 아시겠지요."

나는 잠시 스미스를 멍하니 바라보았다. 무슨 말을 하는
지 알 수가 없었다.

그러다가 문득 기억이 났다.

우리는 귀신 나오는 집으로 가서 재버워크, 또는 그 비슷
한 것을 사냥하기로 했던 것이다.

9

"먼저, 누가 그 물고기를 잡아야 해."

그건 쉽지. 내가 보기엔 아기라도 잡을 수 있어.

"다음엔 그 물고기를 사야 해."

그건 쉽지. 내가 보기엔 1페니면 살 수 있어.'

내가 잊어버리고 있었다면 아무도 믿지 못하겠지만, 실제로 나는 그 사실을 잊어버리고 있었다. 초저녁에 집에서 나간 뒤 다시 돌아오기까지 어찌나 많은 사건이 벌어졌는지 내 이름과 예후디 스미스의 이름을 기억하는 것만도 기적에 가까운 일이었다.

지금은 자정이 되기 십 분 전이었고, 스미스는 1시까지는 거기에 도착해야 한다고 말했다.

"차가 있으신가요?" 내가 물었다.

스미스는 고개를 끄덕였다. "여기서 몇 집 떨어진 곳에 세워놓았습니다. 번지수를

▎ 『거울 나라의 앨리스』 9장 '앨리스 여왕' 중에서.

확인하느라 거기서 내렸거든요. 그리 멀지 않아서 다시 차를 타고 집 앞까지 오기는 좀 뭣해서 그냥 거기 세워뒀어요."

"그럼 이삼십 분이면 갈 수 있습니다."

"좋습니다, 딱. 삼십 분으로 잡는다 해도 사십 분이나 여유가 있군요."

어질어질한 술기운이 확 걷혔다. 나는 스미스의 잔에만 술을 따르고 내 잔에는 따르지 않았다. 어느 정도는 맑은 정신을 유지하고 싶었기 때문이다. 물론 완전히 맑은 것은 바라지 않았다. 그랬다가는 분별력이 생겨서 가지 않겠다고 결심할지도 모르니까. 나는 가지 않겠다고 결심하는 것은 원하지 않았다.

스미스는 나를 바라보지 않고 의자에 편안히 기대 있었다. 때문에 나는 그를 물끄러미 바라보면서, 내가 '보팔검들'이며 낡아빠진 웬트워스 집에 대해서 그가 늘어놓은 이상야릇한 이야기에 귀기울인 이유를 생각했다.

그는 정신병원에서 도망친 환자는 아니다. 하지만 그렇다고 그가 미치광이가 아니라는 법은 없다. 적어도 나보다는 미친 게 분명하다. 대체 그 집에 가서 뭘 하려는 걸까? 림보에서 밴더스내치[1]를 낚아 끄집어낸다? 아니면 거울을 뚫고 들어가

---

[1] 『거울 나라의 앨리스』에서 언급되는 괴물.

거나 토끼굴 속으로 빠져서 밴더스내치의 고향에서 놈을 사냥한다?

제정신이 들어서 분위기를 망치지 않을 정도로만 술기운을 유지하면 재미있는 시간이 되겠지. 제정신이든 아니든 사실 나는 들떠 있었다. 사십 년 전 핼러윈 이후로 이렇게 신난 적은 처음이었다. 그때는…… 아니, 그 이야기는 넘어가자. 어릴 때나 젊을 때 이야기를 주절주절 늘어놓는 건 늙었다는 증거고, 나는 그렇게까지 늙지는 않았다. 그럴 나이에 근접했을지는 몰라도.

다시 눈앞이 또렷해지기 시작했다. 방안에 엷은 안개가 들어찬 듯한 느낌은 여전했다. 알고 보니 안개가 아니라 담배 연기였다. 나는 창문을 바라보며, 자리에서 일어나 저기까지 갈 정도로 창을 열고 싶은지 궁리했다.

창문. 밤을 네모난 틀 안에 가둬놓은 검은 사각형.

자정. '자정에 어디 있었지?' 예후디와 있었지. '예후디는 누구지?' 거기 있지 않았던 작은 남자. 하지만 난 명함을 갖고 있지. '어디 볼까, 닥. 흐음. 그런데 네 벌레 번호가 뭐지?' 내 벌레 번호?

그때 흑의 룩rook이 백의 나이트를 잡았다.

담배 연기가 너무 짙었고, 그만큼 내 머리도 멍했다. 나는 창가로 걸어가 창틀 아래쪽을 밀어 창문을 열었다. 등뒤의 불빛 때문에 창문이 거울처럼 내 모습을 반사했다. 조그마한 체구의 하찮은 사내. 머리는 희끗희끗하고 안경을 꼈으며 넥타이는 심하게 삐뚜름했다.

그 사내가 나를 향해 씩 웃더니 넥타이를 정돈했다. 나는 초저녁에 앨 그레인저가 인용했던 캐럴의 시를 떠올렸다.

"아버지는 늙으셨죠, 윌리엄 아버지." 젊은이가 말했다네.
"머리칼은 여기저기 새하얗게 세셨고요,
그런데도 쉴새없이 물구나무서시다니—
그 나이에 어울리는 행동이라 보시나요?"

그러자 앨 그레인저 생각이 났다. 지금이라도 앨이 집에 올 가능성이 있을까? 자정 전까지는 언제라도 와도 좋다고 말했는데 지금은 자정이다. 나는 앨이 오기를 바랐다. 우리가 두기로 했던 체스 때문이 아니라 우리의 탐험에 그도 함께하기를 바라기 때문이었다. 그렇다고 두려웠던 건 아니고…… 아무튼 나는 앨 그레인저가 당장 나타나기를 바랐다.

어쩌면 앨이 그전에 왔거나 전화를 했는데 스미스가 말하지 않은 것인지도 모른다. 나는 스미스에게 물어보았다.

그는 고개를 저었다. "아뇨, 닥. 아무도 오지 않았어요. 전화는 당신이 집에 오기 전에 걸었던 것이 유일합니다."

그렇다면 더 생각할 것은 없었다. 앞으로 삼십 분 안에 앨이 나타나거나 내가 전화를 걸지 않는 이상은. 그리고 나는 전화를 하고 싶지 않았다. 겁쟁이 같은 행동은 저녁에 했던 것만으로도 충분하다.

그 순간, 조금 공허감을 느꼈다……

아니, 진짜로 뱃속이 공허했다. 오후 늦게 샌드위치를 먹긴 했지만 벌써 여덟 시간 전의 일이다. 그후로는 아무것도 먹지 못했다. 그러니 몇 잔 마시지도 않았는데 취기가 그렇게 빨리 올라오지.

나는 예후디에게 냉장고를 뒤져보지 않겠느냐고 제안했고, 그는 좋은 생각이라고 대답했다. 그리고 그건 정말로 좋은 생각이었다. 그도 나만큼이나 허기진 상태였기 때문이다. 우리는 삶은 햄 약 450그램과 호밀빵 한 덩어리, 그리고 중간 크기 병에 담긴 피클을 먹어치웠다.

다 먹고 나니 12시 반이 되어가고 있었다. 딱 한 잔 할 시간밖에 남지 않았다. 우리는 한 잔씩 마셨다. 뱃속이 가득차니 술맛도 훨씬 좋았고 아까보다 훨씬 부드럽게 내려갔다. 사실 술맛이 어찌나 좋았는지 나는 두번째 잔을 비우면서 술병을 가지고 가기로 결정했다. 이제부터 눈보라 속에 뛰어들게 될지도 모르니까.

"이제 가실까요?" 스미스가 말했다.

나는 창문을 닫는 게 낫겠다고 판단했다. 창문을 닫는데 어깨 너머로 예후디 스미스가 나를 기다리며 현관에 서 있는 모습이 유리에 비쳤다. 아주 선명한 상이어서 모난 데 없이 둥글둥글한 그의 얼굴, 입과 눈 주위의 웃음기 어린 주름, 불합리할 정도로 둥그스름한 몸이 잘 보였다.

갑작스러운 충동이 일었다. 내가 그에게 다가가서 한 손을 내밀자, 그는 이상히 여기는 듯하면서도 내 손을 맞잡으며 악수했다. 초저녁에 이 현관에서 처음 만났을 때는 악수를 하지 않았는데 어째서인지 지금 하고 싶었다. 내게 예지력이 있다는 이야기가 아니다. 예지력 같은 건 없다. 그런 게 있었다면 애초에 집밖으로 나가지 않았을 테니까. 왜 내가 갑자기 스미스와 악수를 나누었는지 지금도 모르겠다.

그냥 불쑥 일어난 충동이었겠지만 그 충동을 따랐던 것이 지금은 기쁘다. 그에게 음식과 술을 먹였던 것도 기쁘다. 적어도 그가 멀쩡한 정신으로, 또는 배고픈 채로 죽지는 않았으니까.

그리고 그때 이렇게 말해서 더더욱 기쁘다. "스미티, 난 당신이 좋습니다."

스미스는 기분좋으면서도 약간 당황스러운 듯했다. "고맙습니다, 닥." 하지만 그때 처음으로 그는 내 눈을 똑바로 바라보지 않았다.

우리는 밖으로 나와 정적에 싸인 거리를 걸어 그가 세워놓은 차에 올라탔다.

이상하게도 어떤 것은 아주 선명하게 기억이 나는데 또 어떤 것은 희미한 잔상만 남을 때가 있다. 지금도 그 차의 계기판에 누름단추가 있는 라디오가 붙어 있었으며, WBBM 방송국 단추가 눌려 있었고, 변속레버의 손잡이가 반짝반짝 잘 닦인 오닉스였던 게 눈에 선하다. 하지만 그 차가 문 두 개짜리 쿠페였는지, 아니면 네 개인 세단이었는지는 기억나지 않는다. 어느 회사 자동차였는지, 무슨 색이었는지는 아예 기억에 없다. 엔진 소리가 꽤나 시끄러웠다는 것은 기억한다. 오래된 차인지 신차인지 가늠할 유일한 단서는 그 엔진 소리와, 변속레버가 운전대 옆구리가 아니라 운전석과 조수석 사이에 있었다는 것뿐이다.

내 기억으로 스미스는 운전을 조심스럽게 잘했고 말은 거의 하지 않았다. 아마 엔진 소리가 시끄러워서였으리라.

내가 그에게 방향을 가르쳐주었지만 어느 경로를 따라 갔는지는 기억나지 않는다. 하긴 이게 중요한 건 아니다. 하지만 낡은 웬트워스 집으로 통하는 진입로를 처음에 못 찾았던 것은 기억난다. 그 집은 도로에서 좀 떨어져 있어서 대낮에도 나무에 가려져 잘 보이지 않았다. 그 집을 조금 지나친 지점에서 내가 옛날에 삼촌 부부가 살았던 농장을 알아보고 목적지를 지나쳤다는 것을 깨달았다.

스미스는 차를 돌렸다. 이번에는 내가 진입로를 알아보았다. 자동차는 진입로를 따라 나무들을 헤치고 웬트워스 집 앞에 닿았다. 스미스는 집 옆에 차를 세워뒀다.

엔진을 끄자 갑자기 찾아온 정적 속에서 스미스가 말했다. "우리가 제일 먼저 도착했군요."

나는 차에서 내리면서 술병도 챙겼다. 왜 그랬는지는 모르겠다…… 아니, 알고 있었나? 바깥은 너무나 어두워서 술병을 눈앞에서 기울여보았는데도 보이지 않았다.

스미스는 이미 헤드라이트를 끄고 운전석에서 내리고 있었다. 손전등을 들고 있었기에 그가 차 앞쪽을 돌아 다가오는 모습이 보였다. 나는 술병을 그에게 내밀었다.

"한잔하시겠어요?"

그러자 그는 "제 마음을 읽으셨군요, 닥" 하고 말하며 술을 한 모금 마셨다. 눈이 어둠에 조금 익숙해지면서 웬트워스 집의 외관이 보이기 시작했고, 옛 기억이 떠올랐다.

문득 실감했다. 세상에, 진짜 오래된 집이었다. 어린 시절, 여름방학이면 길 저편에 있는 삼촌의 농장에서 몇 주간 지내면서 일리노이 주 캐멀 시티라는 '도시' 소년으로서 시골 농장 생활을 체험했기에 이곳에 대해 잘 알고 있었다.

사십 년도 더 된 일인데, 그때도 낡은 집이었고 사람은 살지 않았다. 그후 누군가 지낸 적이 있기는 했으나 잠깐씩이었다. 그 몇 안 되는 사람들마저 어째서 이 집에 오래 살지 못하고 금방 떠났는지는 알 수 없었다. 귀신이 나온다고 불평한 사람은 한 명도 없었다. 공식적으로는 그랬다. 누구도 이 집에서 오래 지내지 않았다. 어쩌면 집 자체가 원인인지도 몰랐다. 보고 있으면 절로 마음이 울적해지는 곳이었으니까. 일 년쯤 전에는 《클라리온》에 이 집을 세 놓는다는 광고가 실렸고 가격도 아주 합리적이었지만 아무도 응하지 않았다.

갑자기 조니 해스킨스가 생각났다. 삼촌의 농장과 이 집 사이에 있는 농장에서 살던 소년으로, 함께 대낮에 이 집을 여러 번 탐험했다. 지금은 죽은 사람이었다. 1918년, 그러니까 1차세계대전이 끝날 무렵 프랑스에서 죽었다. 낮에 죽었다면 좋겠는데. 조니는 항상 어둠을 두려워했으니 말이다. 내가 높은 곳을 두려워하고, 앨 그레인저가 불을 두려워하고, 다른 누군가도 무언가 또는 타인을 두려워하듯이.

조니는 낡은 웬트워스 집도 물론 두려워했다. 나보다 몇 살 더 많았는데도, 내가 두려워하는 것보다 훨씬. 조니는 귀신이 있다고 믿었고 어둠만큼은 아니지만 귀신을 두려워했다. 나도 조니에게 영향을 받아 귀신을 두려워하게 되었고 성인이 된 후에도 한동안 귀신을 무서워했다.

이제는 아니다. 나이를 먹으면 귀신을 믿든 안 믿든 점점 무서워하지 않게 된다. 귀신이 실제로 있다면 말인데, 쉰을 넘기면 아는 사람들 중에 죽어서 귀신이 된 사람들이 너무나 많아져서 더이상 낯선 존재가 아니게 된다. 제일 친한 친구들 몇몇은 귀신이 되었는데 왜 그들을 무서워해야 하나? 게다가 몇 년 지나면 나도 그들과 같은 입장이 될지도 모른다.

그래서 나는 귀신도, 어둠이나 귀신이 나온다는 집도 무섭지 않았지만, 그래도 무서워하는 것이 있었다. 예후디 스미스는 무섭지 않다. 무서워하기엔 그가 너무나 마음에 들었다. 분명히 스미스에 대해 아무것도 모르면서 여기까지 따라온 것은 두말할 것 없이 어리석은 짓이었다. 하지만 그는 위험한 사람은 아니다. 얼마든지 돈을 걸어도 좋다. 그는 괴짜인지는 몰라도 위험한 인간은 아니다.

스미스는 차문을 다시 열면서 말했다. "양초를 가져왔는데 잊어버릴 뻔했네요. 이 집은 전기가 안 들어온다고 들었어요. 손전등도 하나 더 있으니 원하면 들고 가시죠."

나는 손전등을 원했다. 이제 기분이 좀 나아진데다, 손전등을 쥐니 갑자기 혼자 어둠 속에 남을 걱정이 사라져서 그런지 두려움도 약간 사라졌다. 조금 전까지 내가 두려워한 것이 무엇인지는 모르겠지만.

나는 손전등으로 현관을 비추었다. 집은 내가 기억하는 모습 그대로였다. 사람이 살았던 시간은 길지 않지만 그때마다 잘 수리했거나, 아니면 꽤 튼튼하게 지어진 듯했다.

예후디 스미스가 말했다. "가실까요, 닥. 안에서 다른 사람들이 오기를 기다리죠." 그러고는 앞장서서 현관으로 가는 계단을 올랐다. 우리가 발을 올리자 계단이 삐그덕거렸지만 부서지지는 않았다.

현관문은 잠겨 있지 않았다. 망설이지 않고 문을 여는 모습을 보니, 스미스는 그 사실을 알고 있었던 게 틀림없었다.

우리는 안으로 들어갔다. 스미스가 등뒤로 문을 닫았다. 우리 앞에서 손전등 불빛이 춤을 추면서 길고 어둑한 복도를 이리저리 갈랐다. 나는 집안에 카펫이 깔려 있고 가구도 갖춰져 있는 걸 보고 놀랐다. 어린 시절 탐험한답시고 들어왔을 때는 맨바닥에 가구 하나 없이 텅 비어 있었는데. 가장 최근에 여기 살았던 집주인이나 세입자가 무슨 이유에선가 나가면서 카펫과 가구를 그대로 두고 나간 듯했다. 아마도 가구 등이 완비된 상태로 세를 놓거나 팔고 싶어서였으리라.

우리는 복도 왼쪽에 있는 커다란 거실로 들어섰다. 여기에도 가구가 있었는데 하얀 천을 씌워놓았다. 천이 더러워지지도 않고 먼지도 많이 쌓이지 않은 것으로 보아 씌워둔 지 그리 오래되지 않은 듯했다.

무엇 때문인지 목덜미의 머리털이 곤두섰다. 아마도 흰 천을 씌운 가구가 유령처럼 보였기 때문이리라.

"여기서 기다릴까요, 아니면 다락으로 올라갈까요?" 스미스가 물었다.

"다락요? 왜 다락이죠?"

"거기서 모임이 열리거든요."

상황이 점점 더 마음에 들지 않는 쪽으로 전개되었다. 모임이 열리다니? 오늘밤 진짜로 다른 사람들이 여기 온단 말인가?

이미 시간은 1시 5분이었다.

나는 주위를 둘러보며 여기에 머무르고 싶은지 다락으로 올라가고 싶은지 내 마음을 가늠해보았다. 두 가지 다 미친 생각 같았다. 그냥 집으로 돌아가면 안 될까? 왜 집에 있지 않고 여기까지 온 걸까?

나는 흰 천을 뒤집어써서 유령처럼 보이는 가구가 마음에 들지 않았다.

"다락으로 올라가죠. 그편이 나을 것 같네요."

그래, 기왕 여기까지 왔으니 갈 데까지 가보는 편이 낫겠지. 다락에 진짜로 '저편'으로 갈 수 있는 거울이 있고, 스미스가 원하는 일이 함께 거울 속으로 들어가는 것이라면 그렇게 해주지 뭐. 다만 스미스가 먼저 들어가는 게 조건이야.

그전에 나는 들고 온 술을 한 모금 들이켜고 싶었다. 술병을 스미스에게 내밀었지만 그는 고개를 저었고, 나는 병을 입에 대고 기울였다. 식도를 통해 흘러내린 술이 뱃속에서 뭉치기 시작하는 차가운 기운을 어느 정도 누그러뜨렸다.

우리는 계단을 통해 2층으로 올라갔고, 그동안 유령이나 스나크[1]는 나오지 않았다. 2층에 올라간 우리는 다락으로 연결된 계단과 통하는 문을 열었다.

우리는 계단을 올라갔다. 스미스가 앞장서고 나는 뒤를 따랐다. 그의 포동포동한 엉덩이가 내 코앞에서 움직였다.

내 머리는 이게 얼마나 어리석은 짓인지 끊임없이 일깨워주고 있었다. 이런 한밤중에 여기까지 오는 게 얼마나 미친 짓인지를.

'새벽 1시에 어디 계셨어요?' 귀신 나오는 집에. '뭘 하셨어요?' '보팔검들'이 오기를 기다렸지. '그게 대체 뭔데요?' 나도 몰라. '그자들이 뭘 하려고 했나요?' 나도 몰라. 진짜야. 뭔들 못했겠어. 맨드레이크 뿌리로 임신을 시키거나, 누가 타르트를 훔쳤는지 재판을 열거나, 백의 기사가 자기 말에 도로 올라타게 만들었을지도. 아니면 그냥 지난번 모임의 회의록을 읽고 벤칠리의 총무 회계 보고를 들었을지도. '벤칠리는 누구죠?' 예후디는 누구야?

그 이름 모를 조그만 친구는 누구죠?

---

[1] 루이스 캐럴의 시 「스나크 사냥」에 나오는 괴물.

닥, 이런 말 하긴 싫지만……

솔직히 말해……

정말 안됐다고 생각해요…… 하지만 사실인걸요. '닥은 술에 취해 있었어요. 그렇잖아요?' 아니, 완전히 맛이 간 건 아니었어. 그렇지만……

예후디 스미스의 포동포동한 엉덩이가 다락으로 향하는 계단을 오르고 있었다. 말의 궁둥이가 그의 뒤를 따라 계단을 오르고 있었다.

계단 꼭대기에 도달하자 스미스는 내게 손전등을 건네주며 양초에 불을 붙여 계단 난간에 놓을 동안 비춰달라고 부탁했다. 그리고 짧고 두툼해서 받침대 없이도 쉽게 세울 수 있는 양초를 주머니에서 꺼내 불을 붙였다.

다락방의 벽 앞에는 트렁크 몇 개와, 부서졌거나 낡아빠진 가구 몇 개가 아무렇게나 놓여 있었다. 한가운데는 비어 있었다. 유일한 창은 뒤편에 있었는데 안쪽에서 판자를 대어 막아놓은 상태였다.

나는 다락 안을 둘러보았다. 여기 가구들에는 흰 천을 씌워놓지 않았다. 그래도 아래층의 커다란 거실 못지않게 마음에 들지 않는 분위기였다. 우선, 촛불 하나의 미약한 빛으로는 이렇게 넓은 공간의 어둠을 몰아낼 수 없었다. 게다가 촛불 때문에 그림자가 일렁일렁거리는 것도 마음에 들지 않았다. 상상 속에서는 이런 그림자가 재버워크 따위로 보일 수도 있었다. 일렁이는 그림자로 하는 로르샤흐 검사[1]가 있어야 한다. 그림자를 보고 무엇이 떠오르는지 검사하면 그깟 잉크 얼룩보다 사람의 마음을 훨씬 더 잘 알 수 있을 테니까.

그래, 빛이 더 필요했다. 그것도 아주 많이. 하지만 스미스는 자기 손전등을 꺼서 주머니에 넣어버렸고 나도 내가 들고 있던 손전등을 꺼서 주머니에 넣었다. 물론 그것도 스미스의 것이지만, 나는 손전등을 켜뒀다가 건전지를 다 쓰는 일은 피하고 싶었다. 게다가 이렇게 넓은 방에서는 별 소용도 없었다.

"이제 어쩌죠?" 내가 물었다.

"다른 사람들을 기다립시다. 지금 몇시인가요, 닥?"

나는 촛불 빛에 간신히 시계를 들여다보고는 1시 7분이라고 말했다.

스미스는 고개를 끄덕였다. "일단 15분까지 기다립시다. 정확히 15분이 되면 사람들이 오든 안 오든 해야 할 일이 있어요. 어, 방금 자동차 소리 아닌가요?"

나는 귀를 기울였다. 확실히 자동차 소리 같은 것이 들렸다. 집 꼭대기인 다락에 있는지라 아주 잘 들리지는 않았지만 차 한 대가 큰길에서 이쪽으로 오는 소리를 들은 것 같았다.

---

[1] 좌우대칭인 잉크 얼룩이 있는 카드 열 장을 보여주며 무엇처럼 보이는지, 어떤 생각이 떠오르는지 자유롭게 이야기하며 피험자의 성격 및 심리 상태를 판단하는 심리검사.

아니, 확실히 그렇게 들었다.

나는 다시 병뚜껑을 열고 스미스에게 내밀었다. 이번에는 그도 한 모금 마셨다. 나는 꽤 길게 한 모금 들이켰다. 술이 점점 깨고 있었다. 지금은, 그리고 여기서는 제정신이어서는 곤란해. 나는 생각했다. 이 시간에 이런 데 있을 만큼 어리석으려면 술에 취해야지.

자동차 소리는 더이상 들리지 않다가, 갑자기 다시 들려왔다. 마치 차가 멈췄다가 다시 움직이는 것처럼. 이번에는 소리가 더 컸다. 하지만 다시 점점 작아졌다. 마치 차가 큰길에서 빠져나와 일 분쯤 멈춰 서 있다가 다시 돌아가기라도 한 것처럼. 이윽고 소리는 완전히 사라져버렸다.

그림자가 일렁일렁거렸다. 아래층에서는 아무 소리도 들려오지 않았다.

나는 몸을 약간 떨었다.

스미스가 말했다. "저 좀 도와주세요, 닥. 여기쯤에 준비를 해둬야 합니다. 작은 테이블을 한번 찾아보세요."

"테이블요?"

"네. 하지만 발견하더라도 건드리지는 마세요."

스미스는 손전등을 꺼내 다락의 한쪽 벽을 훑기 시작했고, 나는 다른 벽을 훑었다. 손전등을 켜서 저 빌어먹을 그림자를 비출 수 있어서 기뻤다. 하지만 어떻게 생겨먹은 테이블을 찾아야 하는지 알 수가 없었다. 주께서 내 원수의 목전에서 내게 상을 차려주시고[1], 이건가. 하지만 여기에는 내 원수가 없기를 바랄 뿐이다.

마침내 테이블을 찾았다. 다락의 뒤쪽 구석에 있었다.

다리가 셋 달린 작은 테이블로 위에 유리가 덮여 있고, 그 위에 자그마한 물체가 두 개 놓여 있었다.

나는 웃음이 나왔다. 귀신이든 그림자든 뭐든 다 잊어버리고 소리 내어 웃음을 터뜨렸다. 테이블 위에 놓인 물체 중 하나는 작은 열쇠였고 다른 하나는 코르크 마개로 막은 작은 유리병으로 꼬리표가 달려 있었다.

앨리스가 토끼굴에 떨어진 뒤 발견한 바로 그 테이블이었다. 테이블 위에 놓인 열쇠는 아름다운 정원으로 통하는 작은 문을 여는 열쇠였다. 작은 유리병은 목에 종이 꼬리표를 매달고 있었는데, 종이에는 "나를 마셔요"라고 쓰여 있었다.

나는 『이상한 나라의 앨리스』에서 존 테니얼[2]이 그린 삽화를 통해 그 테이블을 무수히 보았다.

등뒤에서 스미스가 다가오는 발소리가 들려서 나는 웃음을 그쳤다. 이 우스꽝스러운 복제품들도 그에게는 어떤 의식

---

[1] 「시편」 23장 5절.
[2] 루이스 캐럴과 직접 의논하면서 『이상한 나라의 앨리스』와 『거울 나라의 앨리스』의 삽화를 그린 삽화가.

을 진행하는 데 필요한 물품일 수 있으니까. 나에게는 우습게만 느껴졌지만 나는 스미스를 좋아했기에 그의 마음에 상처를 주고 싶지 않았다.

스미스는 미소조차 짓지 않았다. "네, 그겁니다. 15분이 되었나요?"

"조금 남았군요."

"좋습니다." 스미스는 한 손으로는 열쇠를, 다른 한 손으로는 병을 집었다. "다른 사람들이 좀 늦나봅니다. 그러니 우리끼리 첫 단계를 시작할까요. 자, 갖고 계세요." 그는 열쇠를 내 주머니에 넣었다. "그리고 이건 제가 마시죠." 그는 병에서 코르크 마개를 뽑았다. "저 혼자만 마셔야 하는 걸 사과드립니다. 당신은 그렇게 아낌없이 술을 나누어주셨는데 말입니다. 하지만 이해해주세요. 저희 모임에 입회하시기 전까지는……"

그가 정말로 당혹스러워하는 것처럼 보였기에, 나는 고개를 끄덕여 그의 뜻을 이해하고 사과를 받아들인다는 의사를 전했다.

나는 더이상 두려울 것이 없었다. 두려워하기에는 상황이 너무나 우스꽝스러웠다. 대체 저 "나를 마셔요" 유리병은 뭐란 말인가? 참 그렇지. 저걸 마시면 스미스의 몸이 작아져 키가 20센티미터 정도로 줄어들겠지. 그러면 이젠 "나를 먹어요"라는 꼬리표가 붙은 작은 상자를 찾아서 그 안에 든 케이크를 먹어야 해. 그러면 갑자기 몸이 점점 불어나서……

스미스는 유리병을 높이 들어올렸다.

"루이스 캐럴을 위하여."

건배를 하는 동작이었다. 그래서 나는 "잠깐만!" 하고 외치고는, 그때까지도 손에 들고 있던 술병에서 황급히 코르크 마개를 뽑고 병을 들어올렸다. 이제 겨우 '보팔검들' 모임의 첫 단계를 맛보려는 사람으로서, 내 입술이 저 신성한 묘약을 더럽히지 않아도 된다면 건배를 하지 못하거나 하지 말아야 할 이유도 없지 않나.

스미스는 작은 유리병을 내가 들고 있는 큼직한 술병에 가볍게 짤깍 부딪치고는 내용물을 입에 털어넣었다. 술병을 입으로 기울이면서 곁눈질로 보니 그는 예의 그 기술을 다시 쓰고 있었다. 유리병은 그의 입술에서 10센티미터는 족히 떨어져 있고 내용물은 한 방울도 빼놓지 않고 그의 입속으로 들어갔다.

내가 코르크 마개로 술병을 다시 막고 있는데, 예후디 스미스가 죽었다.

그는 "나를 마셔요"라는 꼬리표가 달린 유리병을 떨어뜨리고 목을 움켜잡았다. 내 생각엔 아마도 병이 바닥에 떨어지기도 전에 죽었을 것이다. 스미스의 얼굴은 고통 때문에 소

름 끼칠 정도로 무섭게 일그러졌지만 그가 고통을 느낀 순간
은 찰나에 불과했으리라. 눈은 여전히 뜨고 있었지만 급격히
공허해졌다. 그가 쿵 하고 쓰러지며 내 발밑이 흔들리자, 마치
집 전체가 흔들리는 것 같았다.

10

그가 꺼끌한 생각에 잠겼을 때
재버워크가 두 눈을 이글대며,
코를 쿵쿵대며 울울창창한 숲을 헤치고
허줄지줄 다가왔느니!¹

지금 생각해보니 나는 잠시 동안 아무것도 하지 못하고 멀거니 서서 안절부절못했던 것 같다. 그러다 간신히 몸을 움직일 수 있었다.

나는 스미스의 얼굴을 봤고, 그가 쓰러지는 모습을 목격했으며 그 소리도 들었다. 그가 죽었다는 사실은 의문의 여지가 없었다. 그래도 확인은 해야 했다. 나는 무릎을 꿇고 앉아 한 손을 그의 코트와 셔츠 안쪽에 넣고 심장박동을 느껴보려 했다. 아무것도 느껴지지 않았다.

한번 더 확인해보기로 했다. 스미스가 내게 준 손전등은 앞쪽이 둥글고 평평한 렌즈로 되어 있었다. 나는 렌즈를 그의 입

---

¹ 『거울 나라의 앨리스』 1장 '거울 속의 집'에 나오는 시 「재버워키」의 4연.

과 코에 갖다대고 잠시 기다렸지만 입김이나 콧김으로 뿌옇게 되는 일은 없었다.

스미스가 들이켠 작은 유리병은 상당히 두꺼운 유리여서 바닥에 떨어졌는데도 깨지지 않았고, 병목에 달린 꼬리표 때문에 멀리 굴러가지도 않았다. 나는 병을 건드리지 않은 채 무릎과 양손을 땅에 대고 엎드려 입구 쪽의 냄새를 맡았다. 좋은 위스키 향 외에는 어떤 냄새도 느끼지 못했다. 비터 아몬드 냄새¹는 나지 않았지만, 위스키 안에 들어 있던 것은 청산가리가 아니더라도 그만큼 강한 독성 물질이었을 것이다. 혹은 실제로 청산가리가 들어 있었는데 위스키 냄새 때문에 비터 아몬드 냄새가 가려진 것일까? 모를 일이었다.

바닥에서 일어나는데 무릎이 부들부들 떨렸다. 오늘밤 벌써 두번째로 죽은 사람을 봤다. 하지만 조지의 경우엔 그다지 마음이 쓰이지 않았다. 어떻게 보면 그는 당연한 응보를 받은 것이었고, 망가지고 찌그러진 차 안에 있었으니 죽은 모습을 직접 본 건 아니었다. 게다가 그때 난 혼자가 아니라 옆에 스마일리가 있었다. 지금 이 순간 스마일리가 나와 함께 이 다락에 있다면 은행에 저금해둔 전 재산 312달러를 모두 내놓아도 좋겠다는 심정이었다.

---

¹ 청산가리의 주요 성분인 사이안화물의 특징으로, 문학작품에서 '비터 아몬드 냄새'라 하면 청산가리 냄새를 의미하곤 한다. 일반적으로 먹는 스위트 아몬드와는 냄새가 다르다.

나는 여기서 곧장 뛰쳐나가고 싶었지만 겁에 질려 움직일 수가 없었다. 대체 어떻게 된 일인지 자초지종을 알 수만 있어도 좀 덜 무서울 텐데. 이렇게 터무니없는 일이 있을 수 있을까? 제아무리 미친 인간이라 해도, 그렇게 괴상한 핑계를 대면서 나를 여기까지 데려와 기껏 자기가 자살하는 광경을 목격하게 한다는 것은 도무지 말이 되지 않았다.

사실, 이런 어처구니없는 상황에서 한 가지 확신이 들었다. 스미스는 자살한 것이 아닐 터였다. 그럼 누가, 왜 스미스를 죽인 것일까? 보팔검들? 그런 단체가 있기는 한 걸까?

그들은 어디 있는 걸까? 왜 아직도 오지 않는 거지?

갑작스럽게 떠오른 생각 때문에 등골이 오싹해졌다. 어쩌면 그들이 벌써 왔을지도 모른다. 아까 스미스와 함께 기다리는 동안 자동차 한 대가 왔다 가는 소리가 들린 것 같았는데, 그때 운전자 외에 차에 타고 있던 사람이 내렸을지도 모르는 일 아닌가? 그런 다음 아래층에서 나를 기다리고 있다거나…… 지금쯤 저 계단으로 살금살금 올라오고 있을지도.

나는 계단을 휙 돌아보았다. 촛불이 일렁거리고 그림자가 춤을 췄다. 귀에 온 신경을 집중했지만 아무 소리도 들리지 않았다. 사방이 고요했다.

나는 움직이기 무서웠지만 차츰 움직이지 않는 것이 더 무서워지기 시작했다. 머리가 돌아버리기 전에 여기에서 나가야 해. 아래층에서 나를 기다리고 있는 게 뭐든, 그게 여기까지 올라와서 나를 덮칠 때까지 기다리느니 차라리 내가 내려가서 직접 마주하는 게 낫지.

권총을 스마일리에게 주지 않았으면 얼마나 좋았을까! 하지만 이제 와서 후회한들 권총이 내 손에 다시 돌아오는 것도 아니었다.

위스키병이 무기가 될 수도 있겠어. 나는 손전등을 왼손으로 옮기고 오른손으로 병목을 쥐었다. 아직 위스키가 반은 남아 있어 곤봉처럼 써도 될 만큼 묵직했다.

나는 발끝으로 살금살금 걸어 계단까지 갔다. 이 집에 들어오기 전부터 인기척은 충분히 냈고 스미스가 바닥에 쓰러지면서 집 전체가 흔들릴 정도로 큰 소리가 났으니 아래층에 누가 있다면 이 집에 다른 사람이 있다는 사실을 잘 알 텐데, 왜 그랬는지는 지금도 모르겠다. 소리를 내면 더 겁이 날 것 같아서 그랬던 것이리라.

계단 난간 끝 사각기둥 위에는 짧고 굵은 양초가 아직도 타고 있었다. 나는 양초를 건드리고 싶지 않았다. 결국 확인되지 않은 심장박동을 확인하기 위해 스미스를 만진 것 외에는, 이 집에 있는 어떤 것도 건드리지 않았다고 말할 수 있기를 바랐다. 하지만 양초가 넘어져서 화재를 일으킬 수도 있으니 촛불이 켜진 채 내버려둘 수는 없었다. 스미스는 촛농을 몇 방울 떨어뜨려 양초를 고정하지도 않았고, 그저 기둥 위에 세워 두기만 했으니 말이다.

나는 양초를 건드리지 않고 불어서 끄는 것으로 타협했다.

손전등으로 비춰보니 다락에서 2층으로 내려가는 계단에는 누구도, 무엇도 없었다. 계단 아래쪽 끝에 있는 문은 여전히 닫혀 있었다. 나는 계단을 내려가기 전에 마지막으로 한번 더 다락을 손전등으로 훑었다. 빛이 벽을 가르며 지나가자 그림자들이 펄쩍펄쩍 뛰었다. 그러다 나는 무슨 이유에선지 바닥에 팔다리를 아무렇게나 벌리고 누워 있는 예후디 스미스의 시체에 빛을 쏘았다. 부릅뜬 눈이 머리 위 서까래를 공허하게 바라보고 있었다. 얼굴은 죽는 순간의 무시무시한, 그러나 길지는 않았을 고통으로 일그러진 채 굳어 있었다.

그를 어둠 속에 혼자 두고 가야 한다니 영 내키지 않았다. 어리석고 감상에 치우친 생각이었지만 떨쳐버릴 수가 없었다. 자그마한 예후디 스미스는 아주 괜찮은 사람이었다. 대체 누가, 그리고 무슨 이유에서, 왜 이렇게 괴상한 방법으로 그를 죽였단 말인가? 대체 왜 이런 일을 벌인 것일까? 스미스는 오늘밤 여기 오는 것이 위험하다고 말했다. 그리고 죽었으니 자신이 걱정한 대로 된 셈이다. 그럼 나는?

거기까지 생각이 미치자 다시 덜컥 겁이 났다. 나는 아직도 다락에서 벗어나지 못하고 있었다. 누군가가, 아니면 무언가가 아래층에서 나를 기다리고 있다면?

　다락으로 이어진 계단에는 카펫이 깔려 있지 않아서 층계를 밟을 때마다 삐걱거리는 소리가 났다. 소리가 어찌나 큰지 나는 살그머니 내려가는 것은 포기하고 재빨리 계단을 내려갔다. 계단 끝의 문도 끼이익 소리를 내며 열렸지만, 반대편에 나를 기다리고 있는 존재는 없었다. 아래층에도 아무도 없었다. 현관으로 걸어가던 나는 손전등으로 드넓은 거실을 비춰 보았다가 무언가 희끄무레한 것이 이쪽으로 다가오는 것 같아 기겁했다. 하지만 그것은 하얀 천을 씌운 테이블이었고, 움직이는 것처럼 보였을 뿐이었다.

　나는 현관으로 나가 계단을 내려갔다.

　자동차는 진입로에 세워둔 채였다. 이제 보니 쿠페형이었고 내 차와 같은 모델이었다. 자동차로 걸어가는 동안 자갈이 발에 밟혀 잘각잘각 소리를 냈다. 아직도 무서웠지만 그렇다고 뛰어갈 용기가 나는 것도 아니었다. 문득 스미스가 자동차에 키를 놔두었을지 궁금해졌고, 부디 그렇게 했기를 필사적으로 바랐다. 이걸 다락에 있을 때 생각해냈어야 그의 주머니를 뒤져보았을 텐데. 하지만 세상이 뒤집힌다 하더라도 다시 다락에 올라가는 짓은 안 하겠어. 차라리 시내까지 걸어가는 편을 택하지.

　차문은 잠겨 있지 않았다. 나는 황급히 운전석에 앉아 손전등으로 계기판을 비춰보았다. 고맙게도 키가 꽂혀 있었다. 나는 얼른 차문을 닫았다. 바깥과 단절된 느낌이 들면서 마음이 좀 편안해졌다.

키를 돌리자 시동이 걸린 엔진이 소리를 냈다. 나는 저속 기어로 바꾼 다음 클러치를 밟기 전에 다시 중립 기어로 바꾸려다가 공회전하는 엔진을 그대로 내버려둔 상태로 온몸이 굳어버렸다.

이 차는 예후디 스미스가 나를 태우고 여기까지 온 차가 아니었다. 변속기 손잡이가 스미스의 차에서 보았던 매끄러운 오닉스가 아니라, 미끄럽지 않도록 올록볼록하게 만든 경화 고무 소재였던 것이다. 내 차의 것과 흡사했다. 타이어 두 개가 터졌지만 미처 갈아끼우지 못해서 차고에 놔둔 내 차.

그때쯤 그럴 필요가 없음을 확신했지만 일단 실내등을 켰다. 이미 알고 있었다. 시동을 걸고 기어를 바꾸는 감각, 엔진 소리, 그리고 다른 몇 가지 사소한 특징들로부터.

이건 내 차다.

도저히 있을 수 없는 일이라 오히려 나는 두려움을, 이 집에서 일 초라도 빨리 벗어나야 한다는 것을 잊어버렸다. 그리고 그때 내가 무서움을 느끼지 않은 것은 빈약하지만 나름의 이유가 있어서였다. 만약 누군가가 나를 습격하려 했다면 집 안에서도 얼마든지 기회가 있었다. 그런 사람이라면 내가 집

밖으로 나가도록 내버려두지도 않았을 테고, 차문을 잠그지 않고 차 안에 키를 남겨두지도 않았을 것이다.

나는 차에서 내려 오늘 아침에 펑크가 난 타이어 두 개를 손전등으로 비춰보았다. 멀쩡했다. 누군가가 갈아끼웠거나, 내가 트렁크에 넣어두는 핸드펌프로 어젯밤에 공기를 빼버렸다가 오늘 다시 공기를 넣었을 것이다. 생각해보니 후자가 좀더 그럴듯했다. 상태가 멀쩡했던 타이어가, 심지어 차는 차고 안에 얌전히 들어 있었는데 갑자기 두 개씩이나 동시에 펑크가 난다는 것은 아무래도 이상한 일이었다.

차 주위를 한 바퀴 돌면서 살펴보았으나 겉보기에는 잘못된 부분이 없었다. 나는 다시 운전석에 앉아 엔진을 켠 채로 일 분쯤 멍하니 있었다. 아주 희박하지만 예후디 스미스가 내 차에다 나를 태우고 여기까지 왔을 가능성이 있을까?

아니, 그럴 수는 없었다. 스미스의 차에 대해서 기억나는 것은 세 가지밖에 없지만 그 세 가지야말로 더할 나위 없이 확실했다. 변속기 손잡이 외에도, 나는 WBBM 방송국 버튼이 눌려 있던 누름단추 방식 라디오를 기억했다. (내 차에는 라디오가 없다.) 스미스의 차는 엔진 소리가 시끄러웠지만 내 차는 조용했다. 지금도 엔진이 공회전하고 있지만 소리는 거의 들리지 않을 정도였다.

내가 미치지 않고서야……

내가 다른 차를 상상으로 그려낸 것일까? 그렇다면 예후디 스미스도 내 상상 속 인물인가? 내가 내 차를 몰고 혼자서 여기까지 온 다음 혼자서 다락으로 올라간 것일까?

자신이 완전히 돌아버린 것이 아닐까, 그래서 환각 속에 갇혀 있는 것은 아닐까 하는 의심이 더럭 나는 것은 참으로 끔찍한 일이다.

나는 한밤중에 혼자서, 그것도 귀신 나오는 집 옆에 세워둔 차 안에서 그런 생각은 더이상 하지 않는 게 낫다고 마음먹었다. 계속 생각했다가는 머리가 이상해질 것이다. 이미 이상해진 게 아니라면.

나는 조수석에 놓아둔 술병을 들고 길게 한 모금 들이켠 다음, 차를 몰아 큰길로 나와 시내로 향했다. 속도는 내지 않았다. 신체적으로는 약간 취했을지 모르나 다락에서 있었던 끔찍한 일, 예후디 스미스의 급작스러운 죽음으로 충격을 받아 정신적으로는 멀쩡했다.

설마 그 모든 게 내 상상은 아니었겠지……

하지만 시내에 막 들어서자 의심이 다시 피어올랐고 그에 대한 답도 떠올랐다. 나는 길가에 차를 세우고 실내등을 켰다. 방금 겪은 일의 기념품으로 명함, 열쇠, 손전등이 남아 있었다. 나는 코트 주머니에서 손전등을 꺼내 살펴보았다. 싸구려 잡화점에서 흔히 볼 수 있는 손전등으로, 내 것이 아니라는 사실을 빼면 아무런 특징이 없었다. 하지만 명함은 다르다. 나는 주머니를 이리저리 뒤졌고, 걱정 때문에 거의 미칠 지경이 되어서야 셔츠 주머니에서 명함을 찾을 수 있었다. 그래, 이걸 갖고 있었지. 명함에는 변함없이 "예후디 스미스"라고 쓰여 있었다. 나는 기분이 좀 나아져서 명함을 주머니에 도로 넣었다. 그런 다음 열쇠도 살펴보기로 했다. 유리를 깐 테이블 위에 "나를 마셔요" 유리병과 함께 놓여 있던 그 열쇠.

열쇠는 스미스가 넣어준 주머니에 그대로 들어 있었다. 나는 지금까지 열쇠를 건드리지도, 가까이 들여다보지도 않았다. 물론 나는 이것이 다락방 테이블에 놓여 있는 것을 본 순간 바로 잘못된 종류의 열쇠임을 알아보고 웃음을 터뜨렸다. 이것은 예일 방식¹ 열쇠였으니까. 소설 속에서 앨리스가 아름다운 정원과 연결된 40센티미터쯤 되는 작은 문을 열기 위해 사용한 것은 황금 열쇠였다.

그러고 보니 다락에 있던 세 가지 소품은 하나같이 잘못되어 있었다. 테이블은 상판이 유리였는데, 사실은 테이블 전체가 유리로 만들어진 것이어야 했다.¹¹ 다락에 있던 테이블은 다리가 나무였으니 잘못되었다. 열쇠는 니켈도금이 된 예일 방식이어서는 안 되었고, "나를 마셔요" 유리병에는 독이

ǀ 미국의 라이너스 예일이 만든 일명 '맹꽁이자물쇠'와 열쇠를 말한다.
ǀǀ 『이상한 나라의 앨리스』 1장에는 유리로 된 테이블이 나온다.

들어 있으면 안 되었다. 책에서 앨리스가 맛본 대로라면 체리 타르트와 커스터드, 파인애플, 구운 칠면조, 토피, 버터 바른 따끈한 토스트가 섞인 듯한 맛이어야 했다. 스미스가 맛본 그런 맛이어서는 안 됐다.

나는 다시 느릿느릿 차를 몰았다. 이제는 시내에 접어들었고, 보안관 사무실로 가야 할지 주립 경찰에 전화를 걸지 결정을 내려야 했다. 나는 내키지 않았지만 보안관 사무실로 곧장 가는 편이 낫겠다고 마음을 정했다. 이 사건은 분명 케이츠 보안관이 맡을 일이었고, 도움이 필요하다면 그가 주립 경찰에 전화를 할 것이다. 그리고 내가 먼저 주립 경찰에 전화를 하더라도 어차피 그쪽에서 보안관에게 사건을 떠넘길 게 뻔했다. 보안관은 안 그래도 나를 몹시 싫어하니, 이런 중대한 범죄 사건을 그가 아닌 주립 경찰에게 곧장 신고해서 악감정을 부채질할 필요는 없었다. 나도 보안관이 나를 싫어하는 것 못지않게 그를 싫어했지만, 오늘밤만은 내가 그를 괴롭히기보다는 그가 나를 괴롭힐 가능성이 훨씬 높았다.

나는 보안관 사무실이 있는 청사 맞은편 거리에 차를 세워두고, 술을 또 한 모금 들이켰다. 케이츠에게 이야기를 전하러 갈 용기를 끌어올리기 위해서였다. 그다음 길을 건너 건물 2층에 있는 사무실로 통하는 계단을 올랐다. 운이 좋다면 케이츠는 없고 부보안관인 행크 갠저가 있을지도 모른다.

하지만 운이 좋지 않았다. 행크는 보이지 않고 케이츠가 전화로 누군가와 이야기하고 있었다. 내가 들어서자 그는 나를 흘긋 노려보고는 통화를 계속했다.

"그 정도는 여기 앉아서 전화만 해도 가능한 일이야. 가서 그놈을 찾아. 무조건 두들겨 깨워서 아무리 사소한 거라도 뱉어낼 정보가 있는지 알아봐. 그래, 돌아가기 전에 나한테 전화하고."

케이츠가 전화기를 내려놓고 끼익하는 날카로운 소리가 날 정도로 세차게 의자를 돌리더니 내 쪽을 바라보았다. 그러고는 소리치듯 말했다.

"아직 얘기해줄 만한 건 아무것도 없어."

랜스 케이츠는 항상 언성을 높여 말했다. 그가 한 번이라도 조용한 어조로, 심지어 평범한 목소리로 말하는 것도 들어본 적이 없다. 그는 언제나 벌겋게 달아올라 화난 듯이 보이는 얼굴과 잘 들어맞는 목소리로 말했다. 나는 케이츠가 침대에서도 그런 얼굴인지 종종 궁금했다. 궁금하기는 했지만 알아보고 싶은 마음은 전혀 없었다.

어쨌든, 방금 그가 내게 소리친 것은 전혀 신경쓰이지 않았기에 나는 그를 똑바로 보았다.

"살인 사건이 벌어져서 신고하러 왔어, 케이츠."

"으응?" 케이츠는 솔깃한 표정이었다. "마일스나 보니를 찾았다는 거야?"

그 순간에는 그 이름들을 듣고도 아무런 생각이 나지 않았다. 나는 그저 "사망한 사람의 이름은 스미스야"라고 말했다. 예후디라는 이름은 나중에 말하기로 마음먹었다. 아니면 말하지 않고 명함을 건네주기만 해도 되겠지. "시체는 간선도로 옆에 있는 웬트워스 집 다락에 있어."

"스토거, 지금 술 취했어?"

"술을 마시긴 했어. 하지만 취한 건 아니야." 나는 그렇기를 바랐다. 어쩌면 여기 오기 직전 차 안에서 마신 한 모금이 조금 과했는지도 몰랐다. 내가 듣기에도 내 목소리는 꽉 잠겨 있었고, 눈도 약간 풀린 것처럼 보이리라는 데 생각이 미쳤다. 막 눈앞의 광경이 흐물흐물거리기 시작했으니까.

"웬트워스 집 다락에서 뭘 하고 있었는데? 오늘밤에 거기 갔었다는 말이야?"

나는 다시 한번 케이츠 대신 행크 갠저가 있었으면 얼마나 좋았을까, 라고 생각했다. 행크라면 내 말을 진지하게 받아들여 시체를 찾으러 같이 갔을 텐데. 웬트워스 집 다락에서라면 내 이야기가 그렇게 괴상하게 느껴지지는 않을 텐데.

"그래, 방금 갔다 왔어. 스미스란 사람이 가자고 해서 같이 갔지." 내가 대답했다.

"스미스는 누군데? 아는 사람이야?"

"오늘 저녁에 처음 만났어. 날 만나러 왔거든."

"뭣 때문에? 그 집에선 뭘 한 거야? 거긴 귀신 나오는 집이 잖아!"

나는 한숨을 쉬었다. 케이츠가 쏟아내는 질문에 대답을 하지 않을 수가 없지만 갈수록 힘들어졌다. 어디 보자…… 대체 어떻게 하면 너무 미친 것처럼 보이지 않게 대답할 수 있을까?

"귀신 나오는 집이라고 해서 일부러 간 거였어, 케이츠. 그 스미스라는 사람이 오컬트에 관심이 있었거든. 초자연적 현상 말이야. 나더러 자기하고 같이 가서 어떤 실험을 하자고 했어. 그 사람 말로는 다른 사람들도 온다고 했는데 결국 아무도 안 왔지."

"무슨 실험인데?"

"나도 몰라. 실험을 시작하기도 전에 스미스가 죽어버렸으니까."

"그 사람하고 너 둘만 있었다는 거야?"

"그래." 나는 내 대답이 어떻게 들리는지 깨닫고는 덧붙였다. "내가 죽인 게 아냐. 그리고 누가 그랬는지도 몰라. 독살당했거든."

"어떻게 독살당했는데?"

내 머리 한구석에서는 이렇게 답하고 싶어했다. 『이상한 나라의 앨리스』에 나오듯, 유리 테이블에 "나를 마셔요"라는 꼬리표가 달린 작은 병이 놓여 있었어. 그걸 마셨지. 하지만 내 머리에서 분별력을 담당하는 부분에서는 그 사실을 케이츠가 직접 알아내도록 하라고 주장하고 있었다. 그래서 나는 이렇게 말했다.

"다락방에 그 사람이 마시도록 계획된 병이 하나 있었어. 누가 병을 갖다놓았는지는 몰라. 내 말을 안 믿는 것 같은데, 직접 가서 확인해보는 게 어때, 케이츠? 젠장, 지금 살인 사건을 신고하는 거라니까?"

그 순간 이 일이 살인 사건임을 입증하는 실질적인 증거가 없다는 생각이 들었다. 그래서 나는 마지막 말을 살짝 수정했다.

"최소한, 폭력에 의한 사망이라고."

케이츠는 나를 빤히 바라보았고 조금씩 납득을 하는 듯 보였다. 그때 전화가 울렸다. 케이츠는 다시 요란한 소리를 내며 의자를 돌렸다. 수화기를 집어든 그는 "여보세요. 보안관 케이츠입니다" 하고 소리를 질렀다.

그의 목소리가 좀 낮아졌다. "아닙니다, 해리슨 부인. 아직 아무것도 들은 게 없어요. 행크가 조사하러 닐스빌에 갔습니다. 돌아오는 길에 도로를 다시 한번 살펴볼 거고요. 상황을 파악하게 되면 즉시 전화를 드리겠습니다. 너무 걱정하지 마세요. 별일 아닐 겁니다."

그는 다시 의자를 돌렸다.

"스토거, 만약 지금 장난치는 거라면 아주 산산조각을 내주겠어."

그는 진심이었고 충분히 그렇게 할 수 있었다. 케이츠는 보통 체격으로 나보다 그리 크지 않았지만, 말 그대로 바위처럼 억세고 단단해서 자기보다 몸무게가 1.5배 나가는 남자도 가뿐하게 다룰 수 있었다. 또한 가학적인 성향이 있어서 그럴싸한 구실만 있다면 육체적 힘을 과시하기를 주저하지 않았다.

"장난치는 게 아니야." 나는 말했다. "그런데 마일스 해리슨과 랠프 보니한테 무슨 일이라도 생겼어?"

"행방불명이야. 마일스와 보니가 주급을 지불할 현금을 싣고 닐스빌을 떠난 게 11시 반이 조금 지나서니까 자정 무렵에는 도착해야 했다고. 지금 거의 2시가 다 되어가는데 두 사람이 어디에 있는지 아무도 몰라. 만약 네가 술에 취한 게 아니고 웬트워스에 진짜로 시체가 있다면 내가 주립 경찰에다 연락해주지. 난 마일스와 보니가 어떻게 되었는지 밝혀질 때까지 여기 박혀 있어야 하거든."

나로서는 그 편이 좋았다. 주립 경찰에 먼저 신고할까 생각도 했었거니와, 케이츠가 직접 주립 경찰에 신고한다면 뒷말도 없을 것이었다. 내가 그게 좋겠다고 말하려 막 입을 열려는

데 다시 전화가 울렸다.

케이츠가 다시 수화기에 대고 소리를 지르기 시작했다.

"은행원이 알기로는 곧장 나갔다 이거지, 행크? 그쪽에서는 별다른 일이 없었고, 맞나? 좋아, 일단 돌아와. 돌아오면서 도로 양쪽을 잘 살피라고. 행여 도로 바깥쪽으로 나갔을지도 모르니까…… 그래, 간선도로 말이야. 이쪽으로 오려면 그 길밖에는 없잖아. 참, 그리고 오다가 웬트워스 집에 들러서 다락을 한번 살펴봐…… 그래, 다락이라고. 닥 스토거가 술에 절어서 여기 와 있는데, 거기 다락에 시체가 있다고 박박 우기지 뭐야. 혹시 진짜로 시체가 있다면 문제가 될 테니까."

수화기를 때려부수듯 내려놓은 케이츠는 바쁜 척하느라 책상 위의 서류를 뒤적거리기 시작했다. 그러다가 드디어 무언가 할일을 찾은 듯, 폭죽 회사에 전화를 걸어 보니가 회사에 왔는지, 아니면 전화를 걸었는지 알아보았다. 대화를 들어 보니 보니는 어느 쪽도 하지 않은 듯했다.

문득 나는 내가 아직도 멍하니 서 있다는 걸 깨달았다. 케이츠가 부보안관 행크에게 명령을 내렸으니 이제는 행크가 돌아오기를 기다리는 것 외엔 할일이 없었다. 도로 양쪽을 살펴보며 천천히 운전을 할 테니 앞으로 삼십 분은 기다려야 할 것이다. 나는 의자 하나를 찾아 앉았다. 케이츠는 서류를 다시 뒤적거리며 내게는 눈길도 주지 않았다.

나는 보니와 마일스가 어떻게 되었는지 궁금해졌고, 사고를 당한 게 아니기를 바랐다. 사고가 났는데 두 시간째 방치되어 있었다면 가벼운 일이 아니라는 의미가 되니까. 둘 다 중상을 입은 것이 아니라면 벌써 한 명이 근처에서 연락을 했을 것이다. 물론 두 사람이 어딘가에 차를 세우고 한잔했을 수도 있겠지만, 두 시간 동안이나 술을 마시고 있을 가능성은 낮았다. 게다가 따져보면 두 사람이 그렇게까지 술을 마시는 건 불가능했다. 캐멀 시티뿐 아니라 우리 카운티 전체에서 술집은 자정에 영업을 종료하게 되어 있다. 그러니 두 시간 전에 술집이란 술집은 모조리 문을 닫았을 것이다.

지금이 2시가 아니라면 좋을 텐데. 이 순간 술 한잔이 절실해서뿐만 아니라, 뭔가 기다려야 한다면 보안관 사무실보다는 스마일리네 술집에서 기다리는 것이 훨씬 마음 편할 테니 말이다.

케이츠가 갑자기 의자를 내 쪽으로 돌렸다. "너는 보니와 해리슨에 대해선 아무것도 모른다는 거지?"

"전혀 몰라."

"자정에 어디 있었지?"

'예후디와 있었지.' 예후디는 누구지? '거기 있지 않았던 작은 남자.'

나는 말했다. "집에 있었어. 스미스와 이야기하면서. 12시

반 정도까지."

"다른 사람은 없었나?"

나는 고개를 저었다. 그러고 보니, 내가 알기로는 나를 제외하고 그 누구도 예후디 스미스를 본 적이 없었다. 만일 웬트워스 집에 그의 시체가 없다면, 그가 존재했다는 사실 자체를 증명하는 것도 쉽지 않을 판이었다. 내가 지닌 건 명함과 열쇠와 손전등뿐이었다.

"스미스란 자는 어디 사람이야?"

"나도 몰라. 말해주지 않았어."

"성은 스미스고, 이름은 뭐지?"

나는 잠시 망설이다가 대답했다. "기억 안 나. 그 사람이 줘서 명함을 하나 받아두었는데……" 케이츠가 명함이 집에 있다고 생각하게 하자. 아직은 보여줄 때가 아니야. 마음의 준비가 안 됐어.

"도대체 어떤 정신머리로 잘 알지도 못하는 사람하고 귀신 나오는 집에 간 거야?"

"그 사람은 나에 대해 알고 있었어. 루이스 캐럴의 팬이라는 사실 말이야."

"무슨 팬?"

"루이스 캐럴. 『이상한 나라의 앨리스』와 『거울 나라의 앨리스』를 쓴 사람." 그리고 유리 테이블 위의 "나를 마셔요" 유리병과 열쇠와 밴더스내치와 재버워크에 대해 쓴 사람. 하지만 이런 것들은 케이츠가 직접 알아내게 하자. 시체가 발견되고 내가 술 취했거나 미치지 않았다는 게 밝혀진 후에.

케이츠는 콧방귀를 뀌었다.

"『이상한 나라의 앨리스』라고!"

그는 족히 십 초가량 나를 빤히 노려보더니, 시간 낭비라고 판단했는지 다시 의자를 돌리고 서류를 뒤적이기 시작했다.

나는 주머니에 손을 넣어 명함과 열쇠가 있는지 확인했다. 그대로 있었다. 손전등은 차 안에 두었지만 그건 이제 아무런 의미가 없었다. 어쩌면 열쇠도 그럴지 모른다. 하지만 명함은 어찌 보면 나와 현실세계를 연결해주는 물건이다. 명함에 여전히 "예후디 스미스"라고 쓰여 있는 한, 나는 완전히 미친 건 아니다. 예후디 스미스라는 사람은 실제로 존재했으며, 내 상상력의 파편이 아니라는 것은 분명하다.

나는 주머니에서 명함을 살짝 끄집어내 다시 들여다보았다. 명함에는 여전히 "예후디 스미스"라고 적혀 있었다. 비록 눈의 초점을 또렷하게 맞추기가 좀 어렵긴 했지만. 글자가 불분명하게 보이는 것이 술을 한 잔, 혹은 여러 잔 과하게 마셨다는 증거였다.

가장자리가 흐릿한 글자 "예후디 스미스". 예후디, 거기 있지 않았던 작은 남자.

그리고 갑자기…… 어떻게 된 일인지는 모르겠지만 갑자기 확신이 들었다. 이 상황이 돌아가는 패턴은 모르겠으나, 어떻게 돌아가고 있는지는 알 것 같았다. 거기 있지 않았던 작은 남자.

그러니까 거기 없을 것이다.

행크가 돌아와서 이렇게 말할 것이다. '웬트워스 집 다락에 있다는 시체 얘기는 대체 뭐예요? 아무것도 없던데.'

예후디. 거기 있지 않았던 작은 남자. "나는 계단에서 한 남자를 보았네, 거기 있지 않았던 작은 남자. 오늘도 또 거기에 없었네. 아, 그 남자가 가버렸으면."

그 시는 이 상황을 예정하고 있었다. 아니, 그런 게 틀림없었다. 이게 이 상황이 돌아가는 패턴일지도 모른다. 예후디라는 이름은 우연이 아니었다. 바로 그때, 전부는 아니라도 그 패턴의 상당 부분이 한 가닥 통찰의 번개처럼 내 머릿속에서 번쩍였다. 독자 여러분도 술에 취해 있을 때, 그러나 지나치게 취하지는 않았을 때 그런 적이 있지 않던가? 무언가 아주 중요하고 이 우주 전체에 적용되지만, 태어난 후 여태까지 당신이 이해할 수 없었던 진리를 깨닫는 순간을 드디어 목전에 두었다는 느낌에 온몸이 떨리는 순간. 그리고 가능성은 아주 낮지만, 실제로 그 순간이 진리를 알기 직전의 순간일 수도 있다. 나는 이때 그런 확신이 들었다.

그러다 명함에서 눈을 떼자 생각의 맥락은 순식간에 사라져버렸다. 케이츠가 나를 빤히 바라보고 있었다. 이번에는 삐걱거리는 의자를 돌리지 않고 고개만 내 쪽으로 돌린 채 말이다. 그는 무언가를 추측하듯 미심쩍은 눈길로 나를 보고 있었다.

나는 그 시선을 애써 무시했다. 다시 생각의 끈을 붙들고, 이끌리는 대로 따라가려 했다. 뭔가를 깨닫기 직전이라는 느낌이 강하게 왔다.

"나는 계단에서 한 남자를 보았네." 다락으로 올라가는 계단에서 예후디 스미스의 포동포동한 엉덩이가 내 얼굴 바로 앞에 있었다.

아니다. 얼굴이 일그러진 불쌍한 시체…… 한때는 눈과 입 주위에 웃음 주름이 지던, 자그마하고 착한 남자였던 차가운 덩어리는 행크 갠저가 다락으로 올라갔을 때는 그 자리에 없을 것이다. 거기 있을 리가 없다. 시체가 거기 있다면 지금까지의 패턴과 맞지 않기 때문이다. 비록 현재로서는 그 패턴이 무엇인지 알아차리거나 이해하지는 못했지만……

의자가 요란한 소리를 냈다. 랜스 케이츠가 이번에는 몸도 내 쪽으로 돌렸기 때문이었다. "그 남자가 줬다는 명함이 그거야?"

나는 고개를 끄덕였다.

"그 남자 이름이 뭐야?"

케이츠 저 망할 자식. "예후디야. 예후디 스미스."

물론 본명이 아니다. 이때쯤 나는 확신했다. 나는 자리에서 일어나 케이츠의 책상으로 걸어갔다. 체면 깎이게 몸이 약간 비틀거렸다. 하지만 넘어지지 않고 목적지까지 갈 수 있었다. 나는 명함을 그의 앞에 놓고 다시 자리로 돌아와 앉았다. 이번에는 간신히 비틀거리지 않을 수 있었다.

케이츠는 명함을 들여다보고 나를 바라보았고, 다시 명함을 들여다보고 나를 바라보았다.

그때 난 내가 미친 게 분명하다고 확신했다.

"닥." 케이츠가 입을 열었다. 그의 목소리는 이제껏 들어본 적 없이 차분했다. "네 벌레 번호가 뭐지?"

11

"오, 굴들아" 하고 목수는 말했어.
"참 즐겁게 달려왔는데 이제
우리 다시 집으로 달려갈까?"
하지만 어디서도 대답은 들려오지 않았
지.[1]

나는 케이츠를 멍하니 바라보았다. 그가 미
친 건지, 아니면 내가 미친 건지. 그리고 지
난 한 시간 동안 나는 몇 번이나 내가 미
친 게 아닌가 의심했다. "네 벌레 번호가 뭐
지?" 지금 이런 상황에 처한 사람에게 대체
무슨 질문이지? 그럼 네 벌레 번호는 뭔데?

나는 한참 후에야 간신히 대답할 수 있
었다. "어?"

"벌레 번호. 라벨 번호 말이야."

그제야 이해가 갔다. 나는 미친 게 아니
었다. 케이츠가 무슨 말을 하는지 알 수 있
었다.

나는 노조에 가입되어 있다. 그러니까,

[1] 『거울 나라의 앨리스』 4장 '트위들덤과 트위들디' 중에서.

국제인쇄노동자조합과 계약하고 내 유일한 피고용인인 피트에게 노조에서 정한 임금을 지불하고 있다는 뜻이다. 캐멀 시티처럼 콩알만한 동네에서는 노조에 가입하지 않아도 인쇄소를 운영할 수 있지만 나는 노조를 신뢰했고, 인쇄노동자조합은 좋은 노조라고 생각했다. 노동조합 소속이기 때문에 우리 인쇄소에서는 모든 인쇄물에 노조 라벨을 넣는다. 작은 타원형 모양인데, 너무 작아서 시력이 좋지 않으면 잘 보이지도 않는다. 라벨 옆에는 마찬가지로 아주 작은 숫자가 찍혀 있다. 이 지역의 다른 노조 소속과 구분되는 우리 인쇄소만의 번호다. 그러니까 라벨에 있는 장소명과 옆의 인쇄소 번호를 합치면 그 인쇄물이 어느 인쇄소에서 제작된 것인지 알 수 있다.

노조에 속하지 않은 인쇄업자들은 그 타원형의 작은 표시를 '벌레'라고 불렀다. 내가 봐도 그 표시는 인쇄물 아래쪽 구석을 기어가는 자그마한 벌레처럼 보이긴 했다. 그리고 노조 소속이 아닌 인쇄업자들은 그 옆의 숫자를 '벌레 번호'라고 불렀다. 케이츠는 노조 소속 여부를 떠나 인쇄업자조차 아니었지만, 나는 닐스빌에 사는 그의 두 형제가 비노조 인쇄업자라는 사실을 그제야 떠올렸다. 그가 이쪽 업계의 속어를 아는 것도, 은연중에 그 문양에 대해 편견을 품고 있는 것도 당연한 일이었다.

"내 라벨 번호는 7이야." 내가 대답했다.

케이츠는 명함을 후려치듯 책상에 내려놓았다. 그러고는 콧방귀를 뀌었다. 책에는 '콧방귀를 뀌다'라는 표현이 자주 나오지만 실제로 소리를 들어본 적은 별로 없을 것이다. 하지만 케이츠의 콧방귀는 실제로 소리가 났다.

"스토거, 이 명함은 네가 인쇄한 거잖아. 처음부터 장난친 거지, 빌어먹을 자식아."

그는 자리에서 일어나려다가 도로 앉더니 책상의 서류를 들여다보았다. 그리고 이내 다시 나를 바라보았다. 내게 당장 꺼지라고 말할 것 같았으나 행크가 돌아올 때까지 기다리는 편이 낫겠다고 판단한 듯했다.

그는 서류를 뒤적거렸다.

나는 자리에 앉은 채 아는 사실들을 모아보려 했다. '예후디 스미스'의 명함은 우리 인쇄소에서 인쇄한 것이 분명해 보였다. 일어나서 확인해보지는 않았지만, 나는 어쩐 일인지 케이츠의 말을 의심 없이 받아들였다.

당연한 일 아닌가? 이것도 패턴의 일부일 테니. 진작 알아차렸어야 했다. 거의 모든 인쇄소가 8포인트짜리 개러몬드 활자를 사용하므로, 명함의 활자는 단서가 되지 못한다. 하지만 "나를 마셔요" 유리병에 독이 들어 있었으며, 행크가 다락방에 가봤자 예후디 스미스는 거기 없을 것이라는 사실에서 짐작할 수 있다. 그래야 패턴에 들어맞는다. 이제야 그 패턴이 무엇인지 알 수 있었다. 이것은 광기의 패턴이다.

그 광기는 나의 것일까…… 아니면 다른 누구의 것일까? 공포가 밀려왔다. 오늘밤 몇 번이나 공포가 엄습했지만 지금까지와는 다른 종류의 공포였다. 나는 오늘밤 자체가 두려웠다. 아니, 오늘밤의 '패턴'이 두려웠다.

술을 마시고 싶었다. 술이 절실히 필요했다. 나는 의자에서 일어나 문으로 걸음을 옮겼다. 다시 요란한 의자 소리가 나며 케이츠가 말했다. "어디 가려는 거야?"

"차에 두고 온 게 있어서. 금방 돌아올게." 나는 그와 말싸움을 벌이고 싶지 않았다.

"앉아 있어. 넌 여기서 못 나가."

이제는 그와 말싸움을 벌이고 싶어졌다. "내가 체포되기라도 한 건가? 죄목은 뭔데?"

"살인 사건의 주요 참고인이지, 스토거. 네가 말한 곳에 실제로 시체가 있다면 말이야. 만약 없다면 음주와 난동으로 바꿔도 되고. 선택권은 너한테 줄게."

나는 선택했다. 의자로 돌아가 앉았다.

나를 궁지에 몰아넣은 케이츠가 이 상황을 즐기고 있는 것이 빤히 보였다. 뒷감당이야 어찌되든, 여기가 아니라 《클라리온》 사무실로 가서 주립 경찰에 연락했다면 얼마나 좋앉을까.

나는 기다렸다. 케이츠가 '벌레 번호'를 언급하는 바람에 이게 어떻게 된 일이며 왜 예후디 스미스의 명함이 우리 인쇄소에서 인쇄된 것인지에 대한 생각이 머릿속에 가득했다. 따지고 보니 '어떻게'는 그리 어려울 것 같지 않았다. 인쇄소에서 나올 때 문을 잠그기는 하지만, 잠금장치는 다른 자물쇠에도 쓸 수 있는 싸구려 곁쇠로 간단히 딸 수 있다. 인쇄소에 들어가는 건 누구든지 가능하다. 그리고 그자가 누구든 간에, 인쇄에 대해서 쥐뿔도 모르더라도 명함을 인쇄하는 일은 가능하다. 많은 양의 활자를 배치하려면 인쇄 기술을 좀더 알아야겠지만, 활자 열 몇 개로 '예후디 스미스'라는 이름을 만드는 것은 그리 어렵지 않으니 말이다. 내가 인쇄소에서 명함을 만들 때 사용하는 조그만 수동 인쇄기는 조작이 간단해서 어린애라도(아니, 고등학생 정도는 되어야 할까) 금방 작동법을 알 수 있다. 어쩌면 눈썰미가 형편없어서 명함 종이를 무수히 낭비한 끝에 겨우 쓸 만한 한 장을 찍어냈을지도 모른다. 어쨌든 시간만 충분했다면 '예후디 스미스'라는 이름과, 내 벌레 번호가 구석에 찍혀 있는 명함 한 장을 그럴싸하게 만들어내는 건 일도 아니었으리라.

하지만 왜 이런 짓을 했단 말인가?

생각할수록 말이 되지 않았다. 다른 것보다 더욱 말이 되지 않는 가설이 하나 떠오르기는 했다. 사실 명함을 찍을 때 벌레 번호를 넣지 않는 편이 더 간단하다. 그러니까 그자는 수고롭게도 일부러 명함이 《클라리온》에서 인쇄되었다는 것을 표시한 것이다. 예후디 스미스의 죽음을 제외한다면, 모든 일은 기괴망측한 장난을 실현시킨 듯한 느낌이었다. 하지만 갑작스레 사람이 죽는 것은 장난이라고 할 수 없다. 예후디 스미스처럼 기상천외한 죽음이라 하더라도.

예후디 스미스는 왜 죽은 것일까?

저편 어딘가에 해답이 될 열쇠가 있을 것이다.

여기까지 생각하니 주머니에 든 열쇠가 떠올랐다. 나는 열쇠를 끄집어내 찬찬히 들여다보며 이걸로 뭘 열 수 있을까 고민하기 시작했다. 열쇠에 들어맞는 문이 어딘가에 있을 것이다.

열쇠는 눈에 익지 않았지만 그렇다고 영 낯설지도 않았다. 흔해빠진 예일 방식이었으니까. 내 열쇠일 가능성은 없을까? 내가 갖고 있는 모든 열쇠를 떠올려보았다. 집 현관문 열쇠도 예일 방식이기는 하지만 정식 예일 방식은 아니었다. 게다가……

나는 주머니에서 열쇠지갑을 꺼내 열었다. 다락방에서 가져온 열쇠를 왼쪽에 있는 현관문 열쇠 옆에 대보았다. 들쭉날쭉한 부분이 서로 맞지 않았다. 내 현관문 열쇠를 복제한 것은 아니다. 또 지갑의 오른쪽 끝에 있는 뒷문 열쇠와는 더욱 다르게 생겼다. 현관문 열쇠와 뒷문 열쇠 사이에 다른 열쇠가 두 개 더 있었지만 이것들은 아예 유형부터 달랐다. 하나는 《클라리온》 사무실 문 열쇠였고 다른 하나는 차고 열쇠였다. 나는 차고 열쇠는 한 번도 사용한 적이 없었다. 차고에는 자동차 외에는 값어치 있는 물건을 두지 않았기에 늘 열어놓고 다녔다.

생각해보니 내가 갖고 있던 열쇠는 열쇠지갑에 있는 네 개만이 아니라 다섯 개였던 것 같았다. 하지만 기억이 확실하지 않은데, 정말로 열쇠 하나를 잃어버렸다 해도 무슨 열쇠였는지 생각나지 않았다.

나는 열쇠지갑을 도로 주머니에 넣고 다락방에서 입수한 열쇠를 노려보다가, 갑자기 이 열쇠가 내 자동차 키를 복제한 것은 아닌가 하는 생각이 들었다. 하지만 자동차 키와는 비교해볼 수 없었다. 아까 키를 차에 꽂아둔 채로 내렸기 때문이다. 그때는 보안관 사무실에서 일이 분 정도만 머문 뒤 보안관과 함께 웬트워스 집으로 돌아가 시체를 확인하게 될 것이라 예상했다.

"그건 뭐야?" 케이츠가 물었다. 의자 소리가 나지 않도록 고개만 돌려서 내가 하는 양을 지켜보고 있었나보다.

"열쇠야." 내가 대답했다. "수수께끼를 해결해줄 열쇠. 살인 사건으로 가는 열쇠."

이번에는 요란한 의자 소리가 났다.

"스토거, 대체 뭐야? 그냥 술에 취한 거야, 아니면 머리가 돌아버린 거야?"

"나도 모르겠어. 넌 어느 쪽이라 생각해?"

케이츠는 코웃음을 쳤다. "열쇠나 줘봐."

나는 열쇠를 그에게 건넸다.

"어디 열쇠인데?"

"나도 몰라." 나는 다시 부아가 치밀기 시작했다. 이번에는 특별히 케이츠를 향한 것이 아니라, 그를 포함해서 모든 것에 화가 났다. "하지만 어디 열쇠인지 알 것도 같아."

"어딘데?"

"토끼굴 아래에 있는 방에 난 자그마한 문. 높이가 40센티미터 정도밖에 안 돼. 그 문은 아름다운 정원으로 통하고."

케이츠는 한참이나 나를 빤히 바라보았다. 나도 그를 마주 보았다. 이젠 될 대로 되라지.

바깥에서 자동차 소리가 들렸다. 분명 행크 갠저일 것이다. 간선도로 옆에 있는 웬트워스 집 다락방에서 예후디 스미스의 시체는 찾지 못했을 테고. 어쩐지 그런 확신이 들었다. 그러면 케이츠가 어떻게 나올지도 짐작이 갔다. 어차피 그는 처음부터 내 말을 한마디도 믿지 않았다. 순간 랜스 케이츠의 머릿속으로 들어가 (그에게 '머리'라는 게 있다면 말이다) 그가 무엇을 생각하고 있는지 알아보고 싶은 마음이 굴뚝같았다. 하지만 범인의 머리를 들여다보고 싶은 마음이 그보다 더 컸다. 우리 인쇄소의 수동 인쇄기로 예후디 스미스의 명함을 찍고, "나를 마셔요" 유리병에 독약을 넣은 그 사람.

행크의 발소리가 계단을 타고 올라왔다.

문을 열고 들어온 행크는 먼저 내 쪽을 흘깃 보면서 무심한 어조로 "안녕하세요, 닥" 하고 인사한 뒤 랜스 쪽으로 돌아섰다.

"사고 흔적은 찾지 못했어요, 랜스. 천천히 운전하면서 도로 양쪽을 다 살펴봤는데도요. 차가 도로 밖으로 튕겨나간 흔적 같은 건 없었어요. 그렇지만 둘이서 한번 더 살펴봐야 할 것 같습니다. 한 명이 천천히 운전하는 동안 다른 한 명이 앞뒤로 조명등을 계속 비추면서 가는 거예요. 그러면 더 자세히 볼 수 있을 겁니다." 그는 손목시계를 들여다보았다. "2시 30분밖에 안 됐어요. 6시나 되어야 해가 뜰 텐데, 그때까지 마냥 기다릴 수는……"

케이츠가 고개를 끄덕였다. "좋아, 행크. 하지만 이번에는 만일을 위해 주립 경찰 녀석들을 부를 거야. 그러니까…… 보니의 차가 다른 곳에서 발견될 수도 있으니까. 두 사람이 닐스빌을 떠난 건 확인되었지만 캐멀 시티로 돌아오는 길이었는지는 확실하지 않잖아.”

“여기로 돌아오지 않을 이유가 없잖습니까?”

“이유야 나도 모르지.” 케이츠가 말했다. “아무튼 이쪽으로 오는 길이었다면 도착하지 ‘못한’ 거겠지.”

처음부터 보안관 사무실에 오지 말 걸 그랬다.

나는 두 사람의 대화에 끼어들었다. “행크, 웬트워스에는 들러본 거야?”

행크가 나를 바라보았다. “그럼요, 딕. 대체 왜 이런 장난을 친 거예요?”

“다락방에 올라가봤어?”

“그럼요. 손전등으로 구석구석 살펴봤어요.”

이미 알고 있던 사실이지만 나는 두 눈을 꽉 감았다.

잠시 후 케이츠가 내게 말했다. “스토거, 어서 여기서 나가. 집에 가서 씻고 자라고.” 그의 목소리는 놀랍게도 부드럽다고 해도 좋을 정도였다.

나는 눈을 뜨고 행크를 바라보았다. “알았어. 내가 술에 취했거나 미친 거겠지. 그런데 행크, 다락으로 올라가는 계단 난간 끝 기둥 위에 타다 남은 양초가 있지 않았어?”

행크는 천천히 머리를 저었다.

“한쪽 구석에 상판이 유리로 된 테이블이 있지 않았어? 다락의 북서쪽 구석에 있을 텐데.”

"못 봤어요, 닥. 테이블을 찾고 있었던 게 아니니까요. 그런데 지금 생각해보니 계단 난간 끝에 양초 토막이 있었네요. 계단을 내려올 때 손으로 짚은 기억이 납니다."

"그런데 바닥에 시체가 있었던 건 기억나지 않는다고?"

행크는 이 질문에는 대꾸조차 하지 않고 다시 케이츠를 보았다.

"랜스, 제가 닥을 집에까지 태워다드릴 테니 그동안 주립 경찰에 전화를 하시겠어요? 닥, 차는 어디다 두셨나요?"

"길 건너편에."

"알겠습니다. 주차 딱지는 떼지 않을게요. 제 차로 집까지 태워다드리죠." 그는 허락을 구하듯 케이츠를 바라보았다.

케이츠는 허락했다. 그래서 그가 증오스러웠다. 케이츠는 나를 바라보며 싱글싱글 웃고 있었으니까. 저 망할 자식, 관대한 척하며 나를 불쌍하게 만들어놓고 즐기고 있어. 케이츠가 나를 하루 동안 유치장에 처넣겠다고 결정하면 맞서 싸울 수 있었다. 하지만 집에 가서 자라면서, 그것도 운전수까지 딸려 보낸다면……

행크 갠저가 말했다. "가시죠, 닥." 그는 이미 문으로 향하고 있었다.

나는 의자에서 일어섰다. 집으로 가고 싶지는 않았다. 지금 집에 간다면 예후디 스미스의 살인범은 밤거리를 활개치고 다닐 테고…… 그리고 뭘 한다는 말인가? 그게 내게 어떤 의미가 있지? 내가 예후디 스미스를 좋아했다는 것 말고는? 더군다나 예후디 스미스는 대체 누구란 말인가?

나는 입을 열었다. "이봐, 케이츠……"

케이츠는 내 뒤쪽에 있는 문을 보며 말했다. "먼저 가 있어, 행크. 스토거의 차가 길가에 제대로 주차되었는지 아니면 도로 한복판에 서 있는지 살펴보고. 이 친구한테 한두 가지 당부를 하고는 바로 내려보낼게. 계단은 혼자 내려갈 수 있겠지, 설마."

이 자식은 내가 계단에서 굴러 목이라도 부러지기를 바라겠지.

"그러죠, 랜스." 행크의 발소리가 계단을 따라 멀어져갔다. 점점 작아진다.

케이츠는 나를 올려다보았다. 나는 그의 책상 앞에 선 채 시험에서 부정행위를 하다 교무실에 끌려온 남학생처럼 보이지 않으려고 기를 썼다.

그와 시선이 마주치자 나는 한 걸음 물러설 뻔했다. 나는 케이츠를 혐오하고, 그도 나를 혐오한다는 것을 알고 있다. 내가 그를 혐오하는 것은 그가 경찰로서 멍청하고 비열하다는 것을 알기 때문이었다. 그가 나를 혐오하는 것은 신문 발행인으로서 케이츠 같은 위치에 있는 사람을 물고늘어질 힘이 있고, 그런 힘을 사용하기 때문이라고 생각해왔다.

하지만 지금 그의 눈빛은 그런 것이 아니었다. 그건 순전히 나라는 '개인'에 대한 혐오와 악의였다. 미처 짐작하지 못했던 것이었기에 나는 충격을 받았다. 오십삼 년을 살아오는 동안 아무 일에나 쉽게 충격을 받지는 않았는데.

그 눈빛은 사라졌다. 마치 스위치를 내려 불을 끄듯 갑작스럽게. 케이츠는 이제 감정 없는 눈으로 나를 바라보고 있었다. 목소리 역시 무감정했고, 높낮이가 거의 없이 평소보다 훨씬 나지막했다.

"스토거, 자꾸 이런 식으로 나오면 내가 어떻게 대응할지 알고 있겠지?"

나는 대답하지 않았고, 그도 대답을 기대하지 않았다. 그래, 이렇게 전개되리라는 것도 어느 정도 예상하고 있었다. 술에 취해 난동을 부렸다며 하룻밤 유치장에 가둬놓는 것이 그 시작이겠지. 아침이 되어서도 내가 지난밤에 환상을 보았다고 주장한다면 케이츠는 버천 박사를 불러 정신감정을 받게할 수도 있을 것이다.

케이츠가 말했다. "그렇게 하지는 않겠어. 지금 이 순간부터는 내 근처에 얼씬도 하지 마. 알겠어?"

나는 이번에도 대답하지 않았다. 케이츠가 침묵을 동의로 받아들인다면 그렇게 하라지. 실제로 그렇게 받아들인 것 같았다.

"이제 여기서 꺼져."

나는 그의 말대로 꺼져주기로 했다. 홀가분한 마음으로 나갈 수도 있었지만 아까 보았던 케이츠의 눈빛이 마음에 걸렸다.

정복감을 만끽하는 영웅 같은 기분은 들지 않았다. 나는 강하게 나가야 했다. 범죄에 대한 객관적인 사실이 확인되었든 아니든 간에 웬트워스 집 다락에서는 분명히 살인이 일어났다고 끈질기게 맞섰어야 했다. 하지만 그러기에는 내 머릿속이 너무 뒤죽박죽이었다. 생각을 정리하고, 대체 어떻게 된 일인지를 곰곰이 따져볼 시간이 필요했다.

나는 계단을 내려가 밤공기 속으로 나왔다.

행크 갠저의 차는 바로 앞에 주차되어 있었으나 그는 길 건너편에 세워둔 내 차에서 막 내리는 중이었다. 나는 그쪽으로 걸어갔다.

행크가 말했다. "도로 경계석에서 좀 떨어져서 주차를 하셨더군요. 그래서 길가에 바짝 붙여놓았어요. 자, 키 받으세요."

나는 행크가 건넨 키를 받아 주머니에 쑤셔넣은 다음, 그가 방금 닫았던 차문을 다시 열고 조수석에 놔둔 술병을 꺼냈다. 차는 두고 간다 하더라도 술병을 두고 갈 이유는 없었다.

나는 뒤로 물러섰다가 차 뒤쪽으로 가서 뒤쪽 타이어 두 개를 다시 살펴보았다. 아직도 믿을 수가 없었다. 오늘 아침까지만 해도 이 둘은 완전히 납작해져 있었다. 이것 역시 풀리지 않는 수수께끼 중 하나였다.

행크가 다가와서 내 옆에 섰다. "왜 그러세요, 닥? 타이어를 살펴보는 건가요? 아무 문제 없던데." 그는 자기 앞에 있는 타이어를 발로 툭 찼고, 차 뒤쪽을 빙 돌아 반대편 타이어도 찼다. 내 쪽으로 돌아오던 그가 갑자기 멈춰 섰다.

"닥, 트렁크에서 뭐가 새고 있는데요? 페인트 통이라도 넣어두셨나요?"

나는 고개를 젓고 그쪽으로 다가가 행크가 무슨 말을 하는 건지 살펴보았다. 웬 액체가 트렁크 도어의 아래쪽 틈으로 새어나오는 모양새였다. 끈적하고 검은색에 가까웠다.

행크가 트렁크 도어 손잡이를 잡고 들어올리려 했다.

"안 잠겨 있어." 내가 말했다. "한 번도 잠그지 않았으니까. 안에 튜브도 없는 낡은 타이어 하나밖에 없거든."

행크는 다시 한번 힘을 썼다.

"안 열리는데 무슨 말씀을요. 트렁크 열쇠 좀 줘보세요."

또다른 퍼즐 조각 하나가 제자리에 들어맞았다. 잊어버리고 있었던 다섯번째 열쇠, 열쇠지갑의 한가운데에 있었어야 할 그 열쇠가 지금 어디에 있는지 알 수 있었다. 나는 아주 드물게 여행을 갈 일이 있어 트렁크에 짐을 실어야 할 때를 빼놓고는 내 차의 트렁크를 잠근 적이 없었다. 하지만 열쇠는 열쇠지갑에 넣어 다녔다. 트렁크 열쇠는 예일 방식이었으며, 몇 분 전에 지갑을 열어보았을 때는 그 자리에 없었다.

"케이츠가 갖고 있어." 그래야만 했다. 그 열쇠는 다른 열쇠와 별다를 것 없는 예일 방식이었지만, 예후디 스미스의 명함은 우리 인쇄소에서 찍은 것이었다. 그러니 그 열쇠도 내 것이리라.

행크가 말했다. "네?"

나는 다시 말했다. "케이츠가 갖고 있어."

행크는 눈을 꿈벅이며 나를 바라보았다. "잠깐만 있어보세요, 닥." 그는 길 건너편 자기 차로 갔다. 가는 도중 두 번이나 이쪽을 돌아보았다. 내가 차에 올라타서 가버리지 않는지 확인이라도 하듯.

그는 글러브박스에서 손전등을 하나 꺼내 들고 돌아왔다. 그러고는 허리를 숙여 트렁크 문 아래쪽에 새어나온 얼룩을 자세히 살폈다.

나도 허리를 숙여 살펴보려 했으나 순간 행크가 흠칫 물러섰다. 마치 내가 뒤로 다가가 자기 어깨 너머로 들여다보는 것을 두려워하기라도 하듯.

그래서 들여다보지 않기로 했다. 나는 그 얼룩이 무엇인지, 아니, 행크가 그 얼룩이 무엇이라고 생각하는지 알고 있었다.

"닥, 이상한 소리 하지 마시고, 열쇠 어디 있냐고요."

"이상한 소리 아니야." 내가 말했다. "랜스 케이츠한테 줬어. 그때는 그게 어떤 열쇠인지 몰랐거든. 지금은 알겠어."

그리고 내 차 트렁크 안에 무엇이 들어 있는지도 알 것 같았다.

행크는 반신반의하는 표정으로 나를 보더니, 내가 시야에서 벗어나지 않도록 비스듬히 도로 건너편까지 걸어갔다. 양손을 나팔처럼 만들어 입에 갖다대고는 보안관 사무실을 향해 외쳤다. "랜스! 랜스!" 그런 다음 재빨리 다시 고개를 돌려 내가 자기 뒤로 몰래 다가오거나, 차에 올라타 도망가지 않는지 확인했다.

아무 일도 일어나지 않았다. 행크는 같은 행동을 반복했다.

창문 하나가 열리고, 뒤쪽 조명 때문에 시커먼 그림자처럼 보이는 케이츠가 모습을 드러냈다.

"대체 뭐야, 행크? 할말이 있으면 올라오라고! 오밤중에 동네 주민들 다 깨울 일 있어?"

행크는 어깨 너머로 다시 나를 흘긋 보더니 외쳤다.

"아까 닥한테서 열쇠를 받으셨나요?"

"그래. 왜? 그 자식이 너한테도 이상한 헛소리를 했어?"

"그 열쇠 갖고 내려와주세요. 빨리요."

행크는 또다시 어깨 너머로 나를 보고는 이쪽으로 걸어오려다가 멈칫했다. 그 자리에 선 채로 나를 지켜보기로 마음먹은 듯했다.

창문이 거칠게 소리를 내며 닫혔다.

나는 차 뒤쪽으로 돌아가다가, 성냥을 꺼내 얼룩을 직접 살펴보고 싶은 충동이 일었다. 다음 순간 그래 봤자 무슨 소용인가 하는 생각이 뒤를 이었다.

행크가 몇 발짝 다가왔다. "어디 가시는 거죠, 닥?"

나는 도로 경계석 옆에 서 있었다. "아무데도." 나는 경계석 위에 주저앉았다.

기다리기 위해.

12

"그러니 되도록 빨리 잔들을 채우고
식탁에 단추와 밀기울을 뿌려라.
커피에는 고양이, 홍차에는 생쥐를 넣어
라……
그리고 서른 번씩 세 번, 앨리스 여왕을 환
영하라!"[1]

청사 정문이 열렸다가 닫히고, 케이츠가 도
로를 건너왔다. 그는 나를 흘긋 보고는 행
크에게 물었다. "무슨 일인데?"

"모르겠어요. 닥의 차 트렁크에서 피 같
은 게 새어나오고 있어요. 그런데 도어가 잠
겨 있어서…… 닥 말로는 열쇠를 넘겨주셨
다는데 그…… 닥을 여기 남겨두고 제가
올라가기는 뭣해서요. 그래서 여기서 부를
수밖에 없었어요."

케이츠는 고개를 끄덕였다. 그의 얼굴이
나를 향하고 있었기에 행크 갠저는 그를 제
대로 볼 수 없었다. 하지만 내게는 아주 잘

---

[1] 『거울 나라의 앨리스』 9장 '앨리스 여왕' 중에서.

보였다. 그는 행복해 보였다. 너무도.

케이츠는 한 손을 코트 안쪽에 넣어 권총을 꺼냈다.

"몸수색은 했나?"

"아뇨."

"해봐."

행크는 빙 돌아서 내 옆으로 다가왔다. 나는 일어나서 몸 수색하기 편하도록 양팔을 들어올렸다. 위스키병은 한 손에 쥔 채로. 행크는 내게서 술병보다 치명적인 물건은 찾아내지 못했다.

"아무것도 없어요."

케이츠는 권총을 내리지 않았다. 그는 다른 한 손을 주머니에 넣어 내가 그에게 주었던 열쇠를 꺼내 행크에게 던져주었다.

"트렁크 열어봐."

열쇠는 들어맞았다. 손잡이가 돌아가고, 행크가 도어를 들어올렸다.

나는 행크가 헉하고 숨을 들이쉬는 소리를 듣고 몸을 돌려 트렁크 안을 보았다. 시체 두 구가 분명하게 보였는데, 내가 서 있는 방향에서는 누구인지 알아볼 수 없었다. 행크가 손전등을 가까이 비추었다.

"마일스 해리슨이에요, 랜스. 랠프 보니도 있고요. 둘 다 죽었어요."

"어떻게 죽은 거야?"

"뭔가로 머리를 세게 내리쳤어요. 꽤 단단한 걸로, 둘 다 여러 번 내리쳤나봐요. 피가 아주 흥건해요."

"흉기도 같이 있나?"

"그런 것 같아요. 오래된 리볼버가 하나 있는데 손잡이에 피가 묻어 있어요. 니켈도금한 아이버존슨이고, 도금이 벗겨진 부분은 녹슬었어요. 38구경 같고요."

"돈은? 공장 직원들 급료 말이야."

"마일스 아래에 서류 가방 같은 게 있어요." 돌아선 행크의 얼굴은 백지장처럼 창백했다. "음…… 저…… 마일스를 옮겨야 할까요, 랜스?"

케이츠는 잠시 생각에 잠겼다. "그러지 않는 게 낫겠어. 사진을 찍어두는 게 먼저겠지. 행크, 사무실로 가서 카메라하고 플래시를 가져와. 그리고 헤일 박사한테 연락해서 지금 당장 오라고 하고. 음…… 둘 다 죽은 게 확실해?"

"그럼요, 랜스. 머리를 몇 번이나 맞은걸요. 도버그도 부를까요?"

도버그는 이 지역의 장의사로, 보안관 사무실에서 넘겨주는 장례와 관련된 일을 도맡아 처리했다. 그가 케이츠의 처남이기 때문일 수도 있다.

케이츠가 말했다. "그래야지. 차량도 가져오라고 해. 하지만 서두를 필요는 없다고도 전하고. 시신을 옮기기 전에 검시관이 살펴봐야 하니까. 사진도 찍어야 하고."

행크는 청사 정문으로 걸음을 옮기다가 다시 돌아섰다.

"저…… 랜스, 마일스의 아내와 보니의 공장에도 전화를 할까요?"

나는 다시 경계석 위에 앉았다. 어느 때보다도 술 한잔이 간절했고, 마침 술병이 내 손에 쥐어져 있었다. 그러나 지금 이 순간 술병을 입에 대는 것은 옳지 않아 보였다. 마일스의 아내와 보니의 공장이라. 이 차이는 대체 뭐람. 하지만 보니는 오늘 이혼했다. 그에게는 자녀가 없고, 내가 알기로는 캐멀 시티에 사는 친척도 없다. 그건 나도 마찬가지다. 내가 살해당한다면 누구에게 알려야 할까? 《캐멀 시티 클라리온》, 그리고 어쩌면 칼 트렌홀름 정도겠지. 물론 칼이 내 가장 친한 친구라는 사실을 알고 있는 사람이 있어야겠지만. 그래, 이렇게 생각하면 결혼을 안 하길 잘했다. 나는 보니의 이혼과 그 뒤에 숨은 사실들, 칼이 스마일리를 통해 말해준 사실들을 생각해보았다. 그리고 소식을 전해들은 마일스 해리슨의 아내가 어떤 심정일지 생각해보았다. 그건 조금 다르다. 왜냐하면 내가 갑자기 죽더라도 누구도 마일스의 아내처럼 받아들이지 않으리라는 사실이 좋은지 나쁜지 판단할 수 없었으니까 말이다.

문득 나는 지독히 외로워졌다. 저들이 지금 나를 체포한 다면 나는 변호사로 선임하기 위해 칼에게 전화를 할 수 있을 것이다. 지금 내가 처한 상황은 참으로 아득하지만 칼은 나를 믿어주겠지. 그리고 내가 제정신이라는 사실도 믿어줄 것이다. 그 사실을 믿어줄 단 한 사람이 있다면 바로 칼이다.

케이츠는 생각에 잠겨 있다가 말했다.

"아니, 전화하지 마. 특히 밀리는 안 돼. 밀리에게 전화를 했다가는 도버그가 시신을 옮기기도 전에 이리 달려올 거야. 그리고 공장에는 급료를 줄 현금이 그 안에 들어 있는지 확인 한 후에 전화를 하는 편이 낫겠어. 어쩌면 스토거가 돈을 따로 숨겨두어서 오늘밤 안에 찾아내기 어려울 수도 있으니까."

"네, 밀리한테는 전화하지 말아야겠네요. 저런…… 모습 의 마일스를 보여줄 수는 없으니까요. 그럼 헤일 박사와 도버 그에게 연락한 다음 카메라를 가지고 오겠습니다."

"말은 그만하고 빨리 움직여."

행크는 청사 안으로 들어갔다.

아무 소용 없겠지만 나는 말해야 했다.

"이봐, 케이츠. 내가 한 짓이 아니야. 내가 두 사람을 죽인 게 아니라고."

"이 개자식. 마일스는 좋은 놈이었다고."

"나도 알아. 내가 죽이지 않았어."

아까 저녁때 마일스한테 술을 사주었으면 좋았을걸 하는 생각이 들었다. 이런 일이 생길 줄 알았더라면 그를 끌고 가는 한이 있어도 술집에 갔을 텐데. 당연하게도 어리석은 생각이었다. 사람은 앞일을 내다볼 수 없으니까. 내다볼 수 있다면 아예 어떤 일이 일어나지 않도록 막을 수도 있다. 물론 『거울 나라의 앨리스』에 나오는 거울 속 세상에서는 가능하다. 그곳에서는 사람들이 거꾸로 살기도 하니까. 가령 거울 나라의 하얀 여왕은 비명을 먼저 지르고 그다음에 바늘에 손가락이 찔린다. 아니, 하지만 (물론 앨리스 이야기는 그냥 재미있는 난센스 문학작품에 지나지 않지만) 이때도 하얀 여왕이 바늘에 손가락이 찔릴 것을 알았다면 애초에 바늘을 집어들지 않을 수도 있지 않나?

재미있는 난센스라. 오늘밤이 되기 전까지는 그랬다. 지금은 누군가가 루이스 캐럴의 가장 즐거운 이야기로부터 뒤죽박죽인 공포를 만들어내고 있다. "나를 마셔요" 유리병에서는 급작스럽고도 끔찍한 죽음이 튀어나왔다. 아름다운 정원으로 이어지는 작은 문을 열어야 할 열쇠는…… 그 열쇠가 열어준 문 안은 들여다보고 싶지도 않다.

나는 한숨을 내쉬었다. 제기랄, 이렇게 끝나는 건가. 나는 이제 체포될 것이다. 케이츠는 내가 마일스와 보니를 죽였다고 생각하는데, 그렇게 생각할 법한 상황이기는 하다. 나는 칼이 꺼내줄 때까지 유치장에 갇혀 기다릴 수밖에 없겠지.

"일어서, 스토거." 케이츠가 말했다.

나는 일어서지 않았다. 왜 그래야 하나? 내 손에 쥐고 있는 술을 내가 마시고 싶은데 왜 마일스나 랠프 일을 신경써야 하나? 나는 코르크 마개를 돌리기 시작했다.

"일어서, 스토거. 아니면 쏴버리겠어."

케이츠는 농담하는 게 아니었다. 나는 일어섰고, 케이츠는 어둠 속에 서 있었다. 나는 사무실에서 그가 보였던 악의에 찬 눈빛, '너를 죽이고 싶어 못 견디겠군' 하는 표정을 기억했다.

그는 이 자리에서 망설임 없이 나를 쏠 것이다.

그렇게 하더라도 그는 더할 나위 없이 안전했다. 내가 몸을 돌려 도망치면 내 등을 쏘고, 내가 달아나려고 하는 바람에 총을 쏘았다고 주장하면 되니까. 내가 도망치지 않는다면 정면으로 나를 쏘고, 이미 마일스와 보니를 죽인 흉악한 살인마가 자기를 공격하려 하는 바람에 쏘았다고 말하면 된다.

그래서 케이츠는 행크를 사무실로 보내 두 곳에 연락하게 만들었던 것이다. 그러면 몇 분 동안은 돌아오지 않을 테니.

"케이츠, 진심은 아니겠지. 아무렇지도 않게 사람을 쏴죽이는 성격은 아니잖아."

"내 밑에 있는 부보안관을 죽인 사람이라면 기꺼이 쏴죽일 수 있지. 지금 죽이지 않으면 넌 처벌을 받지 않을지도 몰라. 정신병이니 뭐니 해서 교묘하게 빠져나가겠지. 분명히 그럴 거야."

그의 말대로 되지는 않겠지만, 케이츠 자신의 양심에게는 좋은 구실이 될 것이다. 그는 내가 자신의 부보안관을 죽였다고 믿고 있다. 그렇게 믿기 전부터도 나를 죽이고 싶을 만큼 미워했다. 증오와 가학적 성향…… 이제 거기에 완벽한 구실까지 더해진 것이다.

어떡하지? 소리를 지를까? 별 소용 없다. 족히 새벽 3시가 넘었을 테니 내 고함을 듣고 침대에서 일어나 무슨 일인지 알아보러 나올 사람은 없을 것이다. 행크는 지금쯤 뒤쪽 사무실에서 전화를 하고 있을 테니 때맞춰 창문으로 내다볼 수 없을 터였다.

게다가 케이츠는 내가 자신에게 달려들면서 고함을 질렀다고 주장할 것이다. 고함을 지르는 행위는 그에게 방아쇠를 당길 핑계만 줄 뿐이다.

케이츠가 이쪽으로 걸어왔다. 나를 정면에서 쏘려면 총상 주변에 화약 자국이 날 만큼 가까이에서 쏘아야 할 것이다. 그래야 내가 그에게 달려드는 바람에 쏘았다고 주장할 수 있을 테니까. 이제 내 가슴 한가운데를 겨눈 총구가 30센티미터 거리까지 다가왔다. 돌아서서 달아난대도 불과 몇 초 더 목숨을 부지할 뿐이다. 그럴 경우 케이츠는 내가 열 발짝 정도 달아날 때까지 기다렸다가 총을 쏠 것이다.

케이츠의 얼굴은 여전히 어둠에 묻혀 있었지만 그가 싱글싱글 웃고 있다는 것은 똑똑히 보였다. 눈을 비롯한 다른 부분은 보이지 않고 오로지 미소만 선명했다. 마치 앨리스 이야기에 나오는 체셔 고양이의 웃음처럼, 육체에서 분리된 듯한 웃음이었다. 체셔 고양이와는 달리 케이츠는 허공으로 사라지지 않을 것이다.

하지만 나는 사라지겠지. 무언가 예기치 못한 상황이라도 발생하지 않는다면 말이다. 가령 저쪽 보도에서 누군가 불쑥 나타나 목격자가 되어준다든가. 칼 트렌홀름이든, 앨 그레인저든, 누구든 목격자가 있다면 케이츠는 나를 아무렇지도 않게 쏴죽이지는 못하겠지.

나는 케이츠의 어깨 너머를 바라보며 큰 소리로 말했다. "어이, 앨!"

케이츠가 고개를 돌렸다. 당연히 그래야지. 진짜로 누군가가 이쪽으로 오고 있다면 위험을 무릅쓸 수는 없을 테니까.

그는 확인하기 위해 어깨 너머로 고개를 돌렸다.

나는 위스키병을 휘둘렀다. 어쩌면 내 손이 병을 휘둘렀다는 표현이 맞으리라. 나는 내가 병을 쥐고 있다는 사실조차 잊어버리고 있었으니까. 병은 케이츠의 옆머리를 쳤다. 그는 모자챙 덕분에 목숨을 건졌을 것이다. 모자를 쓰고 있지 않았다면 죽을 수도 있을 만큼 세차게 병을 휘둘렀으니까.

케이츠와 그가 쥐고 있던 리볼버가 각각 지면에 부딪쳤다. 위스키병은 내 손을 벗어나 보도에 떨어져 산산조각이 났다. 그러니 보도는 케이츠의 머리보다 단단한 셈이었다. 케이츠가 모자를 쓰고 있지 않았다면 그의 머리도 박살났을지 모른다.

나는 그가 죽었는지 확인하지도 않고 냅다 달아나기 시작했다.

물론 차를 타지 않고 두 발로 달려서. 차 키는 지금도 주머니에 들어 있었지만 시체 두 구를 실은 차를 모는 것은 목에 칼이 들어와도 하고 싶지 않은 일이었다.

한 블록쯤 달렸는데 벌써 숨이 차올랐다. 그제야 어디로 가야 할지 아무런 계획이 없다는 사실을 깨달았다. 나는 달리는 속도를 줄이고 오크 스트리트를 벗어났다. 처음 보이는 골목으로 들어섰다. 그러다가 쓰레기통에 걸려 넘어졌다. 그 참에 바닥에 주저앉아 숨을 고르면서 어디로 가야 할지 생각해보았다. 하지만 개 한 마리가 짖기 시작하는 바람에 그 자리를 떠야 했다.

정신을 차려보니 나는 청사 건물 뒤쪽에 와 있었다.

나도 랠프 보니와 마일스 해리슨을 죽이고 시체를 내 차에 실은 자가 누구인지 알고 싶었다. 하지만 지금 당장은 그보다 더 궁금한 것이 있었으니…… 내가 랜스 케이츠를 죽인 건지, 아니면 중상을 입힌 건지 알고 싶었다. 어느 쪽이든 내 입장은 상당히 곤란해졌다. 물론 그전에도 곤란한 상황이었던 건 마찬가지지만, 이번에는 내가 목숨을 구하기 위해 정당방위로 그랬다는 구실을 대야 하기 때문이다. 이건 그나마도 케이츠가 부상만 입었을 경우의 이야기다. 만약 그가 죽었다면 정당방위고 뭐고 없다.

무엇보다도 차에 실린 시체 두 구에 대해서 설명하지 못하면 나는 그 누구에게 어떤 변명도 할 수 없다.

가장 먼저 살펴본 창문은 잠겨 있지 않았다. 청사에는 평범한 좀도둑이 훔쳐갈 만한 물건이 없기도 하거니와, 보안관 사무실이 있어 밤에도 항상 사람이 있기 때문에 문단속을 제대로 하지 않은 듯했다.

나는 창문을 아주 천천히 밀었다. 끼익 소리가 나기는 했지만 2층에 건물 정면 방향으로 위치한 보안관 사무실까지 들릴 정도는 아니었다. 건물 안으로 들어간 나는 창문을 다시 닫아놓았다. 나를 쫓는 사람들이 이 골목까지 와서 내가 이 창을 이용했다는 사실을 알아채지 않으면 했다.

어둠 속을 더듬거리며 나아가다 의자 하나가 손에 잡혔다. 나는 잠시 의자에 주저앉아 남아 있는 지력을 짜내 다음에 무엇을 해야 할지 궁리했다. 지금은 상당히 안전했다. 내가 들어온 방은 재판정 옆에 있는 작은 대기실 중 하나였는데, 큰 소리를 내지 않는 이상 여기를 들여다볼 사람은 없었다.

지금쯤은 누군가 보안관을 발견했겠지. 아니면 알아서 정신이 들었거나. 정문 계단 쪽에서 발소리가 들렸다. 최소한 두 사람. 내가 있는 곳과는 꽤 멀어서 그들의 말소리까지는 들을 수 없었다.

그런 거야 나중에 생각해도 된다.

술 한잔이 미치도록 그리웠다. 내 평생 이렇게 술을 마시고 싶은 적이 없었다. 나는 위스키병을 놓쳐 깨뜨린 스스로에게 욕을 퍼부었다. 게다가 그 병은 내 목숨을 구해주었는데! 위스키병을 손에 쥐고 있지 않았더라면 나는 지금쯤 죽었을 텐데 말이다.

그 방에 얼마나 오래 앉아 있었는지는 모르겠으나 일 분은 넘지 않았을 것이다. 슬슬 움직여야겠다고 마음먹었을 때도 가쁜 숨이 채 가라앉지 않은 상태였으니까. 아마 위스키병이 수중에 있었다면 나는 기꺼이 날이 밝을 때까지 눌러앉아 있었으리라.

하지만 케이츠가 어떻게 되었는지 알아내야 했다. 내가 케이츠를 죽였거나 중상을 입히는 바람에 병원에 실려가서 현장에 그가 없다면, 나로서는 달아나는 것을 포기하고 경찰에 몸을 맡기는 편이 나았다. 하지만 그가 멀쩡히 깨어나서 나를 수색하는 일을 지휘하고 있다면 그건 그리 좋은 생각이 아니었다. 술병에 얻어맞기 전에도 나를 죽이고 싶어했으니, 이제는 나를 죽이고 싶어 안달이 난 나머지 그럴듯한 구실 따위를 댈 것도 없이 방아쇠를 당기리라. 행크든, 두들겨 깨워져서 수색에 참가하게 된 다른 부보안관이든, 검시관이든, 아니면 다른 누구든 그 광경을 지켜보고 있더라도 말이다.

나는 허리를 굽혀 신발을 벗은 다음 의자에서 일어났다. 바지 주머니에 신발을 한 짝씩 쑤셔넣고, 살금살금 걸어서 재판정을 지나 뒤쪽 계단으로 갔다. 청사는 수천 번도 더 왔다갔다했기에 내 집이나 《클라리온》 사무실 못지않게 건물 구조를 잘 알고 있었다. 무언가에 부딪치거나 걸려서 넘어질 일은 없었다.

나는 한 손으로 난간을 잡고 어두컴컴한 계단을 더듬더듬 올라갔다. 층계 한가운데는 밟으면 소리가 아주 크게 나기 때문에 한쪽으로 바싹 붙었다.

다행히 청사 2층은 정문 쪽 계단과 뒤쪽 계단 사이의 복도가 한 번 꺾인 형태였다. 때문에 층계를 다 올라가도 보안관 사무실을 출입하는 사람에게 들킬 염려가 없었다. 층계 위에 다다르자 보안관 사무실 근처 복도에서 흘러나오는 빛 덕분에 주위가 희미하게나마 보였다.

나는 발끝으로 살금살금 걸어 복도가 꺾이는 곳까지 간

다음, 카운티 측량사 사무실 문을 열었다. 이 사무실은 보안관 사무실 바로 옆방이었는데, 두 방은 사이에 뽀얀 유리를 끼운 문으로 서로 연결되어 있었다. 복도로 난 문은 잠겨 있지 않았다.

나는 조심조심 문을 열었다. 사무실 안으로 들어가 문을 닫으려 할 때 손잡이가 손에서 미끄러지며 문이 세차게 닫혔지만, 쾅 소리가 나기 직전에 간신히 문을 붙잡아 조용히 닫을 수 있었다. 문을 잠그고 싶었지만 잠금장치가 얼마나 큰 소리를 낼지 알 수 없어서 결국 잠그지 않기로 결정했다.

측량사 사무실 안은 지금까지와 비교하면 제법 밝았다. 보안관 사무실로 연결된 유리문이 밝은 노란색 직사각형으로 빛나는 덕분에 사무실 가구가 또렷하게 잘 보였다. 나는 발끝걸음으로 가구들을 피해 노란 직사각형으로 다가갔다.

이제는 사람들의 말소리가 들렸다. 문 옆으로 다가갈수록 더욱 잘 들렸다. 여전히 어느 게 누구 목소리인지는, 무슨 말을 하고 있는지는 알 수 없었다. 유리에 귀를 갖다대니 그제야 또렷하게 들을 수 있었다.

행크 갠저가 말하는 중이었다. "랜스, 전 여전히 믿기 어려운 게…… 닥은 점잖고 덩치도 작고 나이도 있는 사람이잖아요. 그런데 살인을 두 건이나 저지르고……"

"점잖다고!" 케이츠의 목소리였다. "그래, 제정신일 때는 그럴지도 모르지. 하지만 지금은 완전히 머리가 돌아버렸다고! 아니, 잠깐! 그 테이프는 좀 아껴 써."

헤일 박사의 목소리는 가늘어서 알아듣기가 힘들었다. 아마도 케이츠더러 뇌진탕이 없는지 병원에 가서 진단을 받아보라고 권하는 듯했다.

"말도 안 되는 소리." 케이츠가 말했다. "스토커를 붙잡기 전까진 안 가. 그 자식이 또 사람을 죽이기 전에 빨리 잡아야 해. 그 자식은 마일스와 보니를 죽였고 나까지 죽이려 했어. 행크, 시신은 어땠지?"

"간단하게 검시해봤는데……" 이번에는 헤일 박사의 목소리가 좀더 또렷이 들렸다. "사망 원인은 머리에 여러 차례 가해진 충격 때문인 것으로 보입니다. 무기는 보안관님 책상에 있는 저 녹슨 권총으로 보이고요. 권총 손잡이에 묻은 얼룩으로 판단해보건대 의심의 여지가 없습니다."

"시신은 아직 정문 쪽에 있나?"

"아뇨, 도버그 장의사葬儀社에 있습니다. 아니면 그쪽으로 이동하는 중일 거예요. 도버그와 직원 한 명이 운반차량을 몰고 왔더라고요." 행크가 말했다.

"닥." 케이츠의 목소리에 나는 너무 놀라서 펄쩍 뛰어오를 뻔했다. 하지만 내가 아니라 헤일 박사를 부른 것이었다. "다 돼갑니까? 이 망할 놈의 붕대 말이에요. 이대로 나가야 한다고요. 행크, 몇 명이나 연락했어? 지금 오고 있는 사람은 몇 명이지?"

"세 명입니다. 왓킨스, 엘러스, 빌 딘을 불렀어요. 몇 분 안에 도착할 겁니다. 그럼 우리까지 다섯 명이네요."

"당장 내가 할 수 있는 만큼은 했어요." 헤일 박사의 목소리였다. "되도록 빨리 병원에 가서 엑스레이도 찍고 검사도 받아보세요."

"물론이죠, 닥. 스토거만 붙잡으면 곧장 병원에 갈 겁니다. 어차피 주립 경찰이 도로를 감시하고 있으니 놈이 차를 훔치더라도 캐멀 시티 밖으로는 못 나갈 겁니다. 당신은 도버그 장의사로 가서 그쪽 일을 맡아줘요, 알았습니까?"

헤일의 목소리가 들렸지만 또 작아지는 바람에 알아들을 수 없었다. 곧이어 복도에서 먼저 발소리가 들렸고, 계단을 올라오는 또다른 발소리가 들렸다. 낮에 근무하는 부보안관 몇이 도착한 것이다.

케이츠가 말했다. "빌, 월트, 어서 와. 엘러스는 같이 왔나?"

"못 봤는데요. 오는 중이겠죠." 빌 딘의 목소리 같았다.

"됐어. 어차피 엘러스는 여기 남아 있으면 되니까. 둘 다 총 챙겼지? 좋아. 지금부터 너희 둘이 한 팀이고 행크와 내가 한 팀이 된다. 도시 바깥으로 나가는 도로는 신경쓰지 말도록. 거긴 주립 경찰 애들이 맡아줄 테니까. 아침까지는 기차도 버스도 없으니, 우리는 도시 안만 뒤지면 돼."

"도시를 반으로 나누어서 수색합니까?"

"아니야. 너와 빌은 차를 타고 다니면서 모든 거리와 골목을 샅샅이 살펴봐. 나와 행크는 스토거가 숨어 있을 만한 곳을 수색하겠다. 불이 켜져 있든 꺼져 있든 스토거의 자택과 《클라리온》 사무실은 조사할 거고, 그 외에 놈이 숨어 있을 만한 집이나 건물을 뒤질 거야. 빈집에 숨었을 수도 있지. 또 놈이 갈 만한 장소가 있나?"

빌 딘이 말했다. "닥은 칼 트렌홀름과 꽤 친하니까 그쪽으로 갔을지도 모릅니다."

"좋은 생각이야, 빌. 누구 또 의견 있나?"

행크가 말했다. "제가 보기엔 닥은 상당히 취했던데요. 그리고 들고 있던 술병은 깨져버렸고요. 어쩌면 술을 마시고 싶어서 술집에 몰래 들어갔을지도 몰라요. 그렇다면 틀림없이 스마일리네 술집이겠지요. 거의 늘 거기 죽치고 있으니까요."

"좋아, 행크. 거기도 살펴봐야겠어. 딕이 오고 있는 모양인데. 본격적으로 수색하기 전에 다른 의견이 있으면 얘기해봐."

엘러스가 보안관 사무실로 들어오는 듯했다. 행크가 말했다. "범인 중에는 달아났다가 되돌아와서 아무도 예상치 못한 곳에 숨는 경우도 있잖습니까? 등잔 밑이 어둡다고, 닥도 어쩌면 되돌아와서 우리 코앞에 숨는 게 제일 안전하다고 판단했을지 몰라요. 바로 이 건물 말입니다."

케이츠가 말했다. "저 말 들었지, 딕? 넌 사무실에 남아서 여길 지키는 게 임무야. 그리고 이 건물 전체를 수색해봐."

"알겠습니다, 랜스."

"한 가지 더. 놈은 위험해. 지금쯤 무장을 했을 테고. 그러니 망설이거나 하지 말고 놈을 보거든 바로 쏴버려."

"닥 스토거를요?" 깜짝 놀란데다 약간은 충격을 받은 듯한 목소리였다. 누구의 목소리인지는 알 수 없었다.

"그래, 닥 스토거를." 케이츠가 말했다. "그자가 덩치도 작고 남에게 해를 끼칠 일이 없는 사람이라고 생각할 수도 있겠지. 하지만 살인마들은 대체로 다 그런 사람 아니던가? 놈은 오늘밤에 사람을 둘이나 죽였고, 나도 죽이려고 했어. 아마 내가 죽었다고 생각해서 그냥 달아났겠지만, 그게 아니었다면 남아서 나를 확실하게 죽이려 했을 거야. 그리고 놈이 누굴 죽였는지 잊지 마. 마일스라고."

누군가가 뭐라고 중얼거렸다.

빌 딘인 듯한 목소리가 말했다.

"아직도 이해가 안 돼요. 닥 같은 사람이 왜…… 신문사를 운영하고 있으니 재산이 없는 것도 아니고 사기꾼도 아니잖아요. 그런 사람이 기껏 이천 달러 정도 훔치자고 갑자기 사람을 둘씩이나 죽이다니요?"

케이츠가 욕을 내뱉고는 말했다. "왜냐하면 놈은 완전히 미쳐버렸으니까. 놈한테 돈은 별 의미가 없었을 거야. 물론 돈도 챙기긴 했지만. 마일스 시체 밑에 깔려 있던 서류 가방에 고스란히 들어 있더군. 자, 이번 한 번만 말할 테니 잘 들어. 놈은 미치광이 살인마에다 마일스를 죽였어. 그러니 놈을 보자마자 방아쇠를 당기라고. 그놈은 완전히 맛이 갔다니까. 여기까지 들어와서는 웬트워스 집에서 예후디 스미스인가 뭔가 하는 인간이 어쨌다는 헛소리를 늘어놓았어. 그러면서 그걸 입증한답시고 명함을 내놓았는데, 그 명함이란 게 자기가 직접 인쇄한 거였다고. 한쪽 귀퉁이에 자기 인쇄소 벌레 번호, 그러니까 라벨 번호를 떡하니 찍을 정도로 미친놈이야. 게다가 나한테 열쇠 하나를 주더니 그게 뭔 아름다운 정원으로 통하는 40센티미터 높이의 작은 문을 여는 거라고 했어. 그런데 그건 사실 놈의 차 트렁크 열쇠였다고. 그 안에는 마일스와 보니의 시체와 함께 공장 직원들 급료가 들어 있었고. 게다가 자기 차를 직접 몰고 와서 이 청사 앞에 세워놨어. 그런 다음 여기까지 올라와서 열쇠를 나한테 넘긴 거야. 그러면서 나한테 그 귀신 나오는 집에 같이 가자고 했어."

"그 집에는 누가 좀 가봤나요?" 딘이 물었다.

행크가 말했다. "그래, 빌. 내가 닐스빌에서 오던 길에 들러

봤어. 구석구석 다 조사해봤는데 아무것도 없더라고. 닥이 미쳤다는 랜스 말은 사실이야. 그가 말하는 걸 나도 조금 들었거든. 닥이 위험인물이라는 게 믿어지지 않거든 랜스를 봐. 이번 일은 참 유감이야. 나도 닥을 좋아했으니까. 하지만 젠장…… 나도 랜스 말에 찬성이야. 닥을 보면 일단 쏴버려. 체포는 그다음 문제야."

누군가가 말했다. "젠장, 진짜로 닥이 마일스를 죽였다면……"

"닥이 그 정도로 미쳐버린 거라면……" 딕 엘러스의 목소리 같았다. "어떻게 생각하면 그냥 쏴버리는 게 차라리 도와주는 걸지도 모르겠네요. 만약 내가 사람을 죽일 정도로 미쳐버렸다면 남은 평생을 정신병원에서 썩느니 총 맞고 죽는 게 낫죠. 그런데 닥은 뭣 때문에 머리가 돌아버린 걸까요? 너무 갑작스럽잖아요."

"술 때문이지. 알코올 때문에 뇌가 서서히 녹아버리다가 갑자기 펑! 한 거야."

"닥은 그 정도로 많이 마시진 않았는데요. 일주일에 하루이틀 정도는 알딸딸할 정도로 마셨지만 알코올의존증 수준까지는 아니었어요. 게다가 그렇게 좋은 사람이었는데……"

누군가가 주먹으로 책상을 쾅 쳤다. 케이츠의 주먹이고 케이츠의 책상이었을 것이다. 삐걱거리는 것도 분명 케이츠의 의자다. 이어서 그의 목소리가 들렸다.

"지금 무슨 여편네들 모임에서 수다 떠는 중이야? 빨리 나가서 그놈을 찾자고. 그리고 보자마자 쏴버려. 이건 명령이야. 오늘밤에 벌써 부보안관 한 명이 죽었어. 희생은 그걸로 족해. 어서 나가."

여러 명이 우르르 문으로 나가는 발소리.

조금 멀리서 케이츠의 목소리가 다시 들렸다. "이 건물 수색하는 거 잊지 마, 딕. 지하에서 옥상까지 샅샅이 뒤져보라고."

"알겠습니다, 랜스."

여러 명의 묵직한 발소리가 계단을 타고 내려갔다. 그중 하나는 돌아서더니 복도를 따라 다가왔다.

카운티 측량사의 사무실 쪽으로.

내가 있는 곳으로.

13

그는 아주 오만하고 뻣뻣해서
이렇게 말했지. "내가 가서 깨우겠어, 만
일……"
나는 선반에서 타래송곳을 챙겨서
직접 그들을 깨우러 갔지.[1]

나는 엘러스가 케이츠의 명령을 곧이곧대
로 받아들여서 이 건물의 지하부터 옥상까
지, 그러니까 정확히 그 순서대로 수색하기
를 바랐다. 그러면 그가 지하층을 살피는
동안 정문이나 뒤쪽으로 빠져나갈 수 있을
테니까. 하지만 당장 이 층부터, 바로 이 방
부터 수색을 시작할 가능성도 있었다.

　나는 문까지 발끝으로 걸으면서 주머니
에서 신발 한 짝을 꺼냈다. 그런 다음 문 옆
의 벽에 바짝 붙어서서 엘러스가 문을 열
고 머리를 들이밀면 굽으로 후려칠 수 있도
록 신발을 손에 쥐었다.

　하지만 그런 일은 일어나지 않았다. 발

[1]　『거울 나라의 앨리스』 6장 '험티 덤티' 중에서.

소리는 문을 지나 뒤쪽 계단으로 내려갔다. 나는 그제야 숨을 제대로 쉴 수 있었다.

발소리가 뒤쪽 계단을 한 층 내려가자마자 나는 문을 열고 복도로 나왔다. 고요한 밤이 깔린 복도에 서니 엘러스가 계단 아래로 내려가는 소리가 잘 들렸다. 지하층으로 내려가지는 않을 테고, 아마 1층을 먼저 살펴보겠지. 그건 좋지 않았다. 엘러스가 1층에 있으면 정문이나 뒷계단으로 빠져나가는 것은 위험했다. 그럼 이 층에서 꼼짝할 수가 없다.

건물 바깥에서 차 한 대에 시동이 걸렸고 곧이어 다른 차도 엔진 소리를 냈다. 엘러스가 뒤쪽 계단을 통해 2층으로 올라온다면, 정문으로 나가는 편이 안전하다는 의미였다. 물론 1층으로 내려갈 수 있느냐가 관건이겠지만.

나는 청사 복도 중앙에 있었기에 앞쪽 계단과 뒤쪽 계단까지의 거리는 같았다. 바로 아래층에서 엘러스가 이리저리 걸어다니는 소리가 여기에서도 들렸지만, 정확한 위치를 가늠하기는 어려웠다. 이 건물에서 빠져나가려면 앞쪽이든 뒤쪽이든 방향을 정해야 했다.

나는 케이츠가 나를 찾는 데 철두철미한 수색을 지시한 것에 혼자서 욕을 내뱉었다. 내 집, 《클라리온》 사무실, 칼의 집, 스마일리네 술집이나 다른 술집 등, 내가 갈 만한 곳은 모조리 수색 대상이었다. 게다가 실제로 내가 있는 청사 건물까지. 그나마 부하들을 모두 동원해서 청사 건물을 훑지 않고 한 명에게만 그 임무를 맡긴 것이 다행이었다. 게다가 나는 케이츠의 말을 들었지만 그는 내 말을 듣지 못했고, 분명 내가 청사 건물에 있다고는 상상도 못했을 테니 그 점에서는 내가 유리했다.

그런데 젠장, 엘러스는 왜 저리 느긋한 거야? 나는 술 한잔이 간절했다. 여기에서 나가기만 하면 어디에서든 어떻게든 술을 구할 수 있을 것 같았다. 몸은 사시나무처럼 덜덜 떨렸고 머릿속도 그랬다. 한 잔만 들이켜면 제대로 생각할 수 있을 것만 같았다.

어쩌면 케이츠가 자기 책상 가장 아래 서랍에 술병을 감춰 두었을지도 몰라.

그때 심정으로는 정말 그럴듯한 생각 같았다. 나는 아래층에서 나는 소리에 온 신경을 집중했다. 엘러스가 건물 뒤쪽에 있다는 판단이 서자 발끝으로 걸어 건물 앞쪽인 케이츠의 사무실로 들어갔다.

나는 그의 책상 앞으로 돌아들어가 아주 조용히, 그리고 천천히 서랍을 열었다. 위스키병이 들어 있었다. 내용물은 없었다.

나는 나직하게 케이츠를 저주했다. 나를 죽이려 했던 것도 무리는 아니었다. 이 병에 든 위스키를 한 모금도 남기지 않고 다 마신 뒤였을 테니 말이다. 게다가 아주 좋은 브랜드였다.

나는 열었을 때와 마찬가지로 아주 조심스럽게 서랍을 닫아, 내가 여기 있었던 흔적이 남지 않도록 했다.

케이츠의 책상에 있는 종이 위에 리볼버 한 정이 놓여 있었다. 나는 이걸 가져가야 하나 생각했다. 처음에는 총이 녹슬었다는 사실이 무엇을 의미하는지 몰랐으나 곧 행크가 마일스와 보니를 죽인 둔기로 사용된 총을 묘사했던 말이 떠올랐다. 나는 허리를 숙이고 자세히 살펴보았다. 리볼버는 아이버존슨으로, 니켈도금이 군데군데 벗겨져 있었다. 이 총은 살인 사건의 흉기가 분명했다.

증거물 제1호.

나는 총을 집으려고 팔을 뻗었다가 다음 순간 황급히 손을 거두었다. 안 그래도 살인범으로 의심을 받는 판국인데 총에 지문까지 남겨서 이 계획을 꾸민 자를 도와줄 필요까지 있을까? 흉기인 총에 내 지문을 남기는 것이야말로 누명을 완성하는 일이다. 아니, 어쩌면 벌써 지문을 묻혀놓았는지도 모른다. 지금까지의 일을 생각해보건대, 총에 진짜로 내 지문이 남아 있대도 그리 놀라운 일이 아니리라.

그러다가 나는 천장에 닿을 만큼 펄쩍 뛰었다. 전화벨이 울린 것이었다.

첫번째와 두번째 벨 사이에 짧은 정적이 흐르는 동안 엘러스가 2층으로 올라오는 발소리가 들렸다. 내가 있는 보안관 사무실 안에서는 그가 앞쪽 계단으로 올라오는지 뒤쪽 계단으로 올라오는지 분간할 수가 없었고, 설령 알 수 있다 하더라도 달아날 시간이 없을 수도 있었다.

나는 미칠 듯이 애가 타서 사무실 안을 둘러보다가 문이 살짝 열려 있는 캐비닛을 발견했다. 나는 리볼버를 집어들고 캐비닛으로 돌진해 들어갔다. 캐비닛 문 뒤에 서서 숨을 쉬지 않으려 애쓰는데 엘러스가 들어와 전화기를 들었다.

"보안관 사무실입니다." 엘러스가 말했다. "아, 네, 랜스."

잠시 침묵이 흘렀다.

"《클라리온》 사무실에서 전화하시는 건가요? 스마일리 술집에도 없었고요? ……아뇨, 전화는 한 통도 안 왔습니다. ……네, 지금 돌아보고 있는 중입니다. 지하와 1층은 다 살펴봤고요, 이제 2층을 조사하려고요."

나는 속으로 욕을 내뱉었다. 엘러스가 지하층에 있을 때 밖으로 나갈 수 있었는데! 청사 건물이 너무나 조용해서 그가 지하에 있을 때도 마치 1층에 있는 듯한 소리가 났다.

"걱정 마세요. 그럴 가능성은 없을 겁니다. 한 손에 손전등을 들고 다른 한 손으로 총을 들고 있으니까요."

내 손에도 총이 들려 있었다. 그 순간 나는 케이츠의 책상에서 총을 집어든 것이 얼마나 멍청한 짓인지 깨달았다. 엘러스는 총이 책상 위에 놓여 있었다는 것을 분명 알고 있으리라. 만약 그가 그 사실을 떠올린다면, 통화중에 책상을 힐끗 보기라도 한다면……

하지만 신은 내 편이었다. 엘러스는 그러지 않았다. "알겠습니다, 랜스." 그는 그렇게 말하고 전화기를 내려놓은 다음 밖으로 나갔다.

엘러스가 도로 복도로 나가 니은 자로 구부러진 모퉁이를 돌더니, 저편에 있는 문부터 차례차례 열어보는 소리가 들려왔다. 엘러스가 다시 이쪽으로 오기 전에 재빨리 사무실을 나가 앞쪽 계단으로 내려가야 했다. 이 사무실을 수색할 차례가 되면 그는 분명 이 캐비닛 문도 열어볼 것이다.

나는 캐비닛 밖으로 나와 발끝으로 걸어 계단으로 향했다. 그리고 다시 밤공기 속으로, 오크 스트리트로 나왔다. 바깥에서는 빨리빨리 움직여야 했다. 나를 찾고 있는 차 두 대 중 하나가 언제든지 내 쪽으로 올 수 있기 때문이었다. 캐멀 시티는 작은 도시였고, 차 한 대로도 모든 거리와 골목길을 꽤 짧은 시간 안에 돌아볼 수 있었다. 게다가 나는 여전히 주머니에 신발을 쑤셔넣은 상태였고, 이제야 깨달았지만 여전히 한 손에는 리볼버를 쥐고 있었다.

엘러스가 창밖을 내다보는 일이 없기를 바라면서, 나는 모퉁이를 돌아 청사 건물 뒤편의 골목길 초입으로 뛰어갔다. 나에게 유리한 어둠 속에서 비교적 안전하다는 느낌이 들자마자, 나는 갓돌 위에 주저앉아 신발을 다시 신고 권총은 주머니에 넣었다. 권총을 가지고 다닐 마음은 전혀 없었지만 이제와서 버릴 수도 없었다.

심지어 딕 엘러스는 총 때문에 케이츠에게 혼이 날 것이다. 케이츠가 돌아와 총이 없어진 것을 알면, 그는 내가 청사 건물에 있었고 엘러스가 나를 놓쳤다는 사실도 알게 되겠지. 밖을 돌아다니는 동안 정작 나는 자기 사무실에 있었다는 사실을 알게 되리라.

나는 어둠 속에서, 부보안관을 태운 차가 이 골목을 수색하기로 작정하고 들이닥치기까지 몇 분 동안의 안전을 누리면서 앉아 있었다. 확인해보지 않아서 발사가 될지 안 될지 모르는 총 한 자루가 주머니에 들어 있고, 신발은 발에 신겨 있고, 내 손은 다시 떨리고 있었다.

나 자신에게 '작은 남자여, 이제는 어쩔 것인가?'라고 질문할 필요도 없었다. 작은 남자는 술을 원하는 정도가 아니라 술이 반드시 있어야 했다.

케이츠는 이미 스마일리의 술집에 들렀고 내가 없다는 것을 확인했다.

나는 골목을 따라 스마일리네 술집 쪽으로 걷기 시작했다.

재미있게도 나는 두려움을 서서히 극복하고 있었다. 약간

이기는 했지만 그래도. 사람이 너무 겁에 질리다보면 아드레날린 분비선인가 뭔가가 자극된다. 아드레날린이 공포에 젖게 만들거나, 아니면 사람을 흥분시켜서 공포에 맞서게 만들거나 둘 중 하나일 텐데 정확하게는 모르겠다. 아무튼 내 경우에는 전자라면 아드레날린이 제대로 작동하지 않았고 후자라면 제대로 작동했다. 나는 그날 밤 너무나 공포에 질린 끝에 공포가 지겨워져버렸다. 나 아니면 내 아드레날린 분비선이.

나는 용기 비슷한 것을 내고 있었다. 술김에 부리는 객기도 아니었다. 그때는 술을 마신 지 너무 오래되어 술맛도 기억나지 않을 정도였다. 나는 빌어먹게도 제정신이었다. 오늘의 기나긴 저녁과 기나긴 밤 동안 세 번 정도 고주망태가 되기 직전까지 갔었으나, 그때마다 무슨 일이 생겨서 한동안 술을 마시지 못하게 되었고, 그러다가 확 정신이 드는 사소한 상황이 발생했다. 갱단에게 납치되어 드라이브를 한다든가, "나를 마셔요" 꼬리표가 달린 유리병 내용물을 들이켜고 갑작스럽게 또는 끔찍스럽게 죽어가는 남자를 지켜본다든가, 내 차 트렁크에서 시체 두 구를 발견한다든가, 보안관이 나를 쏘아죽이고 싶어 안달하는 모습을 목격한다든가 하는 일상적이고 사소한 상황 말이다.

나는 골목을 따라 스마일리네 술집 방향으로 걸었다. 아까 나를 보고 짖던 개가 또다시 짖기 시작했다. 하지만 개를 상대하는 시간 낭비는 하지 않았다. 그저 골목을 따라 스마일리네 술집 쪽으로 걷기만 했다.

골목 끝에 이르자 건너야 할 거리가 나왔다. 나는 좌우를 얼른 살폈지만 거리 너머는 걱정하지 않았다. 보안관이 탄 차나 부보안관들이 탄 차가 갑자기 모퉁이를 돌아 나타나 내게 헤드라이트를 비추고 이어서 총알 세례를 퍼붓는다면, 뭐 그러면 그것으로 끝이다. 하도 걱정을 하다보면 걱정을 하지 않는 경지에 이르게 된다. 살해당할 위기에 몰렸으니 상황은 이보다 더 악화될 수 없다. 그러니 이다음은 진짜로 살해를 당하든가 아니면 상황이 나아지는 것밖에 없다.

상황은 나아지기 시작했다. 스마일리네 술집의 뒷방 창문이 열려 있었던 것이다. 나는 이번에는 신발을 벗어 드는 수고는 하지 않았다. 스마일리는 2층에서 자고 있겠지만 혼자였고 옆방에서 바주카포를 발사해도 깨지 않을 정도로 깊은 잠을 자는 친구였다. 이따금 참을 수 없을 정도로 무료하면 오후에 스마일리네 술집에 들르는데, 그때 스마일리가 자고 있으면 무슨 수를 써도 깨울 수가 없다. 그래서 나는 그가 자고 있을 때면 혼자 술을 찾아 마시고 금전등록기 옆에 돈을 놓고 나오곤 했다. 또한 스마일리는 베개에 머리를 대자마자 잠드는 유형이라 케이츠와 행크가 나를 찾느라 그를 잠시 깨웠다 하더라도 지금쯤이면 다시 잠들어 있을 것이다.

실은…… 머리 위에서 약하게 드르렁거리는 소리가 들리고 있었다. 아주 멀리서 들리는 천둥소리 같았다. 스마일리가 코를 고는 소리였다.

나는 어두컴컴한 뒷방을 더듬다가 술집으로 이어지는 문을 찾아 열었다. 밤새도록 켜놓는 희미한 등이 켜져 있어 술집 안은 그렇게 어둡지 않았다. 하지만 이미 케이츠가 술집에 들른 후니, 누군가가 금요일 새벽 3시 반이 넘은 시각에 술집을 지나치다 안을 들여다볼 가능성은 무시할 정도로 낮았다.

나는 바 뒤쪽에서 스마일리가 가지고 있는 것 중 제일 좋은 버번위스키병을 꺼냈다. 이것이 이 세상에서 마지막으로 마시는 술이 될 가능성이 컸기 때문에, 바 아래의 상자에서 탄산수병도 하나 꺼냈다. 나는 바가 니은 자로 꺾이는 자리로 갔다. 창문으로 들여다보이지 않는 자리이자 배트와 조지가 오늘 저녁에 앉아 있던 곳이기도 했다.

나는 병 두 개를 테이블에 놓고 다시 바로 돌아가 잔 하나와 칵테일용 막대를 챙기고 냉장고에서 얼음을 꺼냈다. 모처럼 하는 한잔이니 제대로 마시고 싶었다.

그런 만큼 값도 제대로 치르기로 결심했다. 마침 지갑을 보니 10달러짜리만 몇 장 있고 그보다 작은 액수의 지폐는 없기도 했다. 나는 10달러 지폐 한 장을 금전등록기 옆에 놓았다.

문득 거스름돈을 받을 날이 올까 궁금해졌다.

나는 테이블로 돌아와 칵테일을 한 잔 만들었다. 재료를 듬뿍 써서 제대로.

시가도 한 대 피워 물었다. 케이츠가 한번 더 올지도 모르므로 좀 위험한 일이기는 했다. 술집 안은 어둑어둑하고 이 자리는 바깥에서 들여다보이지 않지만, 그래도 담배 연기는 눈에 띌 수 있기 때문이었다. 하지만 그 정도 위험은 무릅쓸 가치가 있다고 생각했다. 지금까지 겪었던 갖가지 일에 비하면 이런 위험쯤은 아무것도 아니게 느껴졌다.

나는 술을 한 잔 쭉 들이켜고 시가도 한 모금 길게 빨아들었다. 기분이 좋아졌다. 양손을 뻗어보니 떨리지 않았다. 떨리지 않는다니 얼마나 바보스러운가. 하지만 떨리지 않고 있었다.

나는 생각했다. 이제야말로 차분히 생각할 시간이 생겼군. 예후디 스미스가 죽고 난 후 처음으로.

작은 남자여, 이젠 어쩔 텐가?

패턴. 지금의 패턴에서 뭔가 앞뒤가 맞는 것을 찾아낼 수 있을까?

예후디 스미스…… 이 이름은 의심의 여지 없이 본명이 아닐 것이다. 그리고 그가 내게 준 명함도 우리 인쇄소에서 찍은 것이 아니겠지. 그가 나를 찾아와서 했던 말이……

그가 나한테 뭐라고 했든지 그건 넘어가자고. 그냥 복잡하기만 하고 이해할 수 없는 헛소리들이니까. 그렇게 정신 나간 시간에 그렇게 정신 나간 장소로 나를 끌어내기 위해 지껄여댔을 헛소리일 테니까. 그는 나를 알고 있었어. 아니, 정정하자. 그는 나에 대해 많은 것을 알고 있었어. 내 취미가 무엇인지, 약점이 무엇인지, 내가 어떤 사람인지, 그리고 무엇에 흥미를 느낄지 알고 있었어.

예후디 스미스가 나한테 온 것은 계획된 일이었겠지. 아주 잘 짜인 계획이야. 명함이 증명해.

계획한 대로, 예후디 스미스는 아무도 없을 때를 골라 우리집에 온 거야. 아마도 자기 차 안에 앉아서 내가 집에 돌아오는 걸 지켜보았겠지. 카 부인이 집에 있다는 건 이미 알고 있었을 테니까. 그가, 아니면 다른 누군가가 저녁 내내 우리집을 지켜보면서 카 부인이 가고 예후디 스미스가 등장할 때를 기다렸을 거야.

아무도 그를 보지 못했겠지. 나를 빼고는.

그는 내가 쓸데없는 노력을 하게 만들었어. '보팔검들' 따위는 애초에 없었던 거야. 그것도 헛소리일 뿐이었어.

예후디 스미스가 헛소리로 나를 들뜨게 만들고 웬트워스 집까지 가게 만드는 동안 마일스 해리슨과 랠프 보니가 살해당했고 그들의 시체가 내 차 트렁크에 실리게 되었지. 이런 사건들의 연관점은?

이건 쉽지. 예후디 스미스는 살인자와 공범 관계였어. 범죄가 일어나는 동안 내 알리바이를 증명하지 못하게 나를 다른 사람들에게서 떼놓는 역할을 맡은 거야. 게다가 그 시간에 왜 그런 장소에 가게 되었는지 이유를 말하면 우리 어머니조차도 내 말을 믿어주려 하지 않을 테니까.

이 사실과 스미스가 살해당한 것의 연관점은 뭘까? 공장 직원들 급료를 줄 돈이 시체와 함께 내 차 트렁크에 고스란히 들어 있었던 사실은 어떻게 설명해야 하지?

결국 이해할 수 없는 헛소리가 되어버리는 건가.

나는 술을 한 모금 더 마셨다. 맛이 연했다. 처음 한 모금 마신 후 얼마나 시간이 지났는지 얼음이 거의 다 녹아 있었다. 버번위스키를 좀더 부었더니 다시 맛이 좋아졌다.

문득 케이츠의 책상에서 가져온, 두 명을 죽인 흉기인 녹슨 리볼버가 생각났다. 나는 주머니에서 리볼버를 꺼내 들여다보았다. 손잡이에 묻은 마른 핏자국을 건드리지 않게 조심하면서.

총알이 발사된 적이 있는지 살펴보려고 약실을 옆으로 밀어 열었다. 안은 비어 있었다. 나는 약실을 제자리에 돌려놓고 방아쇠를 당겨보았다. 녹슬어서 움직이지 않았다. 그렇다면 이 물건은 총으로 사용되지 않고 그저 두 남자의 머리를 깨

부수는 망치로 사용되었을 뿐이다.

이 총을 가져오다니 나는 얼마나 어리석은 짓을 한 것인가. 그야말로 살인자가 바라는 대로 행동해준 셈이다. 나는 권총을 도로 주머니에 넣었다.

문득 이야기를 나눌 사람이 있으면 좋겠다는 생각이 들었다. 이렇게 속으로 생각하는 것보다 소리 내어 말하면 상황을 더 잘 이해할 수 있을 것 같았다. 나는 스마일리가 깨면 좋겠다고 생각했고, 위층으로 올라가 그를 깨울까 잠시 고민했다. 하지만 그건 안 되지. 오늘밤 스마일리는 나 때문에 이미 한번 위험한 상황에 빠졌었잖아. 그리고 내 도움 하나 없이 우리 둘을 그 상황에서 구해냈고.

이건 순전히 내 문제야. 스마일리를 끌어들이는 건 할 짓이 아니야.

또한 이 일은 스마일리의 힘과 배짱이 필요한 게 아니지. 말하자면 체스를 두는 것 같은 일이고 스마일리는 체스를 두지 못해. 칼이라면 아마 이 일에서 내게 도움이 될 수도 있겠지만, 스마일리는…… 절대 아니야. 그리고 칼도 이 일에 끌어들이고 싶지 않아.

하지만 나는 이야기를 나눌 사람이 필요했다.

좋아. 어쩌면 내가 살짝 돌아버렸는지도 모르겠지만―술에 취한 건 아니야, 진짜 아니라고―아주 살짝만이야. 이야기를 나눌 사람이 필요하니 그런 사람을 불러내야지.

거기 있지 않았던 작은 남자.

　나는 그가 테이블 맞은편에 앉아 있다고 상상했다. 손에는 상상의 술잔을 든 채로. 그가 진짜로 맞은편에 앉아 있고, 그 잔에 진짜 술을 따라줄 수 있다면 얼마나 기쁠까. 그는 기묘한 표정으로 나를 바라보고 있었다.

　"스미티." 내가 불렀다.

　"네, 닥."

　"진짜 이름이 뭐죠, 스미티? 예후디 스미스가 본명이 아니라는 건 알아요. 그 이름은 이 사태의 일부니까. 당신이 내게 준 명함이 그걸 증명하죠."

　이건 올바른 질문이 아니었다. 그의 몸이 약간 흔들렸다. 마치 눈앞에서 사라지려고 하는 듯이. 나는 내가 대답할 수 없는 질문을 그에게 해서는 안 되었다. 그가 내 눈앞에 앉아 있는 것은 순전히 내가 그를 거기에 앉혔기 때문이니까. 그는 내가 모르는 사실이나 이해할 수 없는 일에 대해서는 내게 말해줄 수 없는 존재니까.

　약간 흔들리던 그의 몸이 다시 견고해졌다.

　"닥, 그런 건 말씀드릴 수 없군요. 내가 누구를 위해 그런 일을 했는지는 말할 수가 없어요. 아시잖습니까."

그렇지. 논리도 문법도 정확하게 구사하는군. 나는 그와 나 자신 모두에게 자부심을 느꼈다.

"맞아요, 스미티. 그런 질문을 해선 안 되죠. 일단…… 유감이라고 말하고 싶군요. 당신이 죽어서 정말 유감이에요."

"괜찮습니다, 닥. 어차피 인간은 언젠가 죽기 마련이지요. 게다가 그전까지는 분위기가 참 좋았어요."

"그래도 당신에게 음식을 대접해서 다행이었어요. 당신이 원할 때마다 술을 따라주었던 것도 지금 생각해보니 다행이었고요. 그리고 스미티, 유리 상판 테이블에서 유리병과 열쇠를 보았을 때 웃음을 터뜨렸던 거 사과합니다. 그 상황이 우스워서 웃지 않을 수가 없었어요."

"괜찮아요, 닥. 하지만 나는 진지하게 행동해야 했죠. 그것도 연극의 일부였으니까요. 진부하고 우스꽝스러웠던 건 사실이니까 당신이 웃어버린 것도 어쩌면 당연했어요. 그리고 닥, 내가 이렇게 된 것이 유감이에요. 나는 모든 상황을 알지는 못했어요…… 이제 당신도 알아차렸겠지만요. 이런 일이 생길 줄 알았더라면 유리병에 든 것을 마시지 않았을 겁니다. 내가 죽기를 원하는 사람처럼 보이진 않았잖아요. 그렇죠, 닥?"

나는 천천히 고개를 끄덕이며 그의 눈가와 입가에 새겨진 웃음 주름을 바라보았다. 그는 죽기를 원하는 사람처럼 보이지 않았다.

하지만 그는 죽었다. 갑작스럽고도 끔찍하게.

"정말 유감이에요, 스미티." 내가 말했다. "진짜로 유감스러워요. 당신을 다시 살릴 수 있다면, 당신이 진짜로 지금 그 자리에 앉아 있으면 얼마나 좋을까요."

그는 키들거렸다. "감상에 젖으면 안 됩니다, 닥. 그러면 생각이 흐려져요. 지금은 냉철한 사고가 필요해요. 아시잖아요."

"알아요. 하지만 감정을 해소할 필요가 있어서 말이죠. 좋아요, 스미티. 당신은 죽었고, 그건 내가 어떻게 할 수 없는 일입니다. 당신은 거기 있지 않았던 작은 남자예요. 그리고 나는 내가 대답할 수 없는 질문을 당신에게 해선 안 되고. 그러니 당신은 나를 도와줄 수 없어요."

"과연 그럴까요, 닥? 올바른 질문을 던진다 하더라도?"

"무슨 뜻이죠? 내 무의식은 내가 대답할 수 없는 질문의 대답을 알고 있다는 건가요?"

그가 소리 내어 웃었다. "프로이트는 끌어들이지 말죠. 지금은 루이스 캐럴에 집중해봅시다. 나도 사실 캐럴의 광팬이었어요. 벼락치기를 하기는 했지만 기본 지식은 있었지요. 캐럴에 관심이 없었다면 그 모든 것을 한꺼번에 외우는 건 불가능했을 겁니다."

'벼락치기'라는 표현이 마음에 걸렸다. 나는 그 표현을 머릿속에서 되뇌어보며 생각이 흘러가는 대로 따라갔다.

"스미티, 당신은 배우였군요? 젠장, 대답하지 말아요. 분명히 배우였을 테니까. 왜 그 생각을 못했지? 당신은 돈을 받고 이 일을 하도록 고용된 배우였어요."

그가 입술을 살짝 일그러뜨리며 미소 지었다.

"뛰어난 배우는 아니었죠. 그랬다면 당신이 내가 배우라는 생각을 하지도 못했을 테니. 게다가 이런 역할을 맡기로 했으니 아주 바보 같은 인간이기까지 했겠죠. 이 일에는 그자가 내게 말해준 것 이상의 무언가가 있다는 사실을 짐작했어야 했는데." 그는 어깨를 으쓱했다. "내가 당신에게 추잡한 속임수를 쓴 건 사실이지만, 나 자신은 더 추잡한 속임수에 당했어요. 그렇지 않습니까?"

"당신이 죽어서 유감이에요, 스미티. 빌어먹을, 난 당신을 좋아했다고요."

"그렇게 말해주니 기쁜데요, 닥. 요 몇 년 동안 나 자신을 그리 좋아하지 않았거든요. 지금쯤은 짐작하셨을 테니 말씀드릴 수 있지만, 나는 거의 빈털터리 상태였기 때문에 이런 일을, 그것도 그자가 제시한 수준의 돈만 받고 하기로 했어요. 게다가 그 망할 자식은 경비만 지급해주고 나머지 돈은 일이 끝난 다음에 주겠다고 했죠. 그러니 나는 이 일로 돈도 받지 못하고 목숨만 날린 꼴이 되었지요. 아니, 또 감상에 젖지는 마세요. 같이 건배라도 합시다."

우리는 건배를 했다. 목숨을 날리는 것보다 더 안 좋은 일도 있다. 그리고 미처 예상치 못한 때에 갑작스럽게 죽는 것보다 더 나쁘게 죽는 방식도 있다. 그러니까, 살기가 힘들다 싶어……

하지만 이 주제를 이어가다가는 얻을 게 없다.

"당신은 성격배우였군요." 내가 말했다.

"닥, 빤한 사실을 장황하게 논하시면 실망스럽습니다. 게다가 그건 '누군가'가 누구인지를 알아내는 데 도움이 안 되죠."

"'누군가'라뇨?"

"당신이 조금 전부터 이번 일을 떠올릴 때마다 그자를 그렇게 부르고 있잖습니까. 기억 못하시나요? '누군가'가 당신의 인쇄소에 몰래 들어갈 수 있었을 것이고, '누군가'가 조그만 수동 인쇄기로 그럴싸한 명함 한 장을 찍어낼 수 있었을 것이라고 추측하셨지요. 하지만 그 '누군가'가 왜……"

"이건 불공평하군요." 내가 말했다. "당신은 내 머릿속에 들어올 수 있지요. 왜냐하면…… 젠장, 왜냐하면 당신이 내 머릿속에 있으니까요. 하지만 나는 당신 머릿속에 들어갈 수 없어요. 당신은 그 '누군가'가 누군지 알지만 나는 모르지요."

"닥, 나도 그자의 진짜 이름은 모를 수 있습니다. 일이 잘못될 경우를 대비해서 그자가 내게 본명을 대지 않았을 수 있으니까요. 예를 들면…… 당신이 그 테이블 위에서 '나를 마셔요' 병을 보자마자 집어들고 홀랑 마셔버렸을 수도 있었지요. 그건 나만이 할 수 있는 일이라고 내가 미처 말하기도 전에 말입니다. 네, 이렇게 복잡하게 얽힌 계획에서는 일이 뜻대로 되지 않을 가능성이 꽤 높았지요."

나는 고개를 끄덕였다. "그래요. 앨 그레인저가 체스를 두려고 집에 찾아왔더라면 앨까지 데리고 웬트워스 집에 갔었을 수도 있고요. 또…… 아예 내가 그 집에 가지 못하고 죽었을 수도 있었지요. 당신도 알다시피 저녁 무렵에 아슬아슬한 사건이 있었으니까요."

"닥, 만약 그랬다면 이런 일은 절대 일어나지 않았을 겁니다. 그건 내가 말씀드리기 전에 생각해내셨어야죠. 당신이, 아니 당신과 스마일리가 저녁에 죽어버렸다면—물론 그 '누군가'가 그 사실을 알아차려야 한다는 가정이 붙겠지만 분명히 알아차렸겠죠— 랠프 보니와 마일스 해리슨은 그후에 살해당하지 않았겠지요. 적어도 오늘밤에는요. 계획을 끌고 나갈 바퀴 하나가 떨어져나갔으니 나는 그냥…… 내가 왔던 곳으로 돌아갔을 테고, 계획은 없던 일이 되었을 겁니다."

"그럼 내가 오늘밤 늦게까지 《클라리온》 사무실에서 일을 했더라면 어떻게 되었을까요? 여러 기삿거리 중 하나라도 제대로 쓸 수 있게 되어서 기사를 작성하느라고 말이죠. '누군가'는 이 사실을 알아차릴 수 있었을까요?"

"그건 말씀드리기 어렵군요, 닥. 하지만 추측해보세요. 어쩌면 나는 당신의 행동을 감시하면서 예정에 어긋나는 일이 생기면 '누군가'에게 보고하는 역할도 했을지 모르죠. 당신이 집을 나서면서 곧 돌아오겠다고 했을 때 나는 당신의 전화를 써서 그자에게 그 사실을 보고했을 겁니다. 그리고 당신이 집에 있는 나한테 전화를 걸어서 지금 돌아가는 중이라고 말했을 때에도, 당신이 집으로 걸어오는 동안 나는 그자에게 그 사실을 전화로 알려주었겠죠?"

"그땐 상당히 늦은 시간이었는데요."

"물론 그자가 예상한 시간보다는 늦었을 테니 계획을 잠시 중단하긴 했겠지요. 하지만 당신은 자정 전에 집으로 돌아왔고, 그후로 당신을 본 사람이 없도록 만들 수 있었습니다. 특정한 상황에서 그자가 닐스빌에서 돌아오는 마일스 해리슨과 랠프 보니를 막아 세우기에 늦은 시간은 아니었습니다."

"특정한 상황에서……" 나는 이렇게 중얼거리고는 내가 왜 이런 말을 했을까 궁금해졌다.

예후디 스미스는 미소를 지었다. 그는 잔을 들어올리고 잔 너머로 비웃는 듯한 눈길로 나를 보더니 술을 한 모금 마셨다.

"자, 계속하세요, 닥. 당신은 이제 겨우 두번째 칸에 도달했지만, 다음 수는 아주 절묘할 겁니다. 아시다시피 네번째 칸으로는 기차를 타고 갈 수 있지요."

"그리고 연기 한 번에 천 파운드나 하지요."

"그리고 그게 해답입니다, 닥." 그가 차분하게 말했다.

나는 그를 멍하니 바라보았다. 등골이 오싹했다.

술집 바깥의 어둠 어디에선가 4시를 알리는 시계 종소리가 들려왔다.

"그게 무슨 뜻이죠, 스미티?" 나는 느릿느릿 물었다.

거기 있지 않은 작은 남자는 상상의 병을 들어 상상의 위스키를 상상의 잔에 따랐다.

"닥, 당신은 지금까지 유리 상판 테이블과 유리병과 열쇠에 속고 있어요. 그건 『이상한 나라의 앨리스』에 나오는 것들인데, 이 이야기는 원래 『땅속 나라의 앨리스』였지요. 참 멋진 책이에요. 하지만 당신은 두번째에 있습니다."

"두번째 칸 말인가요? 그건 당신이 조금 전에 얘기했지요."

"아뇨, 두번째 '책' 말입니다. 『거울 나라의 앨리스』요. 이 책의 원제는 '거울 너머, 그리고 앨리스가 거기서 발견한 것'이죠. 그리고 닥, 당신은 앨리스가 거기에서 무엇을 발견했는지도 알고 있어요."

나는 내 잔에 술을 따랐다. 이번에는 예후디 스미스가 마시는 속도에 맞추기 위해 조금만 따랐다. 얼음이나 탄산수 따위는 신경쓰지 않았다.

그가 자기 잔을 들어올렸다.

"이제야 이해하셨군요, 닥. 전부 알아챈 건 아니지만, 그래도 그 정도면 시작으로는 충분합니다. 잘하면 동이 틀 때까지 살아남겠어요."

"그렇게 비관적으로 말할 필요 없어요." 내가 말했다. "난 분명히 동이 틀 때까지 살아남을 거니까."

"케이츠가 당신을 찾아서 다시 여기로 오더라도요? 지금 당신 주머니에 들어 있는 녹슨 총을 기억하세요. 총이 없어진 걸 케이츠가 알면, 앞서 당신을 찾으러 여기에 왔을 때 당신이 청사 안에 있었다는 걸 알아차릴 겁니다. 그러면 아까 찾아다닌 장소를 다시 수색하러 다닐지도 모르죠. 게다가 당신은 부주의하게도 시가 연기로 이 안을 가득 채우고 있어요."

"그래서 연기 한 번에 천 파운드나 한다는 건가요?"

그는 머리를 뒤로 젖히고 소리 내어 웃다가, 갑자기 웃음을 뚝 멈추고는 눈앞에서 사라져버렸다. 그리고 내 상상 속에서도. 왜냐하면 희미하게 들려오는 소리에 나는 고개를 돌렸고, 스마일리가 자고 있는 위층 방으로 통하는 문을 바라보았으니까. 문은 열려 있었고 스마일리가 문가에 서 있었다.

그는 무릎까지 내려오는 헐렁한 셔츠 잠옷을 입고 있었다. 요즘은 아무도 그런 잠옷을 입지 않는데. 스마일리의 눈은 졸린 듯했고 숱이 얼마 남지 않은 머리카락은 헝클어졌으며 발에는 아무것도 신고 있지 않았다. 그는 한 손에 총을 들고 있었다. 총신이 짧은 38구경의 '은행원 전용' 모델, 내가 몇 시간 전에 그에게 주었던 바로 그 권총이었다. 스마일리의 큼지막한 손 안에서 총은 자그마한 장난감처럼 보였다. 불과 몇 시간 전에 뷰익 자동차를 도로 밖으로 나가떨어지게 하고, 한 남자는 죽고 또 한 남자는 심각한 중상을 입게 만든 총으로는 도저히 보이지 않았다.

스마일리의 얼굴에는 아무런 표정이 없었다. 완전한 무표정이었다.

나는 어떤 표정일까? 하지만 거울 나라의 앨리스와는 달리 나에게는 들여다볼 거울이 없었다.

내가 혼자서 소리 내 떠들고 있었던 것일까? 아니면 예후디 스미스와의 대화는 순전히 머릿속에서만 진행되었던 것일까? 솔직히 말해 알 수 없었다.

만약 내가 혼잣말을 하고 있었다면 참으로 설명하기 곤란한 일이 아닐 수 없었다. 가뜩이나 케이츠가 조금 전에 들러서 스마일리를 깨운 다음 내가 미쳤다고 말해주었을 텐데.

어찌되었든 간에 지금 이 순간 내가 할 수 있는 말은 '스마일리, 안녕' 외에는 없었다.

나는 '스마일리, 안녕'이라 말하려고 입을 벌렸으나 말하지 못했다.

누군가가 술집 출입문의 유리를 세차게 두들기기 시작한 것이다. 그리고 보안관 랜스 케이츠의 목소리가 "이봐, 문 열어!" 하고 소리쳤다.

나는 이 상황에서 할 수 있는 단 한 가지 합리적인 행동을 했다. 술병을 들어 잔에 술을 따랐다.

14

"아버지는 늙으셨죠, 윌리엄 아버지." 젊은
이가 말했다네.

"머리칼은 여기저기 새하얗게 세셨고요,
그런데도 쉴새없이 물구나무서시다니—
그 나이에 어울리는 행동이라 보시나요?"

케이츠가 다시 문을 두드리며 손잡이를 덜
걱덜걱 돌렸다.

스마일리는 나를 바라보았고 나도 그를
마주보았다. 무슨 말을 해야 할지 생각이
났대도 나는 아무 말도 할 수 없었을 것이
다. 이 거리라면 케이츠가 내 목소리를 들
을 가능성이 있었다.

케이츠가 또 문을 두들겼다. 이어서 행
크에게 유리를 부수고 들어가니 어쩌니 말
하는 소리도 들렸다. 스마일리는 몸을 굽
혀 권총을 자기 등뒤의 층계에 올려두고는
문턱을 넘어 술집으로 들어왔다. 그리고
내 쪽으로는 눈길도 주지 않고 술집 출입
문 쪽으로 걸어갔다. 유리 너머로 스마일리
를 보았는지 케이츠는 더이상 문을 두들기

지 않았다.

스마일리는 문으로 똑바로 걸어가지 않았다. 가는 길에 약간 곡선을 그리며 내가 앉은 테이블 앞을 지나갔다. 그리고 테이블 앞에서 손을 뻗어 내 손안에서 시가를 낚아챘다. 그 시가를 자기 입에 문 다음 출입문으로 가서 문을 열었다.

물론 나는 출입문을 볼 수가 없었고, 니은 자형 모퉁이 너머로 머리를 내밀고 상황을 지켜볼 수도 없었다. 그저 의자에 앉아 식은땀을 흘릴 뿐이었다.

"용건이 뭐지? 대체 왜 이 난리야?" 스마일리의 목소리가 들렸다.

그런 다음 케이츠의 목소리. "스토거가 여기 온 거 같아서 말이야. 그 연기—"

"시가를 피우다 안 끄고 그냥 올라갔어." 스마일리가 말했다. "방금 생각이 나서 다시 내려왔고. 왜 이 난리야?"

"내가 여기 왔던 게 못해도 삼십 분 전인데." 케이츠가 사납게 말했다. "시가가 그렇게 오래 탈 리가 있나."

스마일리가 참을성 있게 설명했다. "네가 가고 난 후에 잠이 와야 말이지. 그래서 오 분 전에 내려와 술 한 잔 마셨어. 그러면서 시가도 피웠고."

그의 목소리는 부드러웠다. 너무나 부드러웠다.

"알았으면 그만 꺼져주시지. 안 그래도 덕분에 오늘밤은 충분히 기분을 잡쳤으니까. 2시가 되어서 겨우 잠들었는데 3시에는 네가 들이닥쳐서 잠을 깨우고, 그걸로 모자라서 이렇게 4시에 또 온 거야? 대체 무슨 심보야?"

"스토거가 여기 없는 게 확실……"

"스토거를 보면 부르겠다고 말했잖아, 인마. 빨리 꺼져."

케이츠의 노기등등한 얼굴이 눈앞에 보이는 듯했다. 그가 스마일리를 노려보다가 스마일리가 자신보다 1.5배는 힘이 세다는 사실을 깨닫는 모습도 눈에 선했다.

출입문이 어찌나 세게 닫히는지 유리가 깨질 뻔했다.

스마일리가 술집 안쪽으로 돌아왔다. 그는 나를 보지도 않고 차분하게 말했다. "움직이지 마, 닥. 케이츠가 뒤돌아볼지도 모르니까."

그는 바 뒤로 걸어가 잔을 하나 꺼내 술을 따랐다. 그러고는 바 뒤에 항상 놓아두는 스툴에 앉았다. 출입문 쪽으로 등을 살짝 돌려 유리문으로 누가 들여다본다 하더라도 입술이 움직이는 모습이 보이지 않도록 한 다음, 술을 한 모금 마시고 내 시가를 한 모금 빨았다.

나는 스마일리만큼이나 목소리를 낮추어 말했다. "스마일리, 거짓말로 입을 더럽혔으니 빨리 입을 씻어야지."

스마일리는 씩 웃었다. "내가 알기로는 거짓말이 아닌데. 너를 보면 케이츠를 부르겠다고 했고, 방금 그렇게 했어. 내가 그놈을 뭐라고 불렀는지 못 들었어?"[1]

"스마일리." 나는 말했다. "오늘밤은 내 평생 가장 이상한 밤이야. 그중에서도 가장 이상한 일은 네가 유머 감각을 발휘하고 있다는 거야. 너한테 그런 게 있는지 미처 몰랐어."

"지금 얼마나 곤란한 거야, 닥? 내가 도와줄 수 있는 일이 있을까?"

"아무것도. 방금 해준 일을 제외하면 말이야. 방금은 정말 너무나 고마워. 하지만 이건 내가 생각하고 해결해야 할 일이야, 스마일리. 아무도 나를 도와줄 수가 없어."

"케이츠가 처음 여기 왔을 때 그러던데, 네가 살인범도 아니고 살인광이랬어. 그게 무슨 소리야?"

"그 자식은 내가 사람을 둘이나 죽였다고 생각하고 있거든. 마일스 해리슨과 랠프 보니."

"그랬군. 네가 그러지 않았다고 말할 필요는 없어."

"고마워, 스마일리."

말하고 보니 "네가 그러지 않았다고 말할 필요는 없어"는 두 가지 의미를 품을 수 있다는 생각이 떠올랐다. 그리고 다시 한번, 스마일리가 저 계단을 내려와 문을 열었을 때 내가 소리가 나도록 혼잣말을 하고 있었는지 아니면 속으로 상상

---

[1] 영어 단어 'call'에는 '전화하다'라는 뜻 외에도 '누구를 무엇이라 부르다'라는 뜻도 있다. 여기서 스마일리는 자신이 케이츠를 '인마'라고 부른 것을 언급하고 있다.

만 하고 있었는지 궁금해졌다.

"스마일리, 내가 미쳤다고 생각해?"

"난 항상 네가 미쳤다고 생각했어, 닥. 하지만 좋은 쪽으로 미친 거지."

친구가 있다는 것이 이리 행복한 일일 수가. 스마일리와 칼, 이 두 사람은 설령 내가 진짜로 미쳤다 하더라도 나를 도와줄 사람들이다. 그런 사람이 캐멀 시티 안에 두 명이나 있다니.

하지만 젠장, 우정은 쌍방향으로 작용해야지. 한쪽이 너무 손해를 보면 안 된다고. 이건 내가 처한 위험이고 내가 해결해야 할 문제야. 스마일리는 안 그래도 무모한 행동을 해버렸는데 이 이상 끌어들일 권리가 내겐 없어. 만약 케이츠가 나를 죽이려 했고 지금도 그럴 의도가 충분하다고 스마일리에게 말해버리면…… 이미 케이츠를 몹시 싫어하는 스마일리는 발끈해서 케이츠를 찾아갈지도 몰라. 그러고는 틀림없이 맨손으로 케이츠를 죽이려고 달려들거나, 달려들다가 총에 맞겠지. 스마일리를 그렇게 만들 순 없어.

"스마일리, 술 다 마시면 올라가서 다시 자. 난 생각할 게 좀 있어서."

"정말 내가 도와줄 수 있는 일은 없는 거야?"

"없어."

스마일리는 술잔을 비우고 시가를 재떨이에 비벼 껐다.

"알았어, 닥. 넌 나보다 머리가 좋고, 네게 필요한 도움이 머리를 쓰는 일이라면 나는 방해만 될 뿐이지. 그럼 행운을 빌게."

그는 계단으로 올라가는 문으로 걸어갔다. 그러고는 조심스럽게 유리 출입문을 돌아보고 아무도 안을 들여다보지 않는다는 것을 확인한 후, 아까 층계에 내려놓았던 권총을 집어 들었다.

스마일리는 내가 앉아 있는 테이블로 걸어왔다.

"닥, 네가 진짜로 그…… 살인광이라면 오늘밤 또 누군가를 죽이고 싶을지도 모르지. 이거 장전되어 있어. 저녁에 내가 쏘았던 두 발도 도로 채워놓았고."

그는 권총을 내 앞 테이블에 내려놓고는 등을 돌려 계단으로 걸어갔다. 나는 경탄하며 스마일리가 멀어져가는 모습을 지켜보았다. 무릎까지 내려오는 헐렁한 잠옷을 걸친 남자가 전혀 우스꽝스러워 보이지 않으리라고는 상상도 하지 못했다. 지금까지는 말이다. 나한테 장전된 권총을 건네주고 등을 돌려 걸어가다니, 내가 미치지 않았다고 생각하고 있음을 이보다 더 확실하게 보여줄 방법이 어디 있겠는가. 그리고 내가 이전까지 스마일리가 알아듣지 못할 소리를 지껄이며 그를 놀리고 깔보았던 것을 생각하니 정말이지……

스마일리가 등뒤로 문을 닫기 직전에 "그럼 안녕, 닥" 하고 말했을 때 나는 대답을 하지 못했다. 목구멍 너머로 무언가가 차올랐기 때문이었다. 억지로라도 대답하려 했었다가는 아마 꺽꺽대는 울음소리가 나왔을지도 모르겠다.

술을 한 잔 더 따르면서 보니 내 손이 약간 떨리고 있었다. 이번에는 조금만 따랐다. 슬슬 술기운이 올라오고 있었기에 더 마시면 곤란했다.

지금은 내 평생 어느 때보다도 명료한 머리로 생각을 해야 했다. 술에 취해서는 절대 그럴 수가 없었다.

나는 스마일리가 내려오고 케이츠가 문을 두들겨 나를 방해하기 전에 생각하던 주제, 즉 '거기 있지 않았던 작은 남자'와 이야기했던 주제로 돌아가려 용을 썼다.

나는 예후디 스미스가 내 마음속에서 앉아 있던 테이블 너머를 응시했다. 하지만 그는 거기 없었다. 그를 불러올 수가 없었다. 그는 죽었고, 다시는 돌아오지 않을 것이기에.

고요한 밤의 고요한 방. 금전등록기 위에 달린 20와트짜리 전구 하나가 내뿜는 희미한 빛. 모으려고 기를 쓸수록 자꾸만 흩어지려는 생각의 편린들. 사실들을 연결해야 해.

루이스 캐럴과 유혈이 낭자한 살인.

『거울 너머, 그리고 앨리스가 거기서 발견한 것』.

앨리스가 거기서 무엇을 발견했지?

체스말들, 그리고 체스 게임. 앨리스 자신이 폰(졸)이 되었고. 앨리스는 기차를 타고 세번째 칸을 넘어갔어. 저자의 착각일지도. 연기 한 번에 천 파운드나 하는 기차. 스마일리가 내 손에서 낚아채고 자기가 피웠다고 주장하지 않았더라면 내가 피운 시가의 연기도 그 정도 값어치를 할 뻔했지.

체스말들, 그리고 체스 게임.

게임에 '참여하는 사람'은 누구였지?

갑자기 나는 깨달았다. 논리가 있는 것은 아니었다. 그자는 동기라고는 조금도 없었으니까. '왜' 그랬는지 나로서는 알 수 없었지만 예후디 스미스가 내게 '어떻게'는 말해주었고, 이제 나는 '누구'인지를 깨달았다.

문제는 패턴이었다. 오늘밤의 이 소소한 체스 문제를 마련한 사람이 누구든지 간에 그는 체스를 잘 알고 제대로 두는 사람이다. 거울 나라 속의 체스도 현실세계의 체스도. 그리고 그는 나라는 사람도 잘 알고 있다. 나도 그를 잘 알고 있다는 뜻이다. 그는 내 약점, 내가 홀딱 넘어가는 것이 무엇인지 알고 있었다. 내가 예후디 스미스가 풀어놓은 말도 안 되는 기괴한 이야기를 듣고 따라갈 것임을 그는 알고 있었다.

왜? 이렇게 해서 그가 얻는 게 무엇이기에? 그는 마일스 해리슨과 랠프 보니, 예후디 스미스를 죽였다. 그리고 마일스와 랠프가 서류 가방에 넣어 가지고 오던 돈을 시체 두 구와 함께 고스란히 내 차 트렁크에 두었다.

그러니 돈이 동기는 아닐 것이다. 아니면 그가 이 일로 얻을 수 있는 돈이 너무나 많기 때문에 보니가 가지고 있던 이천 달러쯤은 버려도 괜찮을 정도라는 의미다.

랠프 보니는 캐멀 시티에서 제일가는 부자 중 한 명이 아니던가? 보니의 폭죽 공장, 여러 투자처, 부동산을 다 합치면 오십만 달러는 족히 될 것이다. 오십만 달러 때문에 사람을 죽인 자라면 이천 달러쯤은 자기가 죽인 시체와 함께 버릴 수도 있으리라. 자기가 선택한 폰에게 누명을 씌우고 자신은 의심을 피하기 위해서라면 말이다.

사실들을 연결해야 해.

랠프 보니는 오늘 이혼했다. 그리고 오늘밤 살해당했다.

마일스 해리슨의 죽음은 부차적인 것이었다. 예후디 스미스는 또다른 폰일 뿐이었고.

비뚤어졌지만 영리한 사고, 차갑고도 냉혹한 정신. 그러면서 역설적이게도 나처럼 공상의 세계를 좋아하는 사람이다. 또한 나처럼 루이스 캐럴을 사랑하는 사람이다.

나는 술을 또 한 잔 따르려다가 아직 해답의 일부밖에 얻지 못했다는 점을 기억했다. 그리고 설령 해답을 전부 얻었다 하더라도 증거 한 조각, 입증할 수 있는 근거 한 오라기 없이는 그 해답으로 무엇도 할 수 없다는 사실을 깨달았다.

내 머릿속에서는 그가 왜 이 일을 꾸몄는지 이유도, 동기도 전혀 떠오르지 않았다. 한 가지 확실한 것은 있었다. 이 일의 나머지 부분 역시 명확한 논리에 따라 세세히 계획되어 있다는 것.

그렇다면 내게 남은 가능성이 하나 있었다.

나는 잠시 그대로 앉아 바깥에 귀를 기울이며 자동차 소리가 나지 않는지 확인했다. 밤은 너무나 고요했기에 적어도 사방 한 블록 거리 안에는 자동차가 없다는 것이 확실했다.

나는 스마일리가 돌려준 권총을 바라보며 망설이다가 결국 주머니에 넣었다. 그런 다음 뒷방으로 들어가 창문을 통해 다시 어두컴컴한 뒷골목으로 나왔다.

칼 트렌홀름의 집은 세 블록 떨어져 있었다. 다행히도 오크 스트리트 다음 길에 있으면서 여기에서 수직 방향이었기에, 길을 건널 때를 빼고는 뒷골목으로만 이동할 수 있었다.

두번째 길을 건너려 하는데 차 한 대가 다가오는 소리가 들렸다. 나는 몸을 낮추고 쓰레기통 뒤에 숨어 차가 지나가기를 기다렸다. 차는 느릿느릿 지나갔다. 아마 행크와 보안관이 탄 차거나 부보안관 두 명이 탄 차이리라. 손전등을 이쪽으로 비출까봐 두려워 고개를 빼고 내다볼 엄두는 나지 않았다.

나는 차 소리가 완전히 들리지 않을 때까지 기다렸다가 거리를 건넜다.

마침내 칼의 집 후문에 도착했다. 그의 아내는 여행을 떠났는지라 집에 없었다. 아내가 없을 때 칼이 어느 방에서 자는지 확실하지 않았다. 나는 자갈을 몇 개 집어들고 칼이 있음직한 방의 창문에 던졌다.

창문이 열리고 칼의 머리가 나타났다. 나는 소리를 지르지 않아도 되도록 칼의 집에 바짝 다가갔다.

"칼, 나야, 닥. 뒷문으로 좀 와줘. 불은 절대 켜면 안 돼."

"지금 갈게." 칼은 창문을 닫았다. 나는 뒷마당으로 들어가 칼이 주방에서 뒷마당으로 통하는 뒷문을 열어줄 때까지 기다렸다가 안으로 들어섰다. 등뒤로 손을 돌려 뒷문을 닫자 주방 안은 무덤 속처럼 깜깜했다.

칼이 말했다. "손전등이 어디 있는지 몰라서 말이야, 닥. 불좀 켜면 안 될까? 깜깜하니까 기분이 안 좋은데."

"아니, 절대 안 돼."

대신 나는 성냥을 하나 켜서 의자를 찾아 앉았다. 얼핏 보니 칼은 다 구겨진 파자마 바람이었고 머리는 잔뜩 헝클어졌으며, 이 세상의 숙취란 숙취는 모조리 겪고 있는 듯한 표정이었다.

칼 역시 성냥 불빛에 의지해서 의자를 찾아 앉았다.

"대체 무슨 일이야, 닥? 아까 케이츠와 갠저가 널 찾으러 왔었어. 한참을 있었는데도 나한테 자세한 건 도통 말해주질 않더라고. 지금 입장이 난처해진 거야, 닥? 진짜로 누굴 죽였어?"

"그건 아니야." 내가 말했다. "그런데 너, 랠프 보니의 변호사지? 내 말은, 이혼 문제만이 아니라 모든 법적인 일을 다 맡아보는 거 맞지?"

"맞아."

"그럼 이제 이혼했으니 보니의 재산상속자는 누구야?"

"닥, 그건 말해줄 수 없는데. 변호사가 의뢰인의 정보를 누설하면 안 되는 건 나만큼이나 잘 알고 있잖아."

"케이츠가 말 안 해줬어? 랠프 보니는 죽었어. 마일스 해리슨도 죽었고. 공장 직원들에게 줄 급료를 가지고 닐스빌에서 돌아오는 길에 살해당했어. 자정 무렵에."

"세상에." 칼이 말했다. "아니, 케이츠는 그런 말은 안 했어."

"물론 보니의 유언장을 공증하기 전까지는 변호사로서 보니의 정보를 말하면 안 된다는 건 나도 알아. 유언장이 있다면 말이지만. 그러니까 이렇게 하자고. 내가 추측을 해볼 테니까 넌 내 추측이 틀리면 틀렸다고 말해줘. 내 말이 맞다면 맞다고 인정할 필요 없이 그냥 아무 말도 안 하면 돼."

"알았어."

"약 이십삼 년 전, 보니와 혼외 관계인 여성 사이에 아이가

305

생겼어. 얼마 전 그 아들의 어머니가 사망할 때까지도 보니는 생활비를 보내줬지. 그 여자도 여성용 모자를 만들어 팔며 돈을 벌었지만, 보니가 준 돈 덕분에 자기 벌이에 비해 훨씬 풍족하게 살 수 있었어. 아들을 대학에 보낸 후에도 생계를 유지할 수 있게 해줬으니 말이야."

말을 멈추고 기다렸지만 칼은 아무 말도 하지 않았다.

나는 계속했다. "보니는 자기 사생아에게도 용돈을 주었어. 그래서 그 아들은…… 젠장, 그냥 이름을 부를게, 그래서 앨 그레인저는 일을 안 해도 그럭저럭 살 수 있었지. 그리고 자기가 보니의 유언장에 포함되었는지 여부를 모른다 하더라도, 그가 자신의 부친임을 입증할 증거를 갖고 있어서 재산의 상당 부분을 차지할 권리가 있었을 거야. 보니의 재산은 아마 오십만 달러 정도 될 테고."

칼이 입을 열었다. "내가 설명할게. 보니의 총 재산은 약 삼십만 달러야. 그리고 앨 그레인저에 대한 추측은 다 맞았어. 네가 어떻게 알아냈는지는 모르겠지만. 그레인저 부인과 앨과 보니의 관계는 내가 알고 있는 한 가장 엄격하게 지켜진 비밀이었는데. 사실 당사자들을 빼면 비밀을 알고 있는 사람은 나밖에 없었어. 의심하는 사람조차 없었고. 대체 어떻게 추측해낸 거야?"

"오늘밤 나한테 일어난 일에 대해 생각해보고 알았지. 당장 설명하려면 너무 복잡해. 어쨌든 앨은 체스를 둘 줄 알고 일을 복잡하게 꼬아 만드는 유형이지. 그게 오늘밤 내가 겪은 일들의 특징이고. 앨은 루이스 캐럴을 잘 알고……" 나는 거기서 말을 끊었다. 아직도 사실들을 추적해야 하는 입장이므로 설명하느라 시간을 뺏기고 싶지 않았기 때문이다.

밤은 거의 끝나가고 있었다. 어둠 속에서 칼이 찬 손목시계의 야광 다이얼이 밝은 녹색으로 빛나는 것을 보니 문득 떠오르는 것이 있었다.

"지금 몇시야?"

칼이 시계를 자기 쪽으로 돌리자 밝은 녹색 빛이 잠깐 사라졌다. "5시가 다 됐어. 정확히는 이 분 전이야. 이봐, 딕. 오늘 너무나 많은 일을 겪었으니 좀 쉬는 게 어때? 참, 그리고 앨은 친자 확인이 가능한 증거를 갖고 있어. 그리고 사생아든 아니든 보니의 유일한 자녀인데다, 보니가 이혼을 했으니 이제 전 재산을 상속받을 권리가 있어. 이혼하기 전에도 부동산을 일부 받을 수 있었고."

"보니는 유언장을 남기지 않았나?"

"랠프는 한 번도 유언장을 작성한 적이 없어. 유언장을 미리 작성해놓으면 안 좋다는 미신을 믿어서 말이야. 내가 몇 번이나 유언장을 써두라고 말했지만 소용없었어."

"앨 그레인저는 그 사실을 알고 있어?"

"알고 있었을 것 같아."

"앨이 이렇게 서둘러야 했던 이유가 있을까? 굳이 이혼이 성립된 날 밤에 보니를 죽여야 했던 이유 말이야. 뭔가 상황이 변한 탓에 더는 기다릴 수 없었던 걸까?"

칼은 잠시 생각에 잠겼다.

"보니는 내일부터 유람선 여행을 떠나서 몇 달 후에나 돌아올 예정이었어. 앨이 처음부터 보니를 죽일 생각이었으면 몇 달을 기다려야 했을 테지. 어쩌면 보니가 유람선에서 누군가를 만나서 재혼할지도 모른다고 생각했겠지. 이혼 직후이니만큼 다른 반려자를 만나고 싶은 마음도 강해졌을 테니까. 보니는 쉰둘밖에 안 됐잖아."

나는 고개를 끄덕였다. 어두워서 칼이 나를 보지 못했기 때문에 나 혼자 납득한 형국이 되어버렸다. 이 정도면 앨이 이런 일을 저지른 동기를 충분히 알 수 있었다.

이만하면 모든 것을 알았다고 할 수 있었다. 세세한 것들은 아직 밝히지 못했지만 중요하지는 않았다. 앨이 왜 이렇게 복잡한 함정을 만들었는지 이해가 갔다. 자신이 보니의 재산 상속을 요구하고 나서면 보니를 죽인 동기가 너무나 빤해지기 때문에, 더할 나위 없이 완벽한 누명을 다른 이에게 씌울 필요가 있었던 것이다. 심지어 앨이 왜 나를 희생양으로 택했는지도 알 것 같았다.

앨은 나를 증오했지만 철두철미하게 그 사실을 숨겼을 것이다. 앨에 대해서 더 많은 것을 알고 나니 왜 그가 나를 증오했는지도 알 수 있었다. 나는 원래 말이 많은 편이고 주변 사람들에게 애정을 섞은 험한 소리도 자주 한다. 앨과 체스를 두다가 지면 나는 씩 웃으면서 이렇게 말하곤 했다. "오냐, 이 아비 없는 후레자식. 다음엔 이렇지 않을 거야."

나는 그가 진짜로 사생아라는 사실은 꿈에도 몰랐다.

앨은 나를 죽도록 증오했을 것이다. 그렇지 않다면 나보다 더 쉬운 희생자, 살인죄와 강도죄를 뒤집어씌우기에 더 만만한 사람을 골랐을지도 모른다. 나를 선택하는 바람에 그의 계획은 훨씬 알쏭달쏭해졌다. 예후디 스미스를 시켜 내게 했던 이야기만 해도 그렇다. 내가 그걸 다른 사람에게 말했다가는 그 누구도 믿어주지 않을 것이고, 믿어주기는커녕 나를 미쳤다고 생각할 것이다. 게다가 앨은 케이츠가 나를 미칠 듯이 증오하는 것도 잘 알고 있었으니 그 점도 염두에 두었을 것이다.

갑자기 한 가지 생각이 머리를 스쳤다. 케이츠가 앨과 한통속일 가능성이 있을까? 그렇다면 케이츠가 나를 체포하기보다 죽이려 했던 것이 설명이 된다. 어쩌면 둘이 거래를 했을지도 모른다. 앨이 상속받을 재산에서 이만에서 오만 달러 정도를 떼어주기로 하고, 케이츠가 내가 먼저 공격했다거나 달아나려 했다는 핑계를 댈 수 있는 상황에서 나를 쏘아죽이기로.

아니, 다시 생각해보니 그런 것 같지는 않았다. 나는 행크 갠저가 닐스빌에서 돌아올 때까지 반시간 정도 케이츠의 사무실에서 그와 단둘이 있었다. 그때라면 케이츠가 나를 죽이는 것은 식은 죽 먹기였을 것이다. 나를 죽이고 내 손에 총을 하나 쥐어준 다음, 내가 갑자기 들이닥쳐서 자신을 공격했다고 말하면 그만이었을 테니까. 그러고 나서 시체 두 구가 내 차에서 발견되면 이야기는 누가 봐도 믿지 않을 수가 없게 된다. 내가 미치광이 살인마가 되어버렸다는 의혹도 더욱더 강조될 테고.

그렇다. 케이츠가 나를 죽이고 싶어한 것은 지극히 개인적인 이유였다. 내가 《클라리온》 사설에서 그를 공격하고 선거 때마다 그를 물고늘어졌기 때문이리라. 케이츠는 그전부터 나를 죽이고 싶어했는데 때마침 시체 두 구가 내 차 트렁크에서 발견되면서 갑작스럽게 기회가 찾아온 것이다. 게다가 그전에 나와 단둘이 그토록 오래 보안관 사무실에 있었으니, 훨씬 좋은 기회를 놓쳐버린 셈이기도 하다. 그때는 시체가 내 차에 있다는 사실을 몰랐으니까.

그렇다. 이건 틀림없이 한 사람이 꾸미고 실행한 계획이다. 예후디 스미스를 제외하면 말이다. 앨은 스미스를 고용하여 내 알리바이를 없애버렸고, 스미스의 할일이 끝나자 그를 없애버렸다. 스미스는 또다른 폰에 불과했고, 체스는 단체경기가 아니니까.

칼이 말했다. "어떻게 이런 일에 말려든 거야, 닥? 내가 도울 수 있는 게 있을까?"

"없어."

이 일은 내가 해결할 문제이지 칼의 문제가 아니었다. 나는 이미 스마일리를 끌어들이지 않기로 결심했고, 칼도 끌어들이지 않아야 했다. 칼이 내게 준 정보와 도움은 제외하고 말이다.

"올라가서 자. 난 생각할 게 좀 있어서."

"말도 안 되는 소리. 네가 여기 앉아 있는데 나는 가서 자라고? 나도 여기 있을게. 네가 말을 걸 때까지는 한마디도 안 하고 있을 테니까. 어차피 이렇게 깜깜하니 내가 입만 다물고 있으면 여기 있는지 없는지도 모를 거 아냐."

"그럼 입 다물고 있어."

증거가 필요하다. 하지만 어디에서 무엇을 찾는단 말인가? 앨이 고용해서 예후디 스미스 역을 맡았던 배우의 시체가 어딘가에 있겠지만 그 장소는 신만이 아신다. 일은 아주 신중하게 계획되었다. 앨은 웬트워스 집에서 시체를 끄집어내기 훨씬 전부터 어떻게 처리할 것인지를 생각해놓았을 것이다. 시체를 버렸든 숨겼든, 아무데나 갖다놓지는 않았을 것이고 다른 사람이 쉽게 추측할 만한 장소도 아니리라. 앨은 시체를 처리할 시간이 충분히 있었고 처리하는 과정 역시 미리 세세하게 계획해두었을 것이다.

예후디 스미스가 나를 태우고 웬트워스 집까지 갔던 그 자동차. 앨이 내 차를 타고 보니와 마일스를 죽인 후 웬트워스 집에 와서 바꿔치기했던 그 자동차는? 아니, 그 자동차는 찾을 수도 없을 것이고 찾아봤자 증거가 될 수도 없다. 그 차는 훔친 자동차였을 가능성이 높고, 지금쯤은 원래 자리에 도로 가져다놓았을 것이다. 차 주인은 자기 차를 도난당했었다는 사실조차 모르리라. 게다가 나는 그 차가 어떤 종류였는지도 기억나지 않는다. 내가 기억하는 것은 변속레버의 오닉스 손잡이와 누름단추 라디오뿐이다. 그 차가 캐딜락 컨버터블이었는지 포드 비즈니스 쿠페였는지조차도 모른다.

앨은 자기 알리바이를 만들어두었을까?

그럴 수도 있고 아닐 수도 있다. 동기 외에 그의 범죄를 입증할 만한 증거가 아무것도 없다면 그건 중요하지 않다. 앨이 범인이라는 것은 나만의 생각일 뿐이다. 나는 알리바이가 전혀 없다. 내게 있는 것은 누구도 믿어주지 않을 괴상한 이야기와 내 차 트렁크에 실린 시체 두 구와 훔친 돈뿐이다. 그리고 보안관과 세 명의 부보안관이 보자마자 쏠 태세로 나를 찾아다니고 있다.

내 주머니에는 살인에 쓰인 무기가 들어 있다. 그리고 다른 주머니에는 장전된 권총도 들어 있다.

앨 그레인저를 찾아가서 자백서를 쓰고 서명하라고 겁을 주는 것은 어떨까?

놈은 나를 비웃겠지. 나조차도 그런 방법을 떠올린 나 자신을 비웃고 싶으니까. 비뚤어진 정신세계로 오늘밤 일 같은 계획을 생각해낸 남자인데, 단지 내가 총을 겨누고 있다는 이유로 자신의 죄상을 낱낱이 고백할 리가 없다.

창가가 희미하게 밝아지기 시작했다. 이제 칼이 내 맞은편에 앉아 있는 모습도 볼 수 있었다.

"칼." 내가 말했다.

"어, 닥. 네가 생각하게 가만히 내버려뒀지만 말을 걸어줘서 기쁘군. 좋은 생각이 하나 떠올라서 말이야."

"좋은 생각이야말로 지금 나한테 제일 필요한 거야. 뭔데?"

"술 한잔할래?"

"그게 좋은 생각이야?"

"좋은 생각이지. 난 지금 숙취 때문에 미칠 지경이고 너하고 한잔하면 죽을 수도 있겠지만, 그래도 손님 대접이 이러면 안 되지. 한잔하겠어?"

"고마워. 하지만 술은 아까도 마셨어. 그것보다 칼, 앨 그레인저에 대해 말 좀 해봐. 뭘 말하라고는 묻지 말고, 그냥 말해봐."

"아무거나 떠오르는 대로?"

"아무거나 떠오르는 대로."

"글쎄…… 난 항상 앨이 약간 이상한 녀석이라는 느낌을 받았어. 똑똑하기는 한데 뭔가…… 좀 어긋났다는 느낌? 아마 자기가 어떻게 태어나고 자랐는지를 알게 되면서 성격이 그렇게 되었을 수도 있겠지. 스마일리도 나하고 비슷한 느낌을 받았나봐. 나한테 비슷한 말을 했거든. 물론 스마일리는 앨이 사생아로 태어나 자랐다는 걸 몰랐지만 뭔가 이상하다는 느낌을 받은 거겠지."

"나는 오늘밤 스마일리를 다시 보게 되었어. 그것도 몇 번이나. 스마일리는 우리 둘을 합친 것보다 더 영리하고 나은 사람이더라고, 칼. 아무튼 앨 얘기 계속해봐."

"오이디푸스콤플렉스가 약간 있는데, 자신이 사생아라는 인식 때문에 묘하게 복잡해졌어. 우리가 이해하기 어려운 방식으로 어머니의 죽음을 보니의 탓으로 돌리고 있을 거야. 피해망상증이라고 하긴 어렵겠지만 상당히 근접했을걸. 그리고 가학증이 있고…… 웬만한 사람들이 모두 조금씩 가학증이 있긴 하지만 앨은 좀더 심하지."

"웬만한 사람들은 모든 걸 조금씩 가지고 있지. 더 얘기해 봐."

"앨은 불공포증도 있는데, 너도 알잖아. 웬만한 사람들이 조금씩 있는 수준이 아니지. 너는 고소공포증이 있고 나는 고양이를 무서워하기는 하지만 앨의 불공포증은 특히 심해. 오죽하면 담배도 안 피우는데다, 내가 담배에 불을 붙일 때마다 움찔움찔하는 게 눈에 보일……"

"맙소사, 칼!"

내가 왜 그 생각을 못했을까. 진작 떠올렸어야 하는 건데.

"술 한잔 마셔야겠어, 칼. 딱 한 잔만. 대신에 좋은 놈으로 줘."

이번에 내 몸은 술을 필요로 하지 않았지만 내 정신에는 필요했다. 이제 하려는 일을 생각하는 것만으로도 무서워 죽을 지경이었으니까.

15

그가 헛둘! 헛둘! 쐐액, 쐐애애액,
보팔검으로 썽둥 썰어버렸더라!
죽은 재버워크는 버려둔 채 머리만
달랑 들고 칠렐레팔렐레 돌아왔더라.[1]

이제 창문은 희미한 회색 직사각형이 되어
있었다. 점점 사그라지는 어둠에 눈이 익숙
해진 덕에 칼이 찬장으로 가서 술병을 찾
느라 더듬더듬하는 모습도 희미하게 볼 수
있었다.

칼이 말했다. "닥, 목소리 들으니까 한잔
하고 싶을 정도로 기분이 좋아졌나본데?
나한테는 해장술이 되겠군. 숙취가 죽든가
내가 죽든가 하겠지."

칼이 싱크대에서 술잔을 두 개 집어들다
가 하나를 싱크대에 부딪쳐 깨뜨렸다. 그는
욕설을 내뱉더니 잔을 하나 다시 들고 식탁
으로 왔다. 그가 위스키를 술잔에 따르는
동안 나는 성냥불을 켜서 들고 있었다.

---

[1] 『거울 나라의 앨리스』 1장 '거울 속의 집'에 나오는 시 「재버워키」
의 5연.

"젠장, 닥. 이런 일이 또 생길 때를 대비해서 형광 페인트라도 사다가 술병하고 술잔에 칠해놔야겠어. 그리고 또 뭘 할지 말해줄까? 체스판하고 체스말도 형광 페인트로 칠할 거야. 그러면 아무리 깜깜해도 여기 앉아서 체스를 둘 수 있겠지."

"난 지금 체스를 두고 있어, 칼. 폰으로 시작했지만 이제 일곱번째 칸에 도달했고. 여덟번째 칸에 도달하면 누군가가 나한테 왕관을 씌워줄지도 몰라. 그런데 혹시 액상 세제 좀 있나?"

칼은 자기 잔을 집으려고 손을 뻗다가 도로 거두고는 나를 빤히 바라보았다.

"액상 세제? 그냥 위스키를 마시는 게 좋지 않겠어?"

"마시려고 그러는 게 아냐. 불에 타지 않으려고 하는 거야."

칼은 고개를 절레절레 저었다.

"제발 알아들을 수 있게 말해줘."

"인화성이 없는 액상 세제가 있으면 좋겠어. 이러면 무슨 뜻인지 알겠어?"

"마누라가 액상 세제를 사놓기는 했지만 그게 인화성인지 아닌지는 몰라. 한번 찾아볼게."

칼은 내가 준 성냥을 켜 들고는 싱크대 아래 수납장에 한줄로 늘어선 병들의 라벨을 죽 훑어보더니 하나를 집어들고 자세히 살펴보았다.

"아니. 이건 커다란 글자로 '위험'이라고 써놓고 그 아래 '화기 엄금'이라고 되어 있군. 인화성이 없는 세제는 없는 거 같아."

나는 한숨을 쉬었다. 내가 찾는 세제가 칼에게 있으면 일이 훨씬 쉬워질 텐데. 집에 가면 딱 맞는 세제가 있지만 지금은 집에 가고 싶지 않았다. 그렇다면 슈퍼마켓으로 갈 수밖에 없다.

그래서 나는 칼에게 양초를 찾아달라고 하지 않았다. 그것 역시 슈퍼마켓에서 구하면 될 테고, 칼이 나를 미쳤다고 생각하게 만들거나 내가 양초로 무슨 일을 할 것인지 설명하고 싶지 않았다.

우리는 각자 술을 마셨다. 칼은 술이 입에 들어가자 몸서리를 쳤지만 그래도 술잔을 완전히 비웠다.

"닥, 진짜 내가 도와줄 일이 없는 거야?"

나는 문을 향해 돌아섰다. "이미 많은 일을 해줬어. 하지만 더 도와주겠다면, 옷 갈아입고 기다려줘. 일이 잘되면 곧 전화할 테니까. 그때 네가 해줬으면 하는 일이 있어."

"닥, 그럼 잠깐만 기다려. 금방 옷 갈아입고—"

"지금은 방해만 될 뿐이야."

나는 그 말만 남기고 칼이 더 우기기 전에 밖으로 나왔다.

내가 지금 어떤 혐의를 받고 있으며 내가 이제부터 얼마나 터무니없는 일을 저지를 것인지를 칼이 안다면, 그는 틀림없이 나를 때려눕히고 묶어서 밖에 나가지 못하게 할 테니까.

동이 트기 전의 희미한 회색빛이 사방을 채웠고, 이제 더듬거리며 나아갈 필요가 없었다. 칼에게 다시 한번 시간을 묻는 것을 깜빡했지만 5시 15분은 되었을 것이다.

케이츠와 부보안관들이 여전히 나를 찾아 거리를 돌아다니고 있다면 나로서는 위험이 더 커진 셈이었다. 하지만 지금쯤 그들이 내가 어딘가에 틀어박혀 있으리라 생각하고 시내에서 나를 찾는 것은 포기했으리라는 예감이 들었다. 모르긴 해도 이제는 내가 캐멀 시티를 빠져나가지 못하도록 대로를 집중 감시하고 있을 것이다. 그리고 캐멀 시티를 빠져나가는 것이야말로 내가 가장 원하지 않는 일이었다.

나는 지금까지처럼 뒷골목만 골라 걸어갔다. 아까 왔던 길을 되돌아가면서 자동차 소리만 들리면 곧장 건물 그늘이나 쓰레기통 뒤에 숨을 채비를 갖추었지만, 자동차는 한 대도 나타나지 않았다. 5시 15분은 캐멀 시티에서도 이른 시각이었다.

슈퍼마켓은 아직 문을 열지 않았다. 나는 갖고 있는 리볼버 두 정 중 하나를 손수건으로 감싼 다음—내 별명이 '쌍권총 스토거'가 되겠군—슈퍼마켓 뒤쪽 창문 하나를 깼다. 고요한 새벽에 아주 큰 소리가 났지만 이 블록에는 주택이 없기 때문에 아무도 듣지 못했다. 적어도 그 소리에 반응하는 사람은 없었다.

나는 슈퍼마켓 안으로 들어가 쇼핑을 시작했다.

먼저 액상 세제 두 종류. 인화성이 없는 것이 하나 필요했고, 이제야 생각났지만 "위험, 화기 엄금"이라고 큼직하게 적혀 있는 세제 병도 하나 있어야 했다.

두 가지 세제의 병뚜껑을 각각 열어보니 냄새가 거의 똑같았다. 나는 인화성 세제를 슈퍼마켓 뒤쪽에 있는 싱크대 하수구에 모두 쏟아버린 다음 인화성이 없는 세제를 부어넣었다.

그리고 정말로 타지 않는지를 시험하기 위해 비인화성 세제를 걸레에 약간 적시고 불을 붙여보았다. 만약 걸레가 화르륵 불타오르고 내가 그 불을 끄지 못하게 되어 슈퍼마켓 전체가 불타버리면, 간밤에 뒤집어쓴 누명에 방화까지 더해져 밤중에 내가 겪었던 일을 완성하는 또하나의 퍼즐 조각이 되겠지. 하지만 걸레는 세제로 적시지 않은 부분까지만 탔다.

나는 또 필요한 것이 있나 생각해보고 쇼핑을 계속했다. 3센티미터 폭의 접착테이프 몇 개, 양초 하나, 비누 한 개. 어디선가 듣기에 양말에 비누를 넣고 세게 휘두르면 치명상을 입히지 않고 사람을 기절시키는 흉기가 될 수 있다고 했다. 나는 양말 한 짝을 벗어 흉기를 만들었다.

아까 들어왔던 창문으로 슈퍼마켓을 나갈 때 내 주머니는 꽤나 불룩했다. 그리고 내 죄목도 꽤나 길어졌다. 물건을 사고 돈을 지불하지 않은 적은 한 번도 없었는데.

이제 동이 트기 직전이었다. 선명한 회색빛 여명이 마치 좋은 하루의 시작을 알리는 듯했다. 그 좋은 하루를 맞이할 사람이 나일지 아닐지는 곧 밝혀질 것이다.

나는 왔던 길을 되돌아가 칼의 집까지 간 다음 거기서 다시 뒷골목만을 골라 세 블록 떨어진 거리로 갔다.

거기가 앨 그레인저의 집이었다. 방 세 개짜리 단층집으로 내 집과 크기가 비슷했다.

6시가 되어가고 있었다. 앨은 지금쯤 잠들어 있거나 잠자리에 들려 하고 있겠지. 하지만 그가 잠들어 있을 거라는 확신이 들었다. 네 시간 전까지, 그러니까 새벽 2시까지 해야 할 일을 하느라 몹시 분주했을 테니까, 지금은 지쳐서 잠들었을 가능성이 높다.

나는 창문을 몇 번 만져보고는 침실 창문이 잠겨 있지 않은 것을 발견하고 안도의 한숨을 쉬었다. 한 가지 문제는 해결되었다. 창은 뒤쪽 포치와 통했고 나는 수월하게 안으로 들어갈 수 있었다.

나는 몸을 숙이고 포치를 통과했다. 소리는 거의 내지 않았다. 앨 그레인저는 침대에서 푹 잠들어 깨지 않았다. 나는 그가 깨어나면 사용할 수 있게 장전된 총을 오른손에 들었다.

하지만 장전된 권총을 쥔 오른손은 등뒤로 돌렸고, 왼손에는 장전되지 않은 녹슨 아이버존슨, 즉 마일스와 보니를 죽이는 둔기로 사용된 권총을 쥐고 있었다. 지금부터 내가 하려는 시험이 제대로 된다면 이 총이 앨이 유죄라는 사실을 입증해줄 것이다. 잘되지 않는다 해도 앨이 무죄임을 입증하는 것은 아니니 나는 다음 일을 계속할 것이다. 그러니 손해볼 것은 없었다.

방안은 아직 어두컴컴했다. 나는 왼손을 뻗어 스탠드를 켠다음 침대 옆에 섰다. 앨에게 총을 보여주고 싶었다. 불이 켜지자 앨은 몸을 꿈틀거렸지만 깨지는 않았다.

"앨." 내가 말했다.

앨은 퍼뜩 잠에서 깨어났다. 그는 침대에 일어나 앉아 나를 바라보았다.

"손 들어, 앨."

그렇게 말하며 나는 왼손에 든 총으로 그를 겨누었다. 그가 나에게 단번에 덤벼들지 못할 정도로 떨어져서. 하지만 스탠드의 희미한 빛으로도 그가 권총을 분명히 볼 수 있을 정도의 거리는 유지하면서.

앨은 내 얼굴에서 시선을 떼고 총을 보고는 다시 내 얼굴을 바라보았다. 그러고는 침대 밖으로 나오려 이불을 걷어차면서 말했다. "멍청한 짓 하지 마시죠, 닥. 그 총은 장전이 안 되어 있고 방아쇠를 당겨도 발사가 안 된다고."

그 말만큼 확실한 증거는 없었다.

앨은 양발을 침대 가장자리로 옮기는 중이었다. 나는 오른손을 내밀어 장전된 권총이 불빛에 드러나게 했다.

"이 총은 장전되어 있어. 발사도 되고." 앨의 발이 움직임을 멈췄다. 나는 녹슨 권총을 코트 주머니에 넣었다. "앨, 돌아서."

앨은 망설였고 나는 권총의 공이치기를 당겼다. 리볼버는 1.5미터 거리에서 앨을 겨냥하고 있었다. 방아쇠를 당기기만 하면 앨을 맞힐 수 있을 정도로 가까우면서 동시에 그가 총을 잡으려 덤벼들기에는 너무 멀기도 했다. 특히 그렇게 침대에 일어나 앉은 어정쩡한 자세에서는 너무 위험한 시도였다. 앨이 위험을 냉철하게 가늠해보는 것이 내 눈에 훤히 보였다.

결국 그는 위험이 크다는 판단을 한 듯했다. 그리고 내가 그를 붙잡는다 해도 자신의 계획에는 영향이 없으리라고 판단하기도 했을 것이다. 내가 앨을 붙잡아 경찰서로 끌고 가더라도 내가 늘어놓을 터무니없는 이야기로는 내 입장이 나아지지 않을 테니까.

"돌아서, 앨." 내가 다시 말했다.

앨은 여전히 이리저리 따져보는 시선으로 나를 보았다. 그가 무엇을 생각하는지 짐작이 갔다. 그가 돌아서면 나는 분명 리볼버 손잡이로 그를 후려칠 것이고, 내 의도가 무엇이든 간에 너무 세게 후려칠 가능성이 있었다. 내가 그럴 의도는 아니었다고 해도 앨을 죽여버리고 살인죄를 하나 더 추가한다면 그에게 이득이 되는 것은 아무것도 없다. 나는 다시 말했다.

"돌아서. 손은 등뒤로 돌리고."

앨의 몸에서 긴장이 약간 풀리는 것이 보였다. 묶이는 것뿐이라면 분명히 기회가 있으리라 생각하는 거겠지……

앨이 돌아섰다. 나는 얼른 리볼버를 왼손으로 옮겨 쥐고 아까 비누를 넣어두었던 양말을 꺼냈다. 너무 세지도 않고 약하지도 않게 제대로 휘두를 수 있게 해달라고 마음속으로 기도를 올린 다음, 양말을 휘둘렀다.

퍽 소리에 간이 오그라들었다. 처음에는 내가 앨을 죽여버렸다고 생각했을 정도였다. 앨이 침대에 납작하게 엎어진 것을 보고 혹시 기절한 척하는 게 아닐까 하는 생각도 들었지만, 엎어지면서 머리를 침대 모서리에 또 부딪쳐서 내가 때렸을 때 못지않게 큰 소리가 났으므로 기절한 척하는 것은 아니었다.

그가 정말로 기절한 척했다면 다음 순간 금방 나를 제압할 수 있었을 것이다. 나는 너무 겁에 질린 나머지 리볼버를 떨어뜨렸으니까. 리볼버를 집어들긴 했지만 주머니에 넣을 수도 없었다. 공이치기가 당겨진 상태였는데, 나는 총을 발사하지 않고 공이치기를 되돌리는 법을 몰랐으니까. 그래서 나는 권총을 침대 옆 테이블에 놓은 다음 앨의 가슴에 손을 대보았다. 맥박이 뛰고 있었다.

나는 주머니에서 접착테이프를 꺼내 작업을 시작했다. 먼저 앨의 입에 테이프를 둘러 소리치지 못하게 하고, 양다리를 바짝 붙여 발목과 무릎에 테이프를 감았다. 왼쪽 손목을 왼쪽 허벅지에 테이프로 고정한 다음 테이프 한 롤을 몽땅 써서 팔꿈치 위쪽의 오른팔을 옆구리에 고정했다. 앨의 오른손은 자유로워야 했다.

나는 주방에서 빨랫줄을 찾아와 앨을 침대에 단단히 묶었다. 낑낑거리며 애쓴 끝에 앨의 등을 침대 머리에 기대게 하여 거의 앉은 자세로 상체를 세울 수 있었다.

마지막으로 앨의 책상에서 종이 묶음을 가져와 앨의 오른손이 닿는 거리에 내려놓고 그 옆에 내 볼펜을 놓았다.

이제는 앉아서 기다리는 수밖에 없었다.

십 분 아니면 십오 분쯤 지났을까. 밖은 제법 밝아오고 있었다. 나는 초조해지기 시작했다. 서두를 것은 없었다. 앨 그레인저는 늘 늦게 일어나기 때문에 한참 후까지도 그를 찾을 사람은 없을 테니까. 하지만 지금은 기다리는 행위 자체가 너무나 끔찍했다.

술을 한 잔 더 하고 싶다는 생각이 들었다. 앨의 주방을 뒤진 끝에 술병을 하나 찾았다. 위스키가 아니라 진이었지만 어쨌든 술이기는 했다. 맛은 형편없었다.

침실로 돌아오니 앨이 깨어나 있었다. 아주 멀쩡하게 깨어난 것을 보니 내가 주방에 가기 전에 진작 정신이 들었으나 한동안 상황을 파악하면서 기절한 척했던 게 분명했다. 그는 자유로운 오른손으로 허벅지에 왼쪽 손목을 고정시킨 테이프를 푸느라 무진 애를 쓰고 있었다.

하지만 오른팔도 오른쪽 팔꿈치 위로는 옆구리에 단단히 고정되어 있기 때문에 별 진전은 없었다. 내가 침대 옆 테이블에서 총을 집어들자 그는 동작을 멈췄다. 그리고 나를 노려보았다.

내가 말했다. "안녕, 앨. 우린 지금 일곱번째 칸에 와 있어."

이제는 서두를 이유가 없었다. 전혀. 나는 잠시 말을 끊고 편안히 앉았다.

"잘 들어, 앨. 네 오른손을 묶지 않은 건 종이와 볼펜을 사용하라고 그런 거야. 네가 글을 쓰는 동안 내가 종이 묶음으로 받쳐줄게. 그럼 네가 쓰는 걸 볼 수 있겠지. 하긴 지금은 글을 쓸 기분이 아니신가?"

앨은 몸을 침대 머리에 기댄 채 눈을 감았다.

나는 계속 말했다. "네가 썼으면 하는 글은 어렵지 않아. 네가 지난밤 랠프 보니와 마일스 해리스를 죽였다고 적어. 내 차를 타고 가서 두 사람이 닐스빌에서 돌아오는 길목을 막았잖아. 아마 내 차는 눈에 띄지 않는 곳에 세워두고 걸어서 도로로 나갔겠지. 두 사람은 너를 알아보고 차를 세워서 태워줬을 거야. 너는 뒷좌석에 올라탄 다음 운전석에 앉은 마일스가 시동을 다시 걸기 전에 그의 머리를 후려치고, 보니의 머리도 후려쳤다. 두 사람의 시체를 내 차 트렁크에 넣은 후 두 사람이 탔던 차는 도로에서 멀리 떨어진 어딘가에 버렸어. 그러고는 웬트워스 집까지 내 차를 몰고 가서 내가 거기까지 타고 갔던 차, 누구 것인지는 모르겠지만 그 차를 몰고 떠났지. 세세한 부분에서 내가 틀린 게 있나, 앨?"

앨은 대답하지 않았다. 나도 대답을 기대하진 않았다.

"그러고 보니 글을 좀 길게 써줘야겠군. 연극배우를 고용해서 '예후디 스미스'라는 인물로 나한테 터무니없는 이야기를 들려줘서 누구도 나를 믿지 않게 만들려 했던 방법도 설명해야 하니까 말이야. 그 사람이 나를 웬트워스 집까지 유인한 방법도 써줘. 네가 거기 남겨둔 병이랑, 병 안에 무엇이 들었는지도 쓰고. 그가 병 안의 내용물을 마시도록 네가 미리 지시해두었던 것도 말이야. 물론 그 배우의 본명하고 시체를 어떻게 했는지도 설명해야겠지.

뭐, 그 정도면 충분해, 앨. 네 동기가 무엇이었는지는 쓸 필요 없어. 랠프 보니와 너의 관계가 밝혀지면 동기는 명백할 테니까. 그리고 내가 타고 다니지 못하도록 내 차 타이어 공기는 언제 어떻게 뺐는지, 언제 어떻게 내 인쇄소에 들어와 '예후디 스미스'라는 이름과 내 벌레 번호를 넣은 명함을 찍었는지 같은 자질구레한 정보는 안 써도 돼. 그리고 왜 하필 나에게 살인죄를 뒤집어씌울 생각을 했는지에 대해서도 쓸 필요 없어. 솔직히 그 부분은 나도 잘한 게 없군. 이 이야기를 네가 글로 쓰도록 설득하기 위해 지금부터 할 행동이 살짝 부끄러워지기까지 한단 말이야."

나는 실제로 부끄러운 기분이 들었다. 하지만 해야 할 일을 하지 않을 정도는 아니었다.

나는 인화성이 없는 세제를 넣어둔 병을 꺼내 뚜껑을 열었다. 가솔린과 비슷한 냄새가 풍겼다.

내가 세제를 이불과 파자마에 뿌리자 앨의 눈이 휘둥그레졌다. 나는 일부러 앨 그레인저가 "위험"이라는 경고를 볼 수 있도록, 그리고 시력이 좋다면 그 아래에 "화기 엄금"이라고 작게 적힌 글까지 볼 수 있도록 병을 들고 있었다.

나는 병에 남은 마지막 세제를 앨의 무릎 바로 옆에 흠뻑 부어 그가 세제 얼룩을 분명히 볼 수 있게 했다. 방안은 가솔린 비슷한 냄새로 가득차 머리가 아플 지경이었다.

나는 주머니에서 양초와 칼을 꺼내 양초 윗부분을 3센티 미터 정도 잘라냈다. 그리고 앨의 무릎 옆, 세제에 푹 젖은 이 불을 평평하게 편 다음 그 위에 양초 토막을 조심스럽게 내려 놓았다.

"이제 양초를 켤 거야, 앨. 그러니 몸을 많이 움직이지 않 는 게 좋아. 양초가 넘어질 수 있으니까. 불공포증이 있는 사 람에게는 썩 유쾌한 일이 아니잖아? 넌 불공포증이 있지."

내가 양초에 불을 붙이려 하자 앨의 눈은 공포로 더 둥그 레졌다. 입이 막혀 있지 않았다면 두려움에 찬 비명을 질렀으 리라. 그의 온몸 근육이 딱딱하게 굳어졌다.

앨은 눈을 감고 다시 한번 정신을 잃은 척하려고 했다. 자 기가 기절했다고 생각하면 중도에 그만둘 것이라고 판단한 듯했다. 눈은 의지에 따라 감겼지만 그의 몸 근육들은 주인 을 따라주지 않았다. 불공포증이 너무 심한 나머지 목숨이 걸린 상황에서도 제 뜻대로 근육의 긴장을 풀 수가 없는 것이 었다.

나는 양초에 불을 붙이고 다시 자리에 앉았다.

"3센티미터 정도밖에 안 되는군, 앨." 내가 말했다. "꼼짝 않고 가만히 있는다면 십 분은 가려나? 하지만 조심성 없게 발가락 하나라도 꼼지락거리면 바로 넘어져버릴지도 모르지. 침대는 푹신하니까 조금만 흔들려도 양초가 넘어질 거야."

앨이 다시 눈을 떴다. 두려움에 흔들리는 시선이 흠뻑 젖은 이불을 향해 타내려가는 양초 토막으로 향했다. 앨에게 이런 짓을 하는 나 자신이 혐오스러웠으나 겉으로 드러내지는 않았다. 나는 살해당한 세 사람을 생각하며 마음을 독하게 먹었다. 따져보면 앨이 처한 위험은 그가 그렇게 느끼는 것일 뿐 실제 위험은 아니었다. 양초가 넘어지면 오히려 이불의 젖은 부분이 더 타지 않게 막아줄 테니.

"이제 글을 써보겠어?"

두려움에 가득찬 앨의 시선이 양초에서 내 얼굴로 움직였다. 그는 고개를 끄덕이지 않았다. 나는 그가 허세를 부린다고 생각했으나 곧, 앨이 고개를 끄덕이지 않는 것이 아니라 근육 하나라도 움직였다가는 양초 토막이 넘어질까봐 두려워 끄덕이지 '못하는' 것임을 깨달았다.

"좋아, 앨. 이제 글을 쓸 생각이 든 모양이군. 하지만 중간에 조금이라도 멈추면 양초를 도로 갖다놓을 거야. 그리고 네가 글을 쓰는 동안에도 양초는 그대로 켜두겠어. 그러니 시간을 벌어보려는 수작 따윈 부리지 않는 게 좋아." 나는 양초를 조심스레 들어올려 침대 옆 테이블에 놓았다.

나는 종이 묶음을 들어주었다. 앨은 글을 쓰기 시작했으나 곧 중단했고, 나는 양초 쪽으로 손을 뻗었다. 그러자 펜이 다시 움직이기 시작했다.

한참 후 내가 말했다. "그 정도면 됐어. 아래에 서명을 해."

나는 안도의 한숨을 내쉬고는 전화기 쪽으로 갔다. 칼 트렌홀름은 자기 집에서 전화기 옆에 계속 붙어 있었는지, 첫번째 전화벨 소리가 끝나기도 전에 수화기를 들었다.

내가 물었다. "밖에 나갈 준비는 됐어?"

"물론이지, 닥. 뭘 하면 돼?"

"앨 그레인저한테서 자백을 받아냈어. 자백서를 경찰에 가져가고 싶지만 내가 직접 하는 건 안전하지 못해. 케이츠는 이걸 읽어보기도 전에 날 쏴죽일 테고, 부보안관 중에도 그럴 사람들이 있을 테니. 칼 네가 해줬으면 해."

"지금 어디 있는데? 앨의 집이야?"

"응."

"알았어. 앨을 체포해야 하니까 갠저와 같이 갈게. 행크는 다짜고짜 총을 쏘진 않을 테니 괜찮아. 내가 행크한테 차근차근 이야기했더니, 행크도 누가 네 차에 시체를 몰래 실었을 가능성이 있다는 걸 인정했어. 내가 그레인저가 자백서를 썼다고 말하면 귀담아들어줄 거야."

"케이츠는 어쩌고? 행크 갠저에게는 왜 벌써 얘기한 거야?"

"행크가 좀전에 나한테 전화를 해서 케이츠가 여기 왔냐고 묻더라고. 케이츠가 한두 시간쯤 전에 행크더러 사무실에 남아 있으라고 하고 나간 뒤로 안 돌아왔대. 지금 케이츠가 어디 있는지 아무도 모르고. 하지만 걱정 마. 나하고 갠저가 같이 있으면 케이츠도 함부로 너한테 총을 쏘진 못할 거야. 금방 갈 테니 기다려."

나는 피트에게 전화해서 지금까지 있었던 어마어마한 사태를 대충 정리해서 들려주었다. 우리가 《클라리온》에 싣기를 포기해야 했던 어떤 기사보다도 더 굉장한 기삿거리가 생겼고 더구나 지면에 실을 수도 있다고. 피트는 지금 당장 《클라리온》 사무실로 가서 라이노타이프를 가동할 준비를 하겠다고 말했다.

"안 그래도 출근할 참이었어요. 벌써 7시 반이잖아요."

정말 그랬다. 창밖을 보니 완전히 환했다. 나는 의자에 앉아 칼과 행크가 도착하기만을 안절부절못하며 기다렸다.

내가 《클라리온》 사무실에 들어갔을 때 시계는 정확히 8시를 가리키고 있었다. 행크는 앨 그레인저의 자백서를 읽은 뒤, 기술하지 않은 나머지 부분은 앨에게서 직접 듣기로 하고 내가 신문기사를 제때 쓸 수 있도록 나를 사무실로 보내주었다. 지금까지의 일을 기사로 쓰려면 족히 두 시간은 걸릴 테니 인쇄는 평소보다 좀 늦어질 게 확실했다.

피트는 벌써 1면 활자판을 해체하여 새 기사를 위한 공간을 만들어두었다. 공간은 아주 많았다. 나는 식당에 전화해서 뜨거운 블랙커피를 큰 보온병에 담아 보내달라고 부탁하고는 타자기를 두들기기 시작했다.

잠시 후 전화가 울려서 나는 수화기를 들었다. "닥 스토거 씨? 정신병원의 버천 박사입니다." 수화기 너머 목소리가 말했다. "간밤에 그리스월드 부인이 탈주했다가 잡힌 이야기를 기사로 내지 않기로 해주셔서 정말 감사합니다. 혹시 지금도 괜찮다면 그 이야기를 기사로 써도 된다는 걸 알려드리려고요."

"지금도 괜찮긴 합니다. 어차피 인쇄가 좀 늦어져서요. 연락해주셔서 고맙습니다. 그런데 왜 갑자기 사정이 달라진 건가요? 그리스월드 부인이 스프링필드에 사는 따님을 걱정시키고 싶지 않다고 했잖습니까."

"따님이 벌써 알고 있습니다. 여기 사는 친구분이 전화로 말해줬다는군요. 그리스월드 부인을 찾느라고 그 친구분 집에도 찾아갔었거든요. 그래서 어머니가 어떻게 됐는지 확인하려고 따님이 병원에 전화를 걸었어요. 이제 따님도 알게 되었으니 《클라리온》에 기사가 실려도 괜찮은 거죠."

"그렇군요, 버천 박사님. 연락해주셔서 정말 감사합니다."

나는 다시 타자기로 돌아앉았다. 그때 블랙커피가 도착했다. 커피를 잔에 따라 단숨에 마시다가 하마터면 화상을 입을 뻔했다.

정신병원 기사는 짧고 쓰기도 쉬워서 나는 이 기사부터 먼저 쓰기로 했다. 마지막 문장을 막 끝내는데 전화벨이 또 울렸다.

"스토거 씨? 저는 폭죽 공장을 관리하는 워드 하워드입니다. 어제 저희 공장에서 작은 사고가 있었는데, 너무 늦지 않았다면 신문에 기사로 실어주실 수 있나 해서 전화드렸습니다."

"늦은 건 아닙니다. 로마 촛불 부서에서 일어난 사고라고 들었는데, 맞습니까?"

"아, 벌써 알고 계시는군요. 자세한 내용도 알고 계십니까? 아니면 제가 지금 말씀드릴까요?"

나는 자세한 내용을 말해달라고 부탁한 뒤 메모했다. 그런 다음 왜 사고 소식을 기사로 내기를 '바라는지' 이유를 물었다.

"공장의 방침이 바뀌어서 그렇습니다, 스토거 씨. 아시겠지만 저희 공장에 사고가 여러 번 발생했다는 소문이 있는데 실제로는 그렇지 않거든요. 사고가 났는데 보도하지 못하게 막는다는 식으로 와전되어서요. 어쩌면 제가 말하는 방식에 문제가 있었는지도 모르겠습니다만, 아무튼 저희 쪽에서 생각하기로는 실제로 일어난 사고를 기사로 내면 일어나지도 않은 사고가 났다는 거짓 소문이 퍼지는 걸 막을 수 있을 것 같아서요."

나는 알겠다고 말하고 감사를 표했다.

나는 블랙커피를 더 마시고 한동안 보니와 해리슨, 스미스가 살해당한 사건에 대한 기사를 쓰다가 짬을 내어 로마 촛불 부서 기사를 서둘러 작성한 다음 다시 살인 사건 기사로 돌아왔다.

이제 나한테 필요한 것은……

그때 에번스 지구대장이 사무실에 들어왔다. 내가 올려다보자 그는 씩 웃었다.

나는 말했다. "내가 맞혀볼게. 드디어 스마일리와 내가 은행 강도 두 명과 짧은 드라이브를 즐겼고, 그중 한 사람은 스마일리가 생포하고 다른 사람은 죽였다는 이야기를 기사로 쓸 수 있게 되었다는 거지? 지금 나한테 필요한 게 그거야. 그게 필요하다고 《클라리온》에 한 줄 광고라도 내고 싶다니까."

에번스는 다시 씩 웃으며 의자 하나를 끌어왔다. 하지만 나는 그가 의자에 앉기도 전에 타자기를 두드리기 시작했다.

그가 모자를 뒤로 젖히며 차분하게 말했다. "맞아, 닥."

나는 세 글자짜리 단어 하나에 오타를 네 번 내고는 에번스 쪽으로 돌아앉았다. "그래? 농담은 아니겠지?"

"너는 농담이었는지 몰라도 난 아니야. 기사를 써도 돼. 두 시간 전에 시카고에서 진 켈리가 잡혔거든."

나는 행복한 신음소리를 냈다. 그러다가 다시 에번스를 바라보았다. "그럼 얼른 여기서 나가주셔. 일해야 하니까."

"자세한 이야기를 듣고 싶지 않은 거야?"

"자세한 이야기가 뭔데? 진 켈리를 어떻게 잡았는지는 관심 없어. 내 관점에서는 잡혔다니 그걸로 된 거야. 그건 캐멀 시티의 신문에선 한 줄 기삿감밖에 안 돼. 캐멀 시티의 신문에서 중요한 건 여기에서 조지와 배트, 그리고 스마일리와 나에게 어떤 일이 일어났느냐는 거지. 그러니 어서 가."

나는 다시 타자기 쪽으로 돌아앉았다. 그러자 에번스가 "닥" 하고 불렀다. 그 목소리의 무언가에 끌려 나는 타자기에서 손을 내리고 에번스를 바라보았다.

"진정해, 닥. 이건 캐멀 시티의 신문에 날 만한 이야기야. 지난밤에 너한테 말하지 않은 게 하나 있어. 너무 민감한 사안인데다 캐멀 시티와 관련이 있는 거라서 말이야. 배트 매스터스가 한 가지 더 털어놓은 게 있었거든. 그 둘은 시카고나 게리로 바로 가려던 게 아니라 갱단을 위한 은신처에서 하룻밤을 보낼 작정이었어. 저쪽 언덕지대에 조지 딕슨이라는 사람이 운영하는 농장에서. 외딴곳이지. 우리는 딕슨이 과거에 갱단원이었다는 건 알고 있었지만 농장을 범법자들을 숨겨주는 은신처로 활용하고 있는 줄은 짐작 못했어. 어젯밤 그 농장을 덮쳐서 시카고에서 지명수배중인 범죄자 네 명을 잡았어. 무엇보다도 농장에서 찾아낸 편지 따위를 뒤져보고서 진 켈리가 어디 있는지를 알아낸 거야. 그래서 시카고 경찰에 급히 연락을 했고, 덕분에 그쪽에서 놈을 잡았어. 그래서 신문에 이 기사를 쓸 수 있게 된 거야. 잡히지 않은 놈들은 제 날짜에 호텔에 나타나진 않겠지만 어차피 켈리는 잡혔고, 이쪽 딕슨 농장에 머물고 있던 네 명도 체포했으니 거의 일망타진한 셈이지. 어때, 이 정도면 캐멀 시티의 신문에 날 만하지? 놈들 이름하고 뭐 그런 거 알고 싶어?"

나는 "놈들 이름하고 뭐 그런 거"를 알고 싶었기에 얼른 연필을 그러쥐었다. 이 기사를 어디에 어떻게 실어야 할지는 아직 모르겠지만. 에번스는 정보를 줄줄 말해주었고 나는 알고 싶은 것을 모두 얻을 때까지 메모를 했다.

"이제 됐어. 더이상 기삿거리를 주는 건 사양이야. 지금 것들만으로도 돌아버릴 지경이니까."

에번스는 껄껄 웃으며 자리에서 일어났다. "알았어, 닥." 그는 출입문으로 걸어가다가 문턱에 멈춰서서 뒤돌아보았다. "그럼 케이츠가 체포된 사실은 알고 싶지 않다 이거지?"

그는 계단을 반쯤 내려갔을 즈음 나한테 잡혀서 도로 사무실로 끌려올라왔다.

알고 보니 범법자들을 위한 은신처로 농장을 운영하던 딕슨이 그동안 케이츠에게 보호비 명목으로 뇌물을 주었고, 이번에 그 사실이 들통난 것이었다. 경찰이 농장을 급습하자

딕슨은 케이츠가 자신을 배신했다고 지레짐작하고는 전부 실토해버렸다. 주 경찰은 케이츠의 사무실이 있는 청사로 와서 6시에 정문으로 들어서려는 케이츠를 체포했다.

나는 식당에 블랙커피를 더 주문했다.

이제 기사 쓰는 일을 방해할 건수는 딱 하나 남았고, 11시 반쯤 피트와 내가 인쇄 준비를 마무리할 때 주인공이 전화를 걸어왔다.

클라이드 앤드루스였다.

"닥, 지난밤 일에 대해 고맙다는 인사를 다시 하고 싶네. 애하고 아주 긴 이야기를 나누었어. 모든 게 잘될 것 같아."

"그거 기쁜 소식인데, 클라이드."

"그리고 또 한 가지 말할 게 있는데, 이게 나쁜 소식이 되지 않았으면 좋겠어, 닥. 그러니까 《클라리온》을 팔지 않기로 결심했기를 바랄게. 오하이오에 있는 동생한테서 전보가 왔는데, 서부에서 들어온 제안을 받아들이기로 했다는 거야. 그러니 《클라리온》을 인수한다는 얘기는 없던 게 됐어. 신문을 팔기로 결심했다면 미안하지만……"

"좋은 소식인데, 클라이드. 잠깐만 기다려. 사정이 그렇다면 광고를 내야겠어."

나는 사무실 건너편 피트에게 소리쳤다.

"피트, 아무거나 짧은 기사 하나 빼고 60포인트 활자로 광고 하나 실어. '《캐멀 시티 클라리온》 매각함. 가격은 백만 달러.' 이렇게."

나는 다시 수화기에 대고 말했다. "들었어, 클라이드?"

클라이드는 킥킥 웃었다. "유쾌하게 받아줘서 고마워, 닥. 아 참, 그리고 한 가지 더. 로저스 씨가 방금 나한테 전화를 했는데, 보이스카우트가 교회 체육관을 쓰기로 한 게 이번주 화요일이 아니라 다음주 화요일이래. 그러니 교회 바자회는 예정된 날에 열 수 있게 됐어. 혹시 아직 신문 인쇄를 시작하기 전이고 채워넣을 다른 기사가 없다면……"

나는 하마터면 숨이 막힐 뻔했지만 겨우 억누르고 그 기사를 싣겠다고 말했다.

나는 12시 반쯤 스마일리네 술집에 들어섰다. 손에는 갓 인쇄된 《클라리온》을 한 부 들고 있었다. 유리그릇 다루듯 아주 조심스럽게.

나는 의기양양하게 신문을 바에 내려놓았다. 그리고 스마일리에게 "읽어봐"라고 말했다.

"그전에 술병하고 잔 하나 줘. 피곤해서 죽을 지경인데다 거의 여섯 시간 동안 술을 한 방울도 못 마셨어. 게다가 기분이 너무 들떠서 잠이 안 와. 그러니 석 잔 정도는 마셔줘야겠어."

나는 스마일리가 1면 제목을 읽는 동안 술 석 잔을 들이

켰다.

술집 안이 조금씩 흔들리기 시작했고, 나는 빨리 집으로 돌아가 침대에 누워야겠다고 생각했다.

"잘 자, 스마일리. 너하고 친구가 된 건 정말 잘한 일이야. 나는 이제……"

나는 출입구 쪽으로 걷기 시작했다.

스마일리가 말했다. "닥, 내가 집까지 바래다줄게." 그의 목소리는 아주 머나먼 곳에서 들려왔다. 그가 바를 돌아 나오려 하는 모습이 보였다.

"닥." 스마일리가 말을 이었다. "잠깐 앉아 있어. 그러다간 엎어져서 코 깨지기 딱 좋아."

하지만 가장 가까운 스툴도 몇 킬로미터는 떨어져 있었고 나끌나끌한 토브들이 웨이브에서 빙글팽글 후빌빌거리고 있었다. 스마일리의 경고는 딱 0.5초 늦었다.

프레드릭 브라운 Fredric Brown

프레드릭 브라운은 1906년 10월 29일 미국 오하이오 주 신시내티에서 태어나 1972년 3월 11일에 사망했다. 브라운은 하노버 칼리지에 입학했지만 일 년 만에 대학을 그만두고 여러 직업을 전전했는데, 1929년에 결혼하면서 밀워키로 이사한 후 신문 인쇄공으로 일하면서 경력을 쌓기 시작했다. 이후 펄프 잡지에 단편소설을 발표하면서 문단에 입문했다.

주로 SF와 미스터리 장르에서 활동한 프레드릭 브라운은 단편소설의 명수다. 초기 장르소설계에서 프레드릭 브라운은 빛바래지 않는 경이로운 상상력과 대담한 필력으로 오랫동안 기억되어 왔으며, 앨프리드 히치콕, 기예르모 델 토로, 스티븐 킹, 코니 윌리스, 닐 게이먼 등 여러 창작자와 장르 소설 작가들에게 영향을 주었다.

브라운의 소설은 짧고 간결한 문장으로 긴장감과 흥미를 유지하면서도 독자를 놀라게 하는 반전을 담고 있다. 무엇보다 불합리한 상황과 놀라운 결말을 결합해 독자에게 충격과 재미를 선사하는 솜씨가 뛰어나다. 또한 브라운의 독특한 유머 감각은 그의 작품에서 빼놓을 수 없는 매력 요소다.

끝내주는 장르 문학 작가

브라운이 본격적으로 글을 쓰기 시작한 것은 1930년대 중반인데, 초기에 발표한 작품은 대체로 미스터리 소설이었다. 작가로서 경력을 시작한 것은 《디텍티브 스토리Detective Story》라는 펄프 잡지에 미스터리 단편소설 「5센트짜리 달The Moon for a Nickel」(1938)을 게재하면서부터였다. 그후 1947년에 첫번째 장편소설 『끝내주는 술집The Fabulous Clipjoint』을 출간하기까지 구 년 동안 124개의 단편소설을 쓰는 엄청난 집필 속도를 보여주었다. 그가 낮에는 인쇄공으로 근무하고, 밤에만 글을 썼다는 사실을 떠올리면 더욱 경이로운 속도다.

　브라운은 첫 장편 『끝내주는 술집』으로 에드거상을 수상하며 본격적으로 이름을 알리기 시작했는데, 이 작품은 '에드와 앰' 시리즈의 첫번째 작품이기도 하다. 삼촌과 조카로 이루어진 이 듀오는 이후로 여섯 편의 후속 시리즈가 이어지며 큰 인기를 끌었다. 앰브로즈 "앰"은 원래 사설탐정이었지만 지금은 순회 카니발의 매점 주인이다. 앰과 에드는 에드의 아버지가 살해당한 사건을 계기로 만나게 되는데, 이후 두 사람은 시카고 뒷골목을 누비며 사건을 해결해나간다. 시리즈가 진행될수록 에드는 앰의 지도 아래서 점차 탐정으로 성장한다. 한편 이 시리즈의 성공 덕분에, 프레드릭 브라운은 펄프 잡지에 단편을 게재하는 일에서 벗어나 자신이 원하는 작품을 쓸 수 있게 되었다.

브라운의 작품 스타일은 짧고 간결하며, 예상치 못한 플롯과 기발한 반전을 담고 있다. 그는 초단편소설Short-short이라는 독특한 형식의 작품을 즐겨 썼는데, 대체로 1~3페이지 분량에 불과한 짧은 이야기를 가리킨다. 브라운은 적은 분량에도 불구하고 독창적인 구성과 놀라운 결말을 지닌 작품을 다수 선보였다.

한편, 인쇄공으로 근무한 경험 덕분에 브라운은 단어를 효율적으로 선택하고 정리하는 일에 노련했을 것으로 보인다. 그의 단편 「노크」[1]의 도입부 두 문장은 짧은 이야기의 미학을 잘 보여주는 예로 꾸준히 회자된다. 짧은 이야기에서 강렬한 효과를 발휘하는 그의 스토리텔링 방식은 오늘날까지도 많은 작가들에게 영감을 주고 있다.

브라운의 작품에서 두드러지는 또다른 특징은 특유의 유

---

[1] 『아마겟돈』(조호근 옮김, 서커스 퍼냄, 2016) 수록작.

머 감각이다. 그의 작품은 기발한 설정과 상황에서 출발하곤 하는데, 독자를 예상치 못한 방향으로 이끌며 웃음을 선사한다. 예를 들어, SF 소설 『집에 가라, 화성인Martians, Go Home』 (1954)은 인간과 외계인 간의 문화적 충돌을 다루면서도 풍자적이고 유쾌한 톤을 유지한다. 또한 그의 작품에는 종종 초자연적이거나 오컬트적인 요소가 등장하며, 주인공이 이러한 비현실적인 상황에 맞서 싸우는 과정의 심리적 갈등을 담고 있다. 『재버워크의 밤』이 바로 그런 작품의 대표격이라고 할 수 있다.

프레드릭 브라운의 작품들은 여러 번 재출간되고 영화와 TV 드라마로 각색되기도 했다. 단편소설 「아레나」[1]는 1967년 〈스타트렉〉의 한 에피소드로 각색 및 방영되었으며, 「최후의 화성인」[11]은 TV 시리즈 〈앨프리드 히치콕 프레젠츠 Alfred Hitchcock Presents〉(1955)의 에피소드 중 하나로 각색되었다. 걸작 미스터리 소설 『비명 지르는 미미The Screaming Mimi』 (1949)는 연쇄살인범을 조사하는 알코올의존증 기자의 이야기로, 1958년에 영화로 제작되었다.

　프레드릭 브라운은 그의 경이로운 상상력과 독특한 문체

[1]　『아레나』(고호관 옮김, 서커스 펴냄, 2016) 수록작.
[11]　『아레나』 수록작.

로 인해 오랜 기간 동안 기억될 작가이다. 장르 문학의 대부 스티븐 킹은 저서 『죽음의 무도』[III]에서 프레드릭 브라운의 단편집 『악몽과 기젠스탁Nightmares and Geezenstacks』을 언급하며 특히 중요한 작품으로 꼽기도 했다. 하드보일드의 거장 미키 스필레인은 "프레드릭 브라운은 모든 시대를 통틀어 내가 제일 좋아하는 작가"라고 공언했으며, SF의 대부 필립 K. 딕은 "프레드릭 브라운의 「웨이버리」[IIII]는 지금까지 등장한 모든 SF 단편 중에서 가장 중요한 작품이다. 반드시 이 단편을 읽어야 한다"고 말하기도 했다.

(이송, 편집자)

주요 작품 목록

Murder Can be Fun (1948) - 1949년에 'A Plot for Murder'라는 제목으로 개정.

The Screaming Mimi (1949)

Here Comes a Candle (1950)

Night of the Jabberwock (1950) - 『재버워크의 밤』(최세민 옮김, 엘릭시르 펴냄, 2024)

III 조재형 옮김, 황금가지 펴냄, 2010.
IIII 『아마겟돈』수록작.

The Far Cry (1951)

We All Killed Grandma (1952)

The Deep End (1952)

Madball (1953)

His Name was Death (1954)

The Wench is Dead (1955)

The Lenient Beast (1956)

One for the Road (1958)

Knock Three-One-Two (1959)

The Murderers (1961)

Five-day Nightmare (1962)

에드와 앰 시리즈

The Fabulous Clipjoint (1947)

The Dead Ringer (1948)

The Bloody Moonlight (1949)

Compliments of a Fiend (1950)

Death has Many Doors (1951)

The Late Lamented (1959)

Mrs. Murphy's Underpants (1963)

미스터리 중단편집

Mostly Murder: Eighteen Stories (1953)

The Shaggy Dog and Other Murders (1963)

Homicide Sanitarium (1984)

Before she Kills (1984)

The Case of the Dancing Sandwiches (1985)

Carnival of Crime: The Best Mystery Stories of Frederic
    Brown (1985)

Madman's Holiday (1985)

The Freak Show Murder (1985)

Thirty Corpses Every Thursday (1986)

Pardon My Ghoulish Laughter (1986)

Red is the Hugh of Hell (1986)

Sex Life on the Planet Mars (1986)

Brother Monster (1987)

Nightmare in Darkness (1987)

Who was that Blonde I Saw You Kill Last Night? (1988)

Three-Corpses Parlay (1988)

Selling Death Short (1988)

Whispering Death (1989)

Happy Ending (1990)

The Water-Walker (1990)

The Gibbering Night (1991)

The Pricked Punk (1991)

SF 단편집

Space on My Hands (1951)

Angels and Spaceships (1954)

Honeymoon in Hell (1958)

Nightmares and Geezenstacks (1961)

From These Ashes: The Complete Short SF of Fredric Brown
(2001)[1] - 『아마겟돈』, 『아레나』(각각 조호근, 고호관 옮김, 서커스 펴냄,
2016)

---

[1] 프레드릭 브라운의 단편전집으로, 이전에 출간된 단편작품을 모두 실었다. 일부 번역이 어려운 작품을 제외하고는 전부 국내 번역 출간되어 있다.

▌▌▌ 미스터리 책장 전체 목록 ▌▌▌

옮긴이 **최세민**

대학에서 생물학과 영어영문학을 공부하고 이화여자대학교 통번역대학원을 졸업
했다. 다수의 소설, 만화, 논픽션 단행본과 〈리그 오브 레전드〉 외 각종 게임을 비
롯해 다양한 분야에서 이십여 년째 번역가로 활동하고 있으며, 한겨레교육문화센
터에서 한영 번역 강의를 진행하고 있다. 옮긴 책으로 안젤라 애커먼, 베카 푸글리
시의 『캐릭터 직업 사전』, 팸 존슨 베넷의 『고양이처럼 생각하기』, 로버트 A. 하인
라인의 『조던의 아이들』 등이 있다.

재버워크의 밤
NIGHT OF THE JABBERWOCK

초판 발행 2024년 10월 28일

지은이 프레드릭 브라운 | 옮긴이 최세민

책임편집 김유진 이송 | 편집 김혜정
표지디자인 김이정 | 본문디자인 최미영
저작권 박지영 형소진 최은진 오서영
마케팅 정민호 서지화 한민아 이민경 왕지경 정경주 김수인 김혜원 김하연 김예진
브랜딩 함유지 함근아 박민재 김희숙 이송이 박다솔 조다현 정승민 배진성
제작 강신은 김동욱 이순호 | 제작처 천광인쇄사

펴낸곳 (주)문학동네 | 펴낸이 김소영
출판등록 1993년 10월 22일 제2003-000045호

주소 10881 경기도 파주시 회동길 210
문의 031-955-2637(편집) 031-955-2696(마케팅) 031-955-8855(팩스)
전자우편 elixir@munhak.com | 홈페이지 www.elmys.co.kr
인스타그램 @elixir_mystery | X(트위터) @elixir_mystery

ISBN 979-11-416-0020-4 03840

엘릭시르는 출판그룹 문학동네의 장르문학 브랜드입니다.